KB124769

근로하는
자세

근로하는
자세

이태승 소설

은행나무

차례

함께 일하고 싶습니다

우리는 〈생각하는 사람〉 조각상 엉덩이 밑에 쪼그리고 앉아 북이 설치된 건너편을 주시하고 있었다. 오늘 밤에도 그는 틀림없이 나타날 것이다.

잠복근무는 처음이었다. 경찰도 아닌 시청 공무원이 잠복이라니…… 강변공원에서 들려오는 의문의 북소리 때문에 잠을 이루지 못한다는 민원이 매일 두 건 이상 접수되었다. 나도 모르게 한숨이 흘러나왔고 옆에서 조각상과 자신의 발 사이즈를 비교하던 민수가 "커다란 북이 눈앞에 있는데 안 쳐보는 게 더 이상하지 않나요?"라며 거들었다.

내 말이 그 말이었다. 공원 한가운데 북을 놓은 것부터가 잘못이었는지 모른다. 이게 다 최일남 시장 때문이었다. 올봄에 새로 선출된 최 시장은 취임사를 통해 직원들에게 혁신적인 마인드를 강조하며 그간의 업무 관행을 타파하라고 요구했다. 본보기로 연말이면 으레 볼 수 있는 보도블록 정비 사업부터 중지

시켰다. 담당자인 나로서는 선뜻 받아들이기 어려웠지만, 시장의 지시니 수긍할 수밖에 없었다. 인도를 걷다가 한 번이라도 넘어져본 사람은 알 것이다. 푸딩처럼 출렁거리는 벽돌이 얼마나 위험한지.

남은 예산을 서둘러 지출해야 했다. 불용한 만큼 이듬해 예산에서 자동 삭감이므로 백 프로에 가깝게 사용하는 것은 집행의 불문율이었다. 삼억 원 내에서 무리 없이 진행할 수 있는 대체사업이 필요했다. 어떤 사업이건 간에 명분이 중요하다는 건 육 년의 공직생활 동안 충분히 경험한 바였다. 먼저 지난해 행정감사가 떠올랐다. 포토존은커녕 이렇다 할 기념물 하나 없이 썰렁한 강변공원 경관을 개선하라는 시 의원의 질타가 이렇게 반가울 줄은 몰랐다. 직원들 책상에 한 권씩 꽂혀 있는 최 시장의 정책 공약집에는 시민의 목소리에 귀 기울이겠다는 다짐이 페이지 곳곳에 볼드체로 적혀 있었다. 자연스럽게 소통의 상징물인 신문고를 강변공원에 설치하는 사업을 구상하게 되었다. 보고를 받은 시장은 흡족한 표정을 지으며 딱 한마디를 덧붙였다.

"기왕 만들 거, 최대로 갑시다."

최대, 최고, 최초…… 최 시장은 사람들의 관심을 끄는 촉이 유달리 발달한 사람이었다. 나는 시장의 말에 맞장구치듯 화답했다.

"전국에서 가장 큰 북을……."

시장은 말이 다 끝나기도 전에 고개를 저었다.

"기왕 최대로 갈 거, 기네스북에 등재해봅시다."

몇 달 후, 지금의 '천리북'이 만들어졌다. 지역에서 전통악기 공방을 운영하는 악기장 형제에게 작업을 의뢰했다. 형제는 언젠가 대북을 만들 기회가 오길 기다리며 질 좋은 목재와 가죽을 수년 넘게 보관하고 있었다. 태극 형상을 본떠 만든 울림통 지름만 칠 미터였고 삼십여 마리의 소의 가죽을 벗겨 씌운 북에서는 흡사 소 떼 울음처럼 깊고 명징한 소리가 났다. 천리북이 설치된 사연을 쭉 듣고 있던 민수가 알 만하다며 푸념 조로 말했다.

"최고의 직원인지 최악의 직원인지도 그래서 뽑았잖아요."

시장에게 '시월의 마지막 밤' 행사 계획을 보고하는 자리에 본인도 배석했다며 민수는 생각하는 사람처럼 턱을 괸 채 그날 일을 털어놓았다.

한동안 청사는 10월 31일에 열리는 행사로 시끌벅적했다. 체육 단합대회가 열리는 그날은 직원들이 정숙한 복장 대신 운동복을 입고 출근하는데 시합이 끝나면 바비큐도 구워 먹고 그해 우수직원들을 포상하는 시간도 가졌다. 행사 보고를 받은 시장은 이번에도 예상대로 태클을 걸었다. 시상식에서 가장 한심한 일이 공동 수상과 같이 상을 남발하는 거라며 최고의 직원한 사람만 수여하자고 했다. 그때까지만 해도 뭐 그러려니, 수긍하면서 대략 보고가 마무리되는 듯했다. 하지만 시장의 요구는 거기서 그치지 않았다.

"기왕 뽑는 거, 최악의 직원도 같이 뽑읍시다."

시종 고개만 끄덕거리던 팀장이었지만 이번만큼은 재빨리 거부 의사를 밝혔다. 직원들 반발이 상당할 터였다. 감정을 최대한 누그러뜨린 후 최악의 직원을 뽑는 일에 대한 애로사항을 논리적으로 설명하기 시작했다. 무엇보다 '최악'의 기준이 명확하지 않다고 했다. 누군가에게는 업무 능력 부족일 수도 있지만, 막말이나 트집 같은 갑질 행태를 꼬집거나 그저 프라이빗한 관계에서 벌어진 일 때문에 최악의 사원으로 지목당할 수도 있다는 거였다. 잠자코 얘기를 듣던 시장이 정장 안주머니에서 담배를 꺼냈다. "맨날 끊는다면서, 참……." 하고는 벽에 붙은 '노담 실천'이라 적힌 포스터가 무색하게 입술 사이로 연기를 길게 피워올렸다. 용이 승천하듯 구불구불, 허공에서 사라질 때까지 눈으로 좇았다며 민수는 그때의 소회를 전했다. "이유야 뭐가 됐든 최악은 최악이라는 거구만." 시장은 한마디로 일축했다.

며칠 뒤, 청사 전 직원이 모니터에서 공통의 설문과 맞닥뜨렸다.

당신은 이 직원과 다시 함께 일하고 싶습니까?

(가) 함께 일하고 싶음   (나) 상관없음

(다) 함께 일하고 싶지 않음   (라) 의견 없음

자신과 같은 부서에서 일한 경험이 있다면 성사긴 동료이

건 간에 모두 평가 대상이었다. 공무원 노조에서 즉각 환영의 뜻을 표했다. 시장의 지시가 노조 대표의 요구사항 중 하나였다는 사실은 한참 뒤에 밝혀졌다. 설문 기간인 일주일 동안 청사 어디에서나 이에 관한 얘기로 떠들썩했다. 매점 사장과 청소 직원들까지 농을 주고받을 정도였다. 사내 게시판에는 찬반 토론이 펼쳐졌고 연일 새 게시글과 댓글이 이어졌다. 노벨상 발표처럼 애초에 무슨 후보군이라 할 게 없었으므로 누가 뽑힐지 오리무중이었다. 직원 모두가 자신에 대해서라면 '설마'와 '혹시' 사이를 맴도는 듯했다. 그런 와중에도 최악의 직원 후보는 암묵적으로 둘로 좁혀졌다. 그중 한 명은 윤병환 과장으로 그의 밑에서 일하는 직원은 열이면 열 질병 휴직을 신청한다는 소문이 있을 만큼 평판이 나빴다. 또 다른 후보인 박종술 과장은 이름에서부터 짐작이 가듯 회식을 사랑해서 매일 취해 있었다.

이번 설문조사가 더욱 오래도록 회자된 까닭은 결과를 비공개에 부쳤기 때문이었다. 최고의 직원은 행사 당일에 시상키로 한 것과는 달리, 최악의 직원은 결과를 오직 당사자에게만 통보하는 것으로 사전에 합의를 보았다. 11월 중순이 지날 때까지도 게시판은 계속 시끄러웠다. 누군가 자신이 뽑은 최악의 직원 리스트를 실명으로 언급한 글을 올려 강제 삭제되는 일이 발생하였고 그 뒤로 사내 게시판을 없애자는 주장과 표현의 자유를 훼손했다는 반론이 맞부딪쳤다. 욕설과 비난 수위가 걷잡을 수 없는 지경이었다.

'함께 일하고 싶습니다!'라는 제목의 게시글이 올라온 것은 그즈음이었다. 하루도 안 돼 조회 수가 전체 직원 수를 뛰어넘었다. 이후 게시판은 잠잠해졌다. 누가 최악의 직원으로 뽑혔는지 모두가 알게 되었으므로. 대놓고 자신이라고 밝힌 셈이니 이를 대범하다고 봐야 할지, 대책 없다고 해야 할지 판단이 서지 않았다. 황동욱 과장. 그는 나의 첫 상사이기도 했다. 몇몇 직원들이 황 과장을 두둔하는 메시지를 올렸고 최일남 시장도 발전하려는 자세를 높이 산다는 응원 댓글을 남기자 분위기는 백팔십도 달라졌다. 과연 황 과장다운 위기 대처 능력과 기지를 높게 사는 쪽으로. ······둥!

둥!
북소리가 들렸다.
두둥 둥 두둥·······.
민수와 나는 동시에 천리북을 향해 고개를 돌렸다. 북채를 손에 쥔 이의 뒷모습이 보였다. 하지만 후드로 머리를 완전히 가리고 두꺼운 패딩을 걸쳐, 나이와 성별조차 가늠하기 어려웠다. 그는 북의 정중앙을 힘껏 내리쳤다. 한두 번 해본 솜씨가 아닌 듯 북채를 다루는 손놀림이 자연스럽고 일정한 리듬까지 느껴졌다. 우리는 사인을 주고받은 뒤 곧장 천리북으로 달려나갔다. 후드가 우리를 발견하고는 북채를 집어던지고 반대쪽으로 달아났다. 날아오는 채를 피하려다 민수가 발을 헛디뎌 넘어졌다.

"거기, 잠깐만요!"

서란다고 설 리 없겠지만, 후드가 어느새 자취를 감췄다. 쫓다 보니 공원 주차장에 와 있었다. 화물 트럭과 관광버스 몇 대가 띄엄띄엄 세워져 있었다. 버스 뒤에 숨은 걸까, 뿌연 가로등 불빛이 지면에 닿지 못한 채 부유하며 어둠과 섞였다. 아무런 기척도 나지 않았다. 어째서 애국가가 떠올랐을까, 휘파람으로 동해물과 백두산이 멜로디를 부르며 버스에 가까이 다가가 슬며시 아래로 고개를 숙였다. 바퀴 두 개만 제 자리에 있을 뿐 반대편에는 아무도 없었다. 어, 어랏……. 뒤에서 쏜살같이 달려오는 그림자가 몸을 덮치자 나는 웅크린 채로 고꾸라졌다. "형, 괜찮아요?" 고개를 들자 민수가 서 있었다.

우리는 북이 있는 자리로 돌아와 주변을 정리했다. 북채를 제자리에 놓고 옆에 있는 은행나무를 바라보았다. 나뭇가지 위에 CCTV를 설치하면 그를 쉽게 붙잡을 수 있겠지만 이제 예산은 내년에나 쓸 수 있었다. 그런데 왜 도망쳤을까. 본인도 민폐를 저지르고 있다는 사실을 안다는 건데 그것만으로도 소기의 성과였다. 겁을 먹고 다시 나타나지 않을 테니. 잠복 중에 먹은 음료와 간식까지 봉투에 담아 버리자 임무가 끝이 났다.

"민수야, 인증샷은 남겨야지."

후드가 조금 전 천리북을 치던 자리에 서서 셀카를 찍었다. 찰칵. 오후 10시 23분. 다음 달에 세 시간 치 초과근무수당이 지급될 것이다.

동네 선술집으로 자리를 옮겼다. 후미진 골목길에 위치한
가게는 사장 혼자서 요리부터 서빙과 계산까지 도맡아 하고 있
었다. 말발굽 편자처럼 길게 구부러진 테이블 배치가 독특했는
데 양쪽 끝자리에 손님이 있어 민수와 나는 볼록한 가운데 자리
에 나란히 앉았다. 입사 동기인 민수와는 퇴근 후에 가벼운 술자
리도 꽤 가졌었다. 언제부터 끊겼는지 기억이 잘 나지 않았지만.
기본 안주로 나온 오징어포를 질겅질겅 씹으며 벽걸이 TV에서
나오는 지역 뉴스를 시청했다. 음소거 상태로 아나운서의 입 모
양에 맞춰 자막이 흘렀다. 건강을 위해 금주 중이라는 민수는
맥주잔에 사이다를 가득 채운 뒤 벌컥 들이켰다.

"정신 이상한 사람이겠지?"

내 물음에 잔을 깨끗이 비운 민수가 다시 사이다를 따르며
답했다.

"저 정도면 중증이죠. 한밤중에 북을 치는 사람이 제정신
일 리가요."

나는 손가락으로 TV 속 화면을 가리켰다. 최일남 시장이
시립 도서관 리모델링 착공식에서 기념 테이프를 끊고 있었다.
도서관 입구 옆에 기념식수로 심은 바오밥나무가 보였다. 저것
도 참 말이 많았다. 기후가 안 맞으면 뿌리가 썩어 금방 죽을 텐
데, 내년도 행정감사 지적사항이 될 거라는 둥 그래도 땅에 고

개를 처박은 것처럼 보이는 나무의 자태가 단숨에 이목을 끌긴 했다. 이곳에서 책을 읽은 어린이가 훗날 생텍쥐페리 같은 세계적인 작가로 대성하길 바란다는 시장의 인터뷰가 이어졌다.

"애정결핍일까? 관심받고 싶은 마음은."

무뚝뚝한 술집 사장이 제육볶음과 어묵탕을 툭 놔두고는 주방으로 휙 들어갔다.

"그나저나 너는 요새 별일 없지?"

"평소랑 똑같죠, 뭐."

"명색이 최고의 직원인데 너는 좀 달라야 하는 거 아니야?"

아침에 출근하고 퇴근하면 저녁인데 아무 일도 일어날 리가 없지, 속으로 말했는데 서로 눈이 마주쳤다. 나는 소주를, 민수는 사이다를 마시는 중이었다. 아마 같은 생각이었나보다.

"형, 그걸 뭐라고 부르죠?"

"그렇게 물으면 내가 어떻게 아냐?"

아닌 밤중에 천리북 같은 소리였다.

"뭔가 지금 상황이 과거에 경험한 거 같은 느낌이 드는 거 있잖아요. 평행우준가?"

"아, 데자뷔겠지."

"맞다. 그거요."

얼마 전 황동욱 과장한테서 연락이 왔다고 했다. 게시판에 그 글을 올린 후 며칠 지나지 않아 점심이라니 타이밍이 좀 이상한 생각이 들었다고. 약속장소인 한정식집 '일심一心'은 절에서 나온 스님이 차린 요릿집으로 점심 한 끼에 이만 원쯤 하는 고급 음식점이었다. 사찰 음식 위주의 코스 요리가 맛이 좋고 조용한 분위기에 간간이 들리는 풍경 소리를 들으면 정신까지 맑아져 시 의원이나 주민센터 소장과 미팅이 있을 때 대접하는 곳이었다. 민수는 당연히 자신 외에도 다른 직원 한두 명이 더 나와 있을 줄 알았는데 독대를 해서 묘한 기분이었다고 했다. 당근 수프가 나오고부터는 갑자기 왜 이곳에 나를 부른 걸까 싶었다. 별다른 내색은 없었다. 서로의 근황을 얘기하던 중에 일 없지? 라고 과장이 물었고 별일 없이 지낸다니 별일이 너무 없는 것도 문제라고 했다는 거다. 그때는 쌈을 싸다가 서로 눈이 마주쳐서 빙그레 웃었다고. 한 번은 과장이 쌈을 싸다 말고 바깥을 보고 있는 거 같아 자신도 뒤를 돌아봤는데 막힌 벽이라서 머쓱했다고. 그날 먹은 음식이 체했는지 저녁에 고생을 좀 했단다. 황 과장이 평판 관리에 들어갔나보다 생각했다. 나는 최악의 직원이 최고의 직원을 만난 기념적인 회동이라고 농담을 하며 어묵탕 국물을 떠먹었다.

그런데 민수가 트림을 한 후, 목을 가다듬으며 여기서부턴 비밀이라고 목소리를 낮췄다. 아무한테도 말하면 안 된다고 다짐을 받더니 손님 중에 혹시 청사 직원이 있는지 둘러보기까지 했다. 문제는 그다음날에 벌어졌다는 거였다. 구내식당에서 함께 일한 선배를 만난 후 새로운 사실을 알게 된 것이다. 마침 둘은 커피를 사서 청사 주변을 걸었는데 최근에 있었던 일을 주고

받다 공통점을 발견했다. 선배도 놀란 눈치였다. 자신도 황 과장과 점심을 먹었는데 공교롭게도 두 사람 모두 과장을 '함께 일하고 싶지 않음'으로 투표했다는 것. 가설은 맞아떨어졌다. 그때 같이 일했던 직원에게 전화를 걸어보니 그 역시 조만간 과장과 점심을 먹기로 했다는 거였다. 그러니까 점심 멤버가 된다는 것은 최악의 직원으로 과장을 지목한 사람이라는 뜻이었다. 누가 어떻게 투표를 했는지는 아무도 몰라야 했지만 말이다.

"아무래도 노조 측에서 명단을 흘린 거 같아요."

황동욱 과장은 노조에 가입할 수 없는 직급이었지만 후원금을 내고 있다는 사실을 모두 알았다. 명단 출처야 어떻게 됐든 상관없었으나, 단지 민수가 왜 황 과장을 '함께 일하고 싶지 않음'으로 뽑았는지가 더 궁금했다. 황 과장이 직원에게 갑질을 하거나 감정적으로 대한다는 얘기는 들은 적이 없었다. 도리어 열정과 사기를 중시하는 편이었다.

"황 과장님 정도면 썩 괜찮지 않나?"

나는 마음 한구석이 찔리면서도 태연한 척 물었다.

"물론 좋은 분이죠. 그런데 나쁜 사람을 뽑는 게 아니잖아요. 설문에도 적혀 있듯 다음에 또 함께 일하고 싶으냐는 거잖아요. 황 과장님은 아무래도 공무원 마인드가 아니니까."

황 과장은 공채가 아닌 민간 경력을 통해 개방형으로 임용되었다. 소위 어쩌다 공무원의 준말인 '어공'으로 분류되는 이들. 변호사나 회계사같이 자격증이 있는 경우가 대부분이지만 황 과장과 같이 특수한 이력을 인정받아 입사하는 경우도 있었다.

"아이디어야 샘솟으시죠. 예산도 없는데 하자는 게 많아서 얼마나 피곤했는데요."

민수는 냉장고에 있는 사이다 한 병을 새로 꺼내왔다.

"근데 이렇게 마시면 술보다 사이다가 몸에 더 해로운 거 아니야?"

요즘 들어 민수는 목이 타 계속 탄산을 찾게 된다고 했다. 살이 오 킬로나 쪘다고. 민수의 사이다를 가져와 내 잔에 따랐다. 황 과장을 찍고도 동조하지 못하고 아닌 척 행동하는 가식적인 모습이 우스웠다. 술집에서 헤어질 때가 돼서야 민수가 조심스레 물었다.

"형은 황 과장님한테 연락 안 왔죠?"

*

며칠 잠잠하다고 긴장을 풀지 말았어야 했다. 비록 그날 잡진 못했지만, 충분히 알아들을 만한 경고는 됐으리라 판단했다. 실제로 주중에는 무탈하게 지나갔는데 주말 동안 민원 홈페이지에 북소리 항의가 다섯 건이나 올라왔다. 천리북을 철거하라는 청원 글도 있었다. 시민 천 명 이상의 동의를 얻으면 시장의 직답을 받을 수 있었다. 물론 그전에 나부터 시장실에 끌려가 일을 어떻게 처리했길래 이 지경이 됐느냐는 질책부터 감내해야겠지만. 어쩌면 후드는 한 가지에 꽂히면 헤어나오지 못하는 정신 질환을 앓고 있는지도 모른다. 나는 그런 환자에게 삼 억짜리 놀잇감을 만들어준 셈이었다. 국민의 세금으로. 소통은커녕 소음의 상징이 되어버린 북을 어쩌면 좋을지 몰랐다.

그날 저녁, 나는 다시 〈생각하는 사람〉 조각상 엉덩이 밑에 쪼그리고 앉아 그가 나타나길 기다렸다. 이번에는 기필코 붙잡아서 타이르든지 면박을 주든지 해야 할 것이었다. 민수가 또 함께 가주기로 했다. 성품이 착한 민수가 다른 사람의 부탁을 거절하지 못하는 걸 알고 있었다. 그게 꼭 장점만은 아니라고 평소 생각하면서도 이렇게 곤란한 상황이 생기면 제일 먼저 떠오르는 사람이 별수 없이 민수라서 미안하고 또 고마웠다. 최고의 직원으로 뽑힌 민수, 언제나 상냥한 민수. 다른 동료 직원들도 앞에서는 비슷한 이유로 민수를 칭찬하고 치켜세우면서도 뒤에서는 자신과는 다른 류의 사람으로 치부했다.

진눈깨비가 흩날렸다. 저녁 이후에는 북 근처에 얼씬 못하게 바리케이드를 치는 방법도 있겠지만 그랬다가는 불통의 상징으로 오명을 쓸 것이다. 시간이 꽤 흘렀는데 민수는 왜 오지 않을까, 싶을 때 핸드폰 진동이 울렸다. 나도 모르게 퉁명스러운 말투가 나오려는데 송신자가 황동욱 과장이었다. 전화를 받아야 하나, 말아야 하나 망설이다가 고개를 들자 보이는 건 거대한 천리북뿐이었다. 헛기침을 몇 번 하고 통화 버튼을 눌렀다.

"오랜만입니다. 과장님!"

목소리 톤이 멋쩍게 올라가 있었다. 황 과장은 사무실을 나오다가 문득 생각나서 전화를 걸었다고 했다. 문득? 그럴 리가.

"혹시 내일 점심 약속이 있나 해서."

내일? 그렇게 빨리? "아, 네. 잠깐만요." 말하는 동시에 나는 과장의 기분이 상하지 않을 만한 거절 이유를 찾았다. 또렷이 떠오르는 건 없었다. 선약이 있다고 한들 이번 주나 다음 주중에 결국 약속을 잡을 거였다. 뜸을 들이고 있자니 그냥 올 게 왔다는 생각이 들었다. 피할 이유가 없었다. 그래서 내일 보기로 정한 후 통화를 마쳤다. 괜히 전화를 받았나 후회가 살짝 들었을 즈음, 민수로부터 문자가 왔다. 친구의 부친상 소식에 갑작스레 조문을 가고 있다고, 같이 못 가서 미안하다며 눈물 이모티콘을 여섯 개나 연속해 붙였다. 갑자기 내가 울고 싶은 기분이었다. 〈생각하는 사람〉 어깨에 달라붙은 눈발을 털고 머리를 기댔다. 푸슬푸슬 쏟아지는 진눈깨비가 얼굴에 닿아 녹으며 나는 축축한 기억에 젖어들었다.

황동욱 과장과의 첫 대면은 아마 잊지 못할 것이다. 이마가 훤히 보이도록 올백으로 넘긴 말총머리에 멜빵 바지를 입은 사람은 청사에서 그가 유일했기 때문이다. 나이도 마흔이 좀 안 됐으니 나와는 고작 아홉 살 차이였다. 낙하산 인사라는 소문이 있었다. 하지만 그가 스타트업 대표 시절에 만든 '뽀샵' 사진 앱을 이용한 적이 있는 직원들은 상당한 호감을 보인 터라 기대

반, 의심 반의 시선이 존재했다. 황 과장이 첫 번째로 떠맡은 미션은 '벼룩시장 바자회'로 자발적인 후원을 받아 진행되는 만큼 수익금 전액이 태풍 피해를 입은 이들에게 돌아가는 주요 공익 사업 중 하나였다. 나는 그의 팀원 중 한 명이었다.

과장의 머릿속에는 별 모양의 세포가 돌아다니나 싶을 만큼 반짝거리는 아이디어가 많았다. 작년에는 어떻게 했나부터 찾아보는 일반적인 업무 방식과는 시작부터 달랐다. 브레인스토밍을 중요시했고 터무니없는 생각일지라도 기발한 착상에 대해서는 칭찬을 아끼지 않았다. 애초 계획대로라면 청사 앞 공터에서 바자회를 진행했을 테지만 황 과장은 콘셉트가 부족하다고 지적했다. 두꺼비집 프로젝트 '헌 집으로 오세요!'는 그렇게 시작되었다. 좌판을 깔고 물건을 사고파는 익숙한 형태가 아니라 집 한 채를 통째로 빌린 다음 후원 물품으로 인테리어를 해 구매자들이 원하는 물건을 골라가도록 했다. 처음 들을 때부터 솔깃한 뭔가가 있었다. 대학교 수업시간 조모임을 하는 기분이 들었던 건 황 과장이 고학번 선배처럼 직원들을 편하게 이끌어줬기 때문일 것이다.

정작 집을 구하려 할 때부터 난관에 부딪혔다. 임대비용을 쓸 수 있도록 재무팀을 설득하는 데만 한 달 이상이 걸렸다. 그런 사이 후원 물품을 받는 공고가 늦어졌고 매년 후원해온 기관과 단체를 직접 방문하는 대신 우편과 초청장을 보냈다. 저녁 늦게까지 빌린 집을 청소하고 곰팡이 핀 벽지를 뜯어내 새로 발랐다. 물건에 가격을 어떻게 표기할지, 판매 수익이 재난위로금으로 사용된다는 사실을 어떻게 홍보하면 좋을지 회의를 거듭했다. 불과 열댓 개의 후원 물품이 들어왔다는 사실은 행사 일주일 전에야 알게 되었다. 예상했던 것에 십 분의 일도 못 미치는 양이었다. 팔 물건이 없다면 그야말로 빈집과 다름없었다.

결국, 직원들 각자 자신의 집에서 몇 가지 소장품을 가져오기로 했다. 나는 철이 지난 이불을 들고 갔다. 그래도 여전히 물품이 부족했고 결국 업무추진비를 활용해 바자회에서 팔 물건을 사는 데 이르렀다. 이때부터 살짝 엇나간다는 느낌이 들었으나 과장도 나도 이런 행사가 처음이었다. 중고마켓 앱에 들어가집에 어울리는 물건들을 구매하고 밋밋한 공간을 보기 좋게 꾸미기 위해 몇몇 장식품목들은 온라인으로 주문했다. 문제는 행사 당일, 배송이 이틀 지연된 어항이 문 앞에 도착하면서부터였다. 거실에 두면 딱 맞을 크기의 어항이 포장도 뜯지 않은 채 등장해 시선을 끌었다. 행사 준비로 분주한 직원들은 박스를 들고온 이가 손님인지 택배원인지도 몰랐다. 다음날 지역신문 일 면에 '내 물건이 왜 거기서 나와? : 벼룩시장 바자회를 열기 위해 중고마켓 이용한 지자체 공무원'기사가 실렸고, 투명한 어항과 비닐에 담긴 금붕어 사진이 함께 첨부되었다.

처음으로 경위서를 썼다. 당시에는 반성문 정도로 대수롭지 않게 생각했지만, 몇 년 후 승진 후보 명단에서 제일 먼저 밀려나는 이유가 되었다. 물론 그때는 알지 못했다. 작은 징계 하나가 승진에 어떤 영향을 미치는지, 행사 주최자가 후원 물품을 받기 위해 각 기관과 단체장에게 찾아가는 인사치레가 얼마나 중요한지, 이번 행사에 어째서 후원 물품이 들어오지 않았는지, 시간이 흐른 뒤에야 저절로 알게 되었다. 그날부터 황 과장은 조직에서 사고뭉치로 찍혔고 그의 사업 아이템은 윗선에 보고하는 과정에서 번번이 탈락했다. 그런데도 과장은 줄곧 괜찮다고 말했다. 이번 일을 통해 배운 게 하나라도 있으면 그걸로 충분하다며. 무엇보다 마음가짐이 중요하다고. "어항 속 금붕어가 반밖에 안 남았는지 반이나 남았는지 그 차이를 알겠지?" 그때는 나도 과장의 생각에 동의했다.

그 생각은 팀에서 과장을 따르는 사람이 나뿐이라는 사실을 모를 때까지만 유효했다. 팀 단합 차원에서 황 과장이 주말에 낚시를 가기로 제안한 건 그로부터 몇 개월이 지나서였다. 친구 결혼식이 있는 날이었지만 의기투합하는 자리였으므로 나는 가기로 결정했다. 정작 약속한 날에 출발 장소에 모인 사람은 과장과 나뿐이었다. 교회 예배를 가야 해서, 시댁에 일이 생겨서, 몸살이 나서 같은 핑계를 대며 하나둘 빠져나갔다. 솔직히 나도 '친구 결혼식 관계로 불참합니다'를 썼다 지우길 반복했다. 다들 불참하는 바람에 나라도 가야 하는 상황이 되고만 것이다. 먼 지방으로 달리는 차 안 조수석에 앉아 졸음을 참아가며 싫은 내색을 하지 않으려고 노력했다. 매운탕이나 실컷 먹자는 생각만 하기로 마음먹었다. 손으로도 고기를 낚는다는 명당자리는 드넓은 논과 밭 사이에 있는 저수지였다. 미끼통과 조리도구, 간이의자를 짊어지고 잡풀이 우거진 진흙탕을 걷고 또 걸었다. 오늘 콘셉트는 '나는 자연인이다'인가? 그럴지도 몰랐다.

"과장님, 머리 자르셨네요."

땀을 닦으려고 잠깐 모자를 벗었는데 과장의 말총머리는 단발머리가 되어 있었다.

"아침에 머리 말리는 데 시간이 너무 걸려서."

낚시터로 보이는 곳에 일단 짐을 풀었다. 사람들이 오간 흔적은 있지만 주위가 텅 비어 있었다. 소금쟁이가 수면 위를 돌아다녔고 저수지에서 역한 냄새가 올라오는 듯했다. 과장도 갸우뚱한 표정으로 둘레길을 따라 좀 더 올라가자고 했다. 악취는 서서히 덜해졌으나 그건 익숙해진 후각 탓일 수도 있었다. 상대적으로 물 빛깔이 깨끗한 곳에 자리를 잡았다. 그러나 한참이 지나도록 입질은 없었다. 마침 경운기를 타고 이동 중이던 농부가 우리를 향해 말을 건넸다. "거기 물고기 안 잡혀요." 도시에서 온 사람들이 애완 거북이를 죄다 버리고 가는 바람에 토종 물고기가 사라지고 물도 다 썩었다고 했다. 농부가 완전히 떠난 후에도 과장은 낚싯대를 걷어 올리지 않았다. 낚시로 건지는 게 물고기가 아니라 세월이라는 시시껄렁한 농담을 했을 뿐이었다. 나는 저수지에 비친 구름만 망연히 바라보았다. 하늘과 저수지 속 구름 기운이 심상치 않더니 곧 소낙비가 쏟아졌다. 나는 배낭에서 코펠을 꺼내 우산처럼 썼고 과장은 그대로 비를 맞았다. 이 순간도 추억이라는듯 만족스러운 표정을 지은 채.

'과장님! 비 맞으면 감기 걸려요…….'

의자와 조리도구에 튄 빗물을 닦으며 나는 그렇게 말하고 싶었다. 어디에 숨어 있었는지 셀 수 없을 정도의 붉은귀거북 떼가 나타나 저수지로 입수하는 것을 목격했다. 그제야 황 과장과 내가 절대 섞일 수 없는 사람이란 걸 깨달았다. 나는 그의 과거까지도 제멋대로 상상해버렸다. 이상한 심보였다. 스타트업이 망했을 때도 당신은 아마 이렇게 생각했겠지. 이것 또한 배움의 일부다. 당신의 직원들 모두가 직장을 잃었는데도. 낭만적인 무드에 젖어 있는 과장에게 확실히 알려주고 싶었다. 당신이 비를 맞는 건 우산을 준비하지 않아서고, 오늘 여기에 온 이유는 물고기를 잡기 위해서라는 걸. 그런데도 우리는 낚시는커녕 비에 쫄딱 젖은 상태라고. 마음가짐도 중요하지만, 마음대로 되지 않는 게 현실이라고. 그걸 실패가 아니라 경험이라고 우기지 말라고. 당신은 지금 팀원들한테 버려져 혼자라는 사실을 알까. 방언이 터진 것처럼 속에서부터 아우성이 밀려왔다. 물론 나는 황 과장에게 일언반구도 하지 않았다. 거친 빗줄기에 저수지 수면이 고장 난 TV 화면처럼 흔들리다가 이내 고요를 되찾았다. 그날 이후로 과장과 조금씩 소원해졌다. 과장과 멀어지다 보니 자연스럽게 다른 동료들과 가까워졌다. 이따금 나는 영문도 모른 채 그날 내린 비를 떠올리곤 했다.

*

　진눈깨비가 점점 굵어지더니 첫눈다운 눈송이로 바뀌었다. 이런 날에 북을 치는 인간이나 잡겠다고 잠복 중인 신세가 좀 억울한 기분이 들었다. 십 분 정도만 있으면 10시가 넘으니 초과근무시간이나 채울 셈으로 좀 더 기다렸다. 그러는 사이, 북 앞에 후드가 나타났다. 주위를 둘러보더니 그는 가볍게 북 가장자리를 주먹으로 쳐보았다. 그러고는 북채를 집어 힘껏 내리쳤다. 둥! 눈발을 배경으로 북을 치는 데 집중하는 그의 모습이 경건한 의식처럼 보일 정도였다. 북채가 아니라 몸을 날려 북과 부딪힐 때는 다치지 않을까 걱정스러웠다. 무슨 사정이 있는 걸까? 그게 아니라면 당장 치료를 받는 편이 좋을 거 같았다. 묵묵히 그의 모습을 지켜보기만 했다. 북소리가 그쳤다. 불러세울지 말지 고민하는데 그가 몸을 웅크린 채 울기 시작했다.

　잠시 후, 나는 걸음을 옮기는 그를 몰래 뒤따라갔다.

　공원에서 이어진 교각을 가로질러 아파트촌과 반대방향으로 쭉 걸었다. 벽화가 그려진 돌담길을 따라 올라가니 삼거리 골목이 등장했다. 캄캄한 밤이었으나 어쩐지 익숙한 동네였다. 그래, 데자뷔! 몇 개월 전, 대북 제작을 의뢰하기 위해 악기장 형제의 공방을 찾은 적이 있었다. 바로 그 골목길이었다. 백 미터쯤 앞에서 걷던 후드가 들어간 대문은 꽉 닫히지 않아 손가락으로 살짝 밀어도 열렸다. 엉겁결에 마당 안으로 들어가버렸다. 첫눈에 홀린 기분이었다. 지난번에는 사무실에서만 이야기를 나누었기 때문에 작업실에 들어가는 것은 처음이었다. 작업실 안에는 건조 상태인 북이 허공에 잔뜩 매달려 있었다. 형제가 공동으로 작업하는 공간이라 구조가 독특했다. 데칼코마니처럼 양쪽 벽 모서리부터 전기난로와 소파, 쇠가죽과 목재를 다듬는 공기구 세트가 나란히 놓여 있었다.

"누구쇼?"

옷을 갈아입고 나타난 그가 형인지 아우인지 몰랐으나 오랫동안 컨택한 이가 맞았다. 그는 돋보기안경을 쓰고 나서야 나를 공무원 선생이라고 불렀다. 무슨 일이냐는 물음에 불이 켜져 있어서 들렀다고 했다. 마침 첫눈도 오고.

"라면 먹을 깁니까?"

아니요,라고 말했는데 동시에 배에서 꼬르륵 소리가 났다. 가스레인지에서 물 끓는 소리가 들렸다. 금세 식탁이 차려졌다. 나는 라면을 후후 불면서도 북을 치는 이유를 알아낼 묘책을 찾고 있었다. 또 생각해보니 형제 중에 누가 북을 쳤는지도 의문이었다.

"근데 다른 분은 안 보이시네요?"

양은냄비 뚜껑에 올려진 면발을 후루룩 삼키며 그는 대수롭지 않은 투로 말했다.

"동생이 집을 나가뻤렸습니다."

그러니까 지금 이 사람은 형이었다.

"싸우셨어요?"

다툰 것도 맞긴 하지만 실은 병원에 입원 중이라고 했다. 형제가 같은 길을 걷는다는 게 예삿일은 아니라며 일과 중에 작업이 반, 다투는 게 반이라고 투덜거렸다. 공동작업이라고 해도 형은 북의 소리를, 동생은 단청 같은 장식과 형태를 도맡았다. 최근에 동생은 북 옆의 울림판을 활용해 시각이나 음향효과 같은 다양한 시도를 해왔는데 염불은 안 하고 잿밥에만 관심 있는 땡중 같다고 약을 올렸단다. 형이랑은 도저히 같이 일 못 하겠다고 말한 뒤, 동생은 자신만의 북을 만들겠다며 집을 나갔고 오동나무를 직접 베러 갔다가 잘린 나무가 자신 쪽으로 떨어져 현재 의식이 없는 상태라고 했다. 조금 전과는 달리 형의 목소리가 가늘게 떨렸다. 울먹이고 있었다.

"그때부터 북소리가 제대로 나질 않아요."

혼자서도 얼마든지 북을 만들 수 있는데다 동생의 작업 방식을 모르는 것도 아닌데, 어째선지 소리가 달라졌다고. 둥, 같은 묵직한 울림이 아니라 변비같이 덩 아니면 똥 소리가 난다고. 도저히 예전과 같은 소리가 나질 않는다고 했다. 나는 벽에 쌓여 있는 북을 몇 개 집어 손으로 두들겨보았다. 북소리는 같은 듯 다 달랐다. 둥, 동, 덩덩, 똥똥, 빵빵.

"동생이랑은 북으로 대화도 가능했죠."

북 윗대가리를 '퉁' 하고 치면, 멀리서 동생이 "형, 왜?" 하고 달려왔고, 북 밑대가리를 '툭툭' 치면 화났으니 피차 건드리

30

지 말라는 거였고 북 한가운데를 부드럽게 '살살' 치면 밥 먹자
는 뜻이라고 했다.

"한번 해보실래요?"

"아니요, 저는 괜찮습니다."

동생과 마지막으로 만든 게 천리북이라고 했다. 천리북 소
리를 들으면 병원에 누워 있는 동생이 금방이라도 "형, 왜?" 하
고 일어날 것만 같다고. 가끔 그 녀석 자리에서 작업할 때도 있
다고 했다. 사연을 들은 나는 저녁에 북을 치면 안 된다는 말을
꺼낼 수 없었다.

"오신 김에 부탁 하나만 들어줄래요? 거기 잠깐 앉아만 주
시겠소?"

나는 동생의 자리에 그대로 앉았다. 형이 북통을 가져와 가
죽 피를 씌운 뒤 줄을 감아 팽팽히 잡아당겼다. 두 개로 분리된
가죽이 곧 하나로 연결돼 북 형태를 갖췄다. 가볍게 두드리니 통
통, 좋은 울림소리가 났다. 우리는 눈이 마주쳤고 창밖에는 눈
이 폴폴 내리고 있었다. 그는 말없이 작업을 계속 이어 나갔다.

*

다음날 점심시간, '일심一心' 식당에 들어섰다. 먼저 도착
한 나는 문을 열고 들어오는 황동욱 과장을 하마터면 못 알아
볼 뻔했다. 삼 대 칠 가르마에 멀끔한 정장 차림의 그는 누가 봐

도 공무원이었다. 육 년 전, 처음 만났을 때의 모습과는 완전히 달랐다.

"별일 없으시죠?"

내가 먼저 선수를 쳤다.

"요즘 진행 중인 건이 있긴 한데 조만간 결정이 날 거 같아. 자네는?"

고요한 풍경 소리가 귀를 감쌌다. 주전자 밑부분을 손으로 치며 말했다.

"북소리 때문에 복장이 터집니다."

과장은 알고 있다는 듯 웃음을 터트렸다. 당근 수프가 나오고부터는 먹기에 집중했다. 버섯 탕수육과 전골을 나눠 먹고 후식으로 나온 숭늉을 마시던 과장이 호기롭게 말했다.

"한번은 말이야. 어떤 미술 전시회에 갔더니 입장하자마자 암전을 해버리더군. 뭘 보라는 건지 의아했는데 곧 음악이 나오더라고. 귀로 보는 미술이랄까? 고정관념에서 벗어나서 다른 감각을 깨우라는 게 작가 의도라면 힌트가 될까?"

역시 아이디어맨, 황 과장이었다.

"예산은 충분한 거지? 무턱대고 진행하면 안 된다는 건 잘 알 테고. 그때가 그립구먼. 우리가 함께 일했던 때, 서툴지만 재밌었어. 그치?"

나는 대답 대신 주전자를 때리는 것으로 답했다. 동동! 유쾌한 소리가 났다.

북소리 민원에는 반전이 숨어 있었다.

민수가 나한테는 말도 없이 혼자서 잠복을 해서 북을 치는 이를 잡았는데 악기장 형이 아니었다. 한밤중에 북을 치는 자가 한둘이 아니었다니 당혹스러웠다.

그 후로, 나는 형제의 공방을 다시 찾았다. 천리북 울림판에 조명장치를 달아 저녁에 북을 두드리면 소리 대신 빛이 뿜어지도록 하는 작업을 의뢰했다. 형은 동생이 비슷한 걸 만든 적이 있다며 연말까지 일을 마쳐주기로 했다. 콘셉트는 명확했다. 소리와 빛! 천리북은 후에 '빨주노초파남보' 빛을 발산하여 '무지개 북'이라는 별칭을 갖게 되었다.

새해 첫날, 최 시장은 소리가 아닌 빛깔을 가진 북을 최초로 연주하였다. 무지갯빛이 쏟아지는 광경을 황동욱 과장에게 제일 먼저 자랑하고 싶었지만, 그는 연말에 회사를 떠났다. 민간기업으로 스카우트되었다고 했다. 황 과장이 전체 사무실을 돌며 직원들과 악수를 청했을 때야, 점심에 부른 건 작별의 의미였음을 알았다. 우리는 매번 오해하고 미끄러졌다. 그가 떠난 다음날, 나는 황 과장이 남긴 게시글을 다시 한번 읽었다.

함께 일하고 싶습니다!

안녕하세요. 소상공인지원과 황동욱 과장입니다.

이런 글을 올리게 되어 송구하고 오해가 없으시길 바랍니다.

대표랍시고 회사도 운영해보았고 공직생활도 칠 년 차가 넘은 지금, 협력의 중요성을 더욱 알게 됩니다. 같이 일하는 과정에서 동료의 부족한 점도 보이기 마련인데 제가 아닌 다른 분들이 가짜 뉴스로 고생하는 것을 계속 지켜볼 수만은 없었습니다.

제가 이번 설문조사에 뽑혔다는 사실이 부끄러우면서도 한편으로 다시 제 편으로 돌릴 수 있는 기회가 주어진 게 아닐까 스스로를 성찰하는 계기로 삼고자 합니다.

바뀌기 위해 노력할 것이고 더 다가가겠습니다. 부족한 점에 대해서는 질책도 필요하지만 서로 많이 다독여줍시다. 우리는 혼자 일할 수 없으니까요.

이미 게시글은 삼십 번대까지 페이지를 넘겨야 볼 수 있었지만 수많은 댓글 뒤에 나는 아주 늦게 답을 남겼다. 과장님과 함께 일할 수 있어 감사했습니다,라고.

*

이듬해 봄, 나는 인사팀으로 발령받았다. 천리북 시연 행사를 시장이 좋게 평가해 가능했다. 승진에 유리한 자리였지만 직원들의 고충을 들어주는 만만찮은 자리기도 했다. 첫 번째 상담으로 민수가 찾아올지는 생각도 못했다. "스트레스 때문이래요. 목이 탄 게 아니라 속이 타서 사이다가 땡겼나봐요. 더 정확한 검진이 필요하다고 하는데 별일 아니었으면 좋겠어요." 최고의 직원이 직장 스트레스로 병가를 내달라니. 최고라는 말이 어느 순간부터 부담이 되었다고 했다. 최고니까 거절도 못하고, 최고니까 실수도 안 되고, 높은 기대치에 부응해야만 하는 압박감. 민수는 내가 조직생활을 잘해 부럽다고 했다. 무슨 소리? 나는 정수기 통을 통째로 들고 마시는 시늉을 했다. 민수가 고맙다며 웃었다. 삼 개월 정도 푹 쉬고 복귀하면 민수는 다시 평범한 직원으로 돌아갈 것이다.

폴더를 정리하다가 우연히 지난해 파일 하나를 발견했다. '시월의 마지막 밤' 설문 결과가 담긴 엑셀 파일로 비밀번호는 1031이었다. 파일을 열자 첫 번째 탭에는 최고의 직원 강민수, 두 번째 탭에는 최악의 직원 황동욱 이름이 맨 위에 적혀 있었다. 황 과장의 경우, 함께 일하고 싶지 않음이 여덟 표로 가장 많긴 했지만 함께 일하고 싶음도 일곱이었다. 공동 이등은 윤병환과 박종술 과장으로 함께 일하고 싶지 않음이 각각 일곱 표였다. 그들과 함께 일하고 싶은 직원은 아무도 없었다. 다시 말해 두 사람은 운이 좋았다. 민수의 경우에도 함께 일하고 싶은 직원으로 아홉 표를 받았지만, 함께 일하고 싶지 않음도 다섯 표나 됐다. 투표 결과가 참 일관성이 없다는 게 일관적이었다. 최악의 의미가 모호하다고 항변했던 팀장의 설명은 정확한 진단인 셈이었다.

　스크롤을 아래로 내리던 중 내 이름을 보았다. 함께 일하고 싶지 않음 세 명, 그중에는 생각지 못한 이름이 있었고 평소에 꽤 아끼던 후배 이름도 보였다. 직장생활을 하는 동안 평생 간직해야 할 비밀이 생긴 순간이었다. 그리고…… '함께 일하고 싶음' 한 명! 아, 이건 정말 모르는 편이 나았을 것이다. 심장 소리가 북처럼 둥둥둥 뛰고 있었다. 나는 바람을 쐬러 옥상으로 올라갔다. 담배를 피우는 동료 직원들이 한곳에 모여 있었다. 나를 보고 전보를 축하한다며 몇몇이 다가왔다. 그들은 함께 일하고 싶은 직원이었나, 함께 일하고 싶지 않은 직원이었나, 그 중 한 명이 내게 어깨동무를 하며 언제 점심 한 번 먹자고 말했다. 나는 "좋지"라고 답하며 슬그머니 손을 뿌리쳤다. 옥상에 서서 흘러가는 구름을 보다가 그런데 아까 누구였지, 하고 뒤돌았을 때는 아무도 없었다.

　문득 퇴근길에 천리북에 들러야겠다고 생각했다. 북소리가 그 사람에게 닿을 수 있으면 좋을 텐데. 말하지 않아도 내 마음을 전할 수 있다면. 그럴 수 있다면…….

근로하는 자세

윤태호 환경부 차관은 5월 4일과 5일, 양일간 독일 뒤셀도르프에서 열린 G20 지구 환경 장관회의에 참가하였다. G20 회원국들은 최근 기후변화, 식량위기, 물 부족 같은 글로벌 환경문제에 대한 해결방안을 논의하고 상호 협력하기로 했다. 특히 윤 차관은 회의 발언 도중, 미세먼지 마스크를 착용하는 시범과 함께 한반도를 둘러싼 대기오염의 징후와 심각성을 전 세계에 알리며 이를 방지할 수 있는 국제 공조체계 마련을 촉구했다.

현지시각 20시 37분. 한국 시간으로 새벽 4시 37분. 독일과의 시차를 고려해 회의가 끝나자마자 대변인실에 보도자료를 보냈습니다. 이튿날 대표단은 곧장 공항으로 이동해야 했기 때문에 엠바고가 풀리는 시점에 맞춰 서둘러 발송한 것이었죠. 노트북에서 파일을 삭제한 것은 괜히 불똥이 잘못 튀어 제게도 문제가 생길까봐 불안하고 겁이 나서였지 별다른 뜻은 없었습니다. 보도 내용을 살펴보면 몇몇 신문사에서 단신으로 실을 기사에 불과했죠. 이번 출장이 전 국민에게 보도될 사건이 되리라곤 그날 밤까지도 전혀 생각 못했답니다. 윤태호라는 이름이 인터넷 포털의 실시간 검색어에 오르고, 외국에서 피살된 사람이 동명이인의 만화가가 아니라 환경부 차관이란 사실을 많은 이들이 접하게 되었지요. 무릇 공무원은 끝이 영예로워야 한다고 입버릇처럼 말하던 차관이었는데 공교롭게도 죽음과 동시에 이름 석 자를 대한민국 전역에 알렸네요.

따지고 보면 모든 것이 망할 학센 탓입니다.

독일식 족발. 돼지 뒷다리 정강이 살을 오븐에 통째로 익혀서 만든 전통 음식. 맥주와 특히 궁합이 좋은 안주죠. 사실 차관이 공식만찬 장소에 들어갈 때까지만 해도 아무런 문제가 없었습니다. 외교부에 제출한 국외출장계획서와 한 치도 다르지 않게 일정이 진행되었으니까요. 이제 와 말하기도 뭐하지만 제 직속상관인 오영식 과장이 가장 싫어하는 게 불확실과 말대답이라서 저는 투덜대는 건 엄두도 못 내고 이틀 동안 진행될 회의 준비를 위해 한 달 이상 공들여야 했습니다. 일본 환경상 옆에서 식사를 하던 차관이 입구 바깥에 앉아 있는 저희를 향해 손짓했을 때, 과장은 통역을 데려오란 건 줄 알고 통역사와 함께 재빨리 안으로 들어갔죠. 차관이 과장의 귀에 대고 잠깐 속삭이더니 곧 과장이 헐레벌떡 뛰어오며 외쳤습니다.

"근처에 학센 파는 식당이 있는지 좀 찾아봐라."

돌이켜보면 5월 4일 아침, 이곳에 도착하고부터 내내 뷔페만 먹긴 했네요. 첫 끼를 좀 많이 먹는다 싶더니 차관은 회의 도중에 소화제를 찾았고 점심부터 입맛이 없다는 말을 여러 번 했습니다. 첫째 날, 대표단 전원이 모이는 웰컴 디너는 물론이고 다음날도 호텔 조식부터 만찬까지 계속 뷔페였으니 음식이 입에 물릴 만도 하지요. 하여튼 독일 놈들, 유머가 없기로서니 센스도 형편없단 말이죠. 회의 준비의 기본이 식사인데 손님으로 대접받는 기분은커녕 고문이 따로 없었네요. 시원한 맥주 한 잔이 생각나긴 저도 마찬가지였습니다. 차관의 지시라며 서지원 팀장에게 얼른 식당을 찾으라고 재촉했어요.

접시 위 음식을 거의 손도 안 댄 차관은 식사가 마무리될 무렵 다른 국가의 대표들보다 먼저 자리에서 일어섰습니다. 과장과 비서관, 저, 그리고 산하기관 팀장과 연구원이 호텔 로비에서 대기하고 있었죠. 습관이 됐는지 자연스레 서열 순으로 불렀네요. 통역사는 감기 증세가 있다며 호텔방으로 돌아갔고, 독일 측 수행원에게는 사적인 자리니까 동행하지 않아도 된다고 일러주었습니다. 수행원은 대체로 영어 구사에 능숙한 명문대학생이 맡곤 하는데, 방탄소년단 팬임을 스스럼없이 밝힌 아멜리아는 차관과 농담을 주고받을 정도로 쾌활하고 싹싹했죠. 무전기를 통해 수시로 대표단과 연락하며 식당까지 안내가 필요한지 리무진을 사용하길 원하는지 이것저것 챙겨줬답니다.

저희는 서둘러 회의장 밖으로 나와 걸었어요. 도시의 북쪽

끝에 위치한 그곳 주변은 저녁 9시 경인데도 행인을 거의 찾아볼 수 없을 만큼 한적했습니다. 대로변 옆에 라인강이 흘렀고 안개가 자욱이 껴 가로등 불빛조차 뿌옇게 보였죠. 5월 초의 날씨치고는 제법 쌀쌀했어요. 차관이 외투에서 담뱃갑을 꺼내자 과장은 얼른 뒷주머니에서 라이터를 꺼냈습니다. 오 과장은 비흡연자였지만 의전용으로 라이터를 늘 소지할 만큼 준비성이 철저했죠. 다만, 사내에서는 금연하던 직원들도 다시 흡연자로 만든다는 악명이 자자했습니다. 현지 음식을 미리 챙기지 못한 건 자신의 불찰이다, 학센은 정말 탁월한 선택이다, 뭐 이딴 소릴 간접흡연을 마다않고 하더군요. 로비에서 대기할 때, 차관 입에서 먼저 학센이 나왔으니 이건 명백히 의전 펑크라며 돌아가면 각오하라고 지랄하던 게 조금 전이었습니다. 아무려나 이제 고인이 된 사람인데 이런 험담이 무슨 소용인가 싶긴 합니다만.

차관이 담배꽁초를 구둣발로 비벼 끄자, 대표단은 다시 걷기 시작했죠. 한참을 말없이 이동하는데 갑자기 픽, 하는 소리와 함께 앞서가던 연구원이 쓰러졌어요. 순식간에 벌어진 일이라 저는 마네킹처럼 몸이 굳어버렸고, 쓰러진 연구원 뒤로는 야구배트를 쥔 괴한이 서 있었는데 복면을 쓴 상태라 검은 실루엣만 보였습니다. 비슷한 실루엣이 하나둘 대표단 주위를 둘러쌌죠. 저희는 비명은커녕 이렇다 할 저항도 못한 채 순순히 놈들에게 끌려갔어요. 오 과장은 양손을 머리 위까지 높이 들고 있었습니다. 놈들이 저희 눈에 안대 같은 걸 씌우자, 시큼한 약품

냄새가 나더니 곧 몸이 나른해지고 손과 발에 힘이 풀렸어요. 제 경우에는 안대 끈이 야무지게 묶이지 않아 작은 틈새로 구두코가 보였습니다. 미로처럼 구불구불한 골목길을 돌아 어느 상점 안으로 저희를 데리고 들어가더군요. 누군가 멀리서 이 모습을 봤다면 대표단이 놈들에게 납치된 건지 호위를 받는 건지 구분하기 어려웠을 겁니다.

발포비타민과 달팽이크림 같은 기념품을 파는 약국이었습니다. 계산대 아래 지하와 연결된 통로가 있었고 놈들은 강제로 저희 허리를 굽혀 계단을 내려가게 했어요. 서늘한 공기와 축축한 흙냄새가 온몸을 감쌌죠. 그 와중에 떠올린 게 고작 보험금이라는 건 지금 생각해도 좀 서글픕니다. 저는 출장을 떠날 때마다 공항에서 여행자보험을 들곤 했는데 독일은 선진국이라서 고급형이 아니라 일반형을 들었거든요. 사망 시에 각각 칠억과 삼억이 지급되는 조건의 상품이었죠. 둘은 대략 사억 정도 차이가 났고, 그건 공무원 봉급으로 십 년을 악착같이 저축해야 충당할 수 있는 돈이었어요. 보험료는 일이 만원밖에 차이가 나지 않는데 그걸 아끼겠다고 보험등급을 낮춘 제 자신이 모자라 보였습니다. "하여간 너는 꼭 그렇게 후회할 짓만 골라서 하지." 오영식 과장이 제게 자주 했던 말이 절로 떠올랐어요. 놈들의 본거지로 추측되는 곳으로 끌려가는 내내 저는 계속해서 후회스러운 마음으로 보험금을 떠올려야 했습니다.

*

공무원이 이런 얘길 한다면 믿기 어려울 수도 있지만, 연일 누적된 피로 탓에 몸에서 이상증세가 나타나 조만간 휴직을 생각하고 있었습니다. 최근 재활용 쓰레기 수거 문제가 불거지며 담당 소관인 저희 국 전체가 발칵 뒤집힌 일이 주요했습니다. 그날은 오전에 장관 보고가 있는 날이라서 평소보다 더 일찍 출근을 했지요. 날씨도 맑았고 컨디션도 특별히 나쁘지 않았는데 매일 걷는 가로수 길에서 다리 힘이 풀리며 그만 주저앉고 말았습니다. 예고 없이 닳아버린 건전지처럼. 곳곳에 송진가루가 쌓여 있어 그나마 깨끗한 바닥을 찾으려 두리번대다 결국 아무 곳에나 앉아버렸죠. 애써 아무렇지 않은 척 가방에서 서류뭉치와 휴대폰을 꺼내 주위의 시선을 피했습니다. 뭐, 사람들은 무심하게 제 갈 길만 가더군요. 주변 상가의 내과를 검색하면서도 이 증상으로 내과에 가는 게 맞는지 싶었고 출근 도중에 곧장 병원에 가는 것도 잘하는 건지 알 수 없었습니다. 일단 직장 동료에게 연락해서 한 시간만 연차를 내달라고 했지요. 걸을 힘이 날 때까지 주저앉은 상태로 멍하니 시간을 보내는데 마치 수거되지 않은 쓰레기가 된 기분이었습니다.

병원 안은 진료를 기다리는 환자들로 붐볐습니다. 흰 마스크를 낀 독감 환자들이 쿨룩쿨룩 기침을 해대는 통에 꼼짝없이 감기에 걸려 나가겠구나 싶었어요. 삼십 분이 넘도록 제 차례가 오지 않아 동료에게 다시 연락해 한 시간 더 연차를 내달라고 했죠. 그렇게 한참을 대기한 후 진료실로 들어갈 수 있었어요. 의사에게 조금 전 증상을 설명하자, 청진기를 가슴에 대보더니 으레 하는 검사인 듯 엑스레이를 찍고 피도 좀 뽑았습니다. 그러고는 작은 비커에 소변을 받아오라고 했을 뿐이었죠. 삼 일 후에 검사 결과가 나온다는데 조금 심각한 병이길 바랐다면 제정신이라 할 수 있을까요? 병원에서 나와 곧장 회사로 향했습니다. 출근은 해야 하니까요. 무엇보다 제 건강 상태가 정상이 아니라는 것을 과장에게 보여주고 싶었습니다.

장관 보고는 잘 끝났다고 동료가 알려주었어요. 과장도 이미 전해들었겠지만 저는 병원에 들렀다 오느라 늦었다고 말했습니다. 어떤 증상인지 정도는 물어볼 줄 알았는데 제 말을 건성으로 듣던 과장은 사무실 밖으로 나가며 혼잣말하듯 중얼거렸죠.

"아프면 그냥 쉴 것이지 뭐 하러 나왔어? 하여간."

삼 일 후, 의사가 웃는 얼굴로 대할 때부터 별일 아니란 걸 예감했지만 한편으로 서운한 기분이 든 것도 사실입니다. 근육이 긴장해서 잠깐 놀란 거 같다고. 한두 번은 괜찮지만, 증상이 반복되면 심각한 상황이 올 수 있으니 지금부터라도 음주와 패스트푸드 섭취를 피하고 규칙적으로 운동하라는 당연한 말씀을 해주시더군요. 혈액순환을 돕는 약을 조제해주는 것으로 간단히 진료가 끝이 났습니다. 약간은 허탈한 심정으로 문을 열고 나가려는 순간, 저는 뒤돌아서 의사에게 물었죠.

"그런데 근육이 왜 놀란 거죠?"

처방전을 입력하던 의사가 눈웃음을 지으며 말했어요.

"스트레스죠."

'오영식이죠.'

의사의 소견이 제게는 그렇게 들렸습니다.

"누누이 말하지만, 자기관리도 실력이다. 난 사무관 초임 시절에 말이야……."

아무도 궁금해하지 않는 왕년의 무용담이 퇴근 시간 십 분 전에 시작되곤 했습니다. 과장이 이번엔 또 얼마나 길게 말하려나, 머릿속으로는 딴생각을 했죠. 입안이 비스킷처럼 말라 억지로 침을 만들어 삼키며 과장이 일장연설을 마치길 기다렸습니다. 방금 지시한 건 내일 아침에 보자는 말로 그렇게 얘기가 끝나곤 했어요. 매번 그런 식이었습니다. 벤저민 프랭클린의 격언인 '준비하지 않은 사람은 실패를 준비하는 것이다'를 변형해 준비되지 않은 직원은 야근을 시켜서라도 준비하게 만든다는 신조가 생활화된 인간이 오 과장이었습니다. 가습기 살균제 사건으로 여론의 뭇매를 맞아 긴급 대책을 마련할 때에도 과장은 이틀 연속 사무실에서 새우잠을 자며 기어코 대응책을 발표했습니다. 그런 게 능력이라고 굳게 믿는 사람이었어요. 과장과 함께 밤새도록 일한 직원은 며칠 뒤 휴직을 신청했고 자연스레 그 자리는 공석이 되었죠.

　과장이 없는 자리에서 직원들은 '하여간'이나 '누누이' 같은 그의 말버릇을 흉내냈습니다. 구내식당에서 점심을 먹을 때면 그에 대한 험담이 깍두기나 콩나물무침만큼 자주 나왔지요. '하여간 매사 부정적이야.' '누누이 말하지만 인간적으로 정이 안 가는 인간이라니까.' 욕먹으면 오래 산다는데 오 과장은 장수로 기네스북에 오를 거라는 누군가의 농담에 직원들이 깔깔 웃었죠. 저는 남은 반찬들을 국그릇에 집어넣으며 말했습니다.

　"밥 먹을 땐 그 인간 얘기 좀 하지 맙시다! 깍두기가 왜 이렇게 싱거워."

　오 과장의 처지를 모르는 건 아닙니다. 기러기 아빠 신세가 된 지 반년쯤 지나고 있었어요. 일어일문학과에 입학한 아이의 어학연수 때문에 사모님이 오사카로 함께 갔다고 들었습니다. 한번은 과장이 읽고 있는 만화책을 보여줬는데 일본어로 적힌 데스노트 원작이었죠. 퇴근하고 집에 가봐야 아무도 없었으므로 과장은 저녁에도 번번이 사무실에 남았습니다. 과장의 이런 사정은 정수리에 방치되고 있는 흰머리와 와이셔츠에 묻은 김칫국물이 보여주고 있었고 이는 모두가 함구하는 일이었어요. 인정합니다. 나쁜 생각인 줄 알면서 과장이 출근길에 교통사고가 나길 바라기도 했고, 과장이 좋아하는 믹스커피에 복용하고 남은 수면제를 타서 준 적도 있습니다. 그날은 커피가 쓰다며 오후 내내 졸더니 밤 10시가 돼서야 깨어나더군요. 그 바람에 저도 남아서 야근을 해야 했지만.

"아주 작정하고 휴직 신청을 했겠지."

동료 중 누군가 악의적으로 말했습니다. 비난보다 축하가 어울리는 소식이었지만 같은 과 선배 사무관이 임신 소식을 알리며 육아휴직에 들어갔어요. 요즘에는 한 명만 낳아 잘 키우기도 버겁다며 아이 둘은 엄두도 못 낸다던 선배였는데, 동료 직원들에게 어떤 예고도 없이 서둘러 휴직에 들어갔다는 건 저의 과장된 추측일까요? 선배의 갑작스런 휴직과 함께 그 자리는 공석이 되었고 저희 과에 오려는 직원은 아무도 없었습니다. 물론 오영식이 과장이니까. G20 회의는 원래 선배의 업무였지만 회의 일자가 다가오자 결과적으로 제가 떠맡게 되었습니다. 인사과에 찾아가서 담당자에게 다른 과로 옮기고 싶다고 요청했는데 그 망할 새끼는 이 과에 온 지 일 년밖에 안 지났으니 의무 기간인 이 년을 채우라는 개소리만 해댔습니다. 원칙은 언제나 불리하게 적용되었지요. 남은 일 년을 생각하면 아득했습니다. 죽고 나서야 자리를 옮겨줄 건지, 원.

오전 10시 45분, 뒤셀도르프 공항 영접. 차량 대기. 수화물 체크. 공항에서 회의장까지 대략 30분 소요. 호텔은 사전 체크인 완료. 오후 1시 반, 환영 리셉션 참가. 오후 2시부터 장관회의 첫 세션 시작. 말씀자료 세팅…… 출장 준비는 시간 흐름 별로 살펴보면 간단해 보이는 일이지만 오 과장의 질문이 시작되면 그렇지도 않았습니다. 비행기가 연착되면 어떡하지? 공항에서 회의장까지 가는 도로가 막히진 않을까? 이동시간 삼십 분은 확실한 거야? 리셉션에서 장관님 역할은 뭐지? 다른 장관들은 언제쯤 회의장에 도착하는지 파악해봤어? 회의 세션에는 누구까지 들어갈 수 있지? 사진은 누가 찍을 건데? 동시통역은 지원되는 건가? 양자회의 면담자료는 각 업무 담당한테 받았어? 대답이 느려질수록 과장의 질문은 더 빨라졌습니다.

"이제 한 달밖에 안 남았어. 인마!"

거의 완벽하게 준비를 마쳤다고 생각했는데 과장에게 보고한 후에는 덜 익은 고기를 씹는 것처럼 찜찜한 기분이 들었습니다. 오 과장의 요구가 지나친 것도 사실이었고요.

"아참, 장관님 비행기 좌석이 어디지?"

제 좌석도 어딘지 모른다는 말은 불필요해 보였죠.

"누누이 말하지만 넌 지금 업무 해태에 업무 태만이야 새 끼야!"

그러고는 비행기 이륙 소음 같은 고성과 욕설이 이어졌습니다.

꽃샘추위가 계속되는 봄이었어요. 그날은 아침부터 비가 내렸죠. 식당에서 저녁을 먹고 돌아오니 복도에 우산들이 나란히 세워져 있었고 그중에는 파라솔 크기의 체크무늬 우산도 있었습니다. 오 과장이 여태 근무 중이란 뜻이었죠. 밤 11시를 넘기자 사무실에 남은 사람은 과장과 저뿐이었어요. 모니터의 한글 문서 커서가 계속 깜빡거렸습니다. 저도 모르게 하품이 나왔습니다. 이미 두 차례 과장과 양자회담에 대해 논의한 후였죠. 회담은 어디서 하기로 했는데? 배치도는 확인해봤어? 거긴 몇명이 나오는데? 깃발은 누가 준비하지? 그쪽이 회담을 제안했더라도 혹 깃발을 안 가져올 경우도 대비해야 하지 않을까? 검토하겠습니다. 반영하겠습니다. 대비하겠습니다. 줄곧 앞의 두 글자만 바꿔가며 대답했습니다. 다시 한글 파일을 클릭하자 이백 페이지가 넘는 국외출장계획서가 화면에 떴고 일정과 동선, 준비 물품 등이 적힌 표가 빼곡히 채워져 있었어요. 갑자기 한쪽 눈에서 눈물이 주르륵 흘렀는데 어떤 감정도 섞이지 않아 이상했습니다.

"권 사무관, 잠깐 이리 와보지?"

저도 모르게 한숨이 섞인 하품이 나왔습니다.

"현장에서 갑자기 양자회담이 취소되면 어떻게 할 거지? 인도는 약속을 어기기로 악명 높은 국가잖아."

"네?"

"인마, 대안을 묻고 있잖아. 그 시간이 비면 장관님 그냥 놀게 할 거야? 미치지 않고서야, 네가 장관이라고 한번 생각을 해봐라. 지금 졸음이 오냐? 나는 그날을 생각하면 잠이 안 온다!"

저는 한글 문서 커서처럼 계속 눈을 깜빡거렸습니다.

"사실 그렇잖아. 너는 매번 검토하겠다, 알아보겠다, 이런 말만 되풀이하고 있다고. 안 그래? 누굴 엿 먹이려는 거야. 하여간 제대로 못하면 재미없을 줄 알아!"

계속 이렇게 꾸지람을 들으니, 차라리 그 시간에 잠이라도 자는 게 더 생산적이겠다고 생각했습니다. 이건 회의를 줄이기 위한 회의를 하자는 것처럼 무의미한 일 같았으니까요. 시-정하겠습니다,라고 말하려 했는데 시-발이라고 해버렸습니다. 그러고는 책상 위에 놓인 선인장 화분을 통째로 집어던졌죠. 창문 깨지는 소리와 함께 깨진 구멍으로 비바람이 몰려 들어왔습니다. 그제야 잠이 확 달아나더군요. 바람이 불어오는 맞은편 책장에는 《아프니까 청춘이다》, 《죽여 마땅한 사람들》과 같은 책들이 꽂혀 있었습니다.

"야! 너…… 지금……."

오 과장은 어이없다는 표정으로 '아, 진짜……'를 몇 번 되뇌더니 고개를 저으며 말을 잇지 못했습니다. 잠시 정적이 흘렀고 과장은 퇴근을 했죠. 자정이 훌쩍 넘은 시각, 이날의 사건은 둘만 아는 비밀이 되었습니다. 그렇다고 과장의 태도가 달라진 것도 아니었어요. 다음날 창문 유리를 갈았습니다. 깨진 구멍의 지름은 10센티도 채 되지 않았지만 가로세로 길이가 2미터도 넘는 유리창을 통째로 교체해야 했지요. 동료들은 비바람에 창문이 깨졌다고 생각하는 건지 전날 무슨 일이 있었는지 묻거나 하진 않았습니다. 아참, 장관회의 일주일을 앞두고 장관 자녀에 대한 특혜 의혹 기사가 터지며 대표단 헤드가 장관에서 차관으로 교체되었고 저는 비행기 좌석 예약부터 새로 준비를 해야 했습니다. 그 일주일은 정말이지 다시 생각하기조차 끔찍한 시간이었어요.

*

놈들에게 끌려간 곳은 열 평쯤 되는 지하실이었습니다. 기압 차이 때문인지 귀가 자꾸 먹먹해 침을 삼켰고 퀴퀴한 냄새가 나서 속이 매스꺼웠어요. 뿌연 빛을 내뿜는 전등 아래에 놈은 아홉, 저희는 다섯이었죠. 그들은 전부 검정 복면을 쓰고 있어 누가 누군지 구분하기조차 힘들었고 사용하는 언어 또한 영어나 독일어가 아니라서 알아들을 수가 없었어요. 방 모퉁이에서는 작은 체구의 소년이 분해한 M16 총기를 청소 중이었는데 군대에서 사용한 그 기종을 저는 한눈에 알아볼 수 있었습니다. 지금도 십 초 안에 조립을 마칠 수 있을 거 같았죠. 소년도 훈련병처럼 총기 교육을 받는지 약실 청소부터 노리쇠 후퇴, 실탄 장전 같은 작업을 반복했습니다.

머지않아 한 여성이 지하실 안으로 들어왔어요. 일본인이었죠. 그 여성 역시 저희를 보자마자 눈이 휘둥그레져서는 놈들에게 다급한 목소리로 말했습니다. 낯선 외국어지만 김치, 평창, 김정은 같은 익숙한 고유명사가 간혹 들려왔죠. 뭔가 잘못되었다는 것만은 짐작할 수 있었습니다. 사태의 전말은 의외로 단순했습니다. 놈들이 저희를 일본 대표단으로 오인하여 공습한 것이었죠. 황당한 일이지만 수습은 간단치 않아 보였습니다. '차관 이 새끼가 갑자기 학센 타령만 하지 않았더라면.' 욕지거리가 절로 나오더군요. 놈들은 먼저 저희 휴대폰을 수거해갔습니다. 이곳이 지하 몇 미터인지 몰라도 통화 연결이 되긴 할까 싶었어요.

"후아유?"

서지원 팀장이 그들을 향해 소리치자 복면을 쓴 남자가 대답 대신 얼굴에 발길질을 날렸습니다. 그리고 권총을 꺼내 쓰러진 팀장의 입안에 총구를 밀어넣었지요. 치아와 총구 간 마찰음이 거칠게 들려왔고, 곧 서 팀장의 입술 사이로 피가 흘러나왔죠. 기선제압인지 몰라도 저희 중에 무력으로 제압이 필요한 사람은 서 팀장 정도였을 겁니다. 주짓수 선수 출신인 서 팀장이라 해도 권총 앞에서는 무력할 뿐이었고, 그 광경을 보고 있자니 금방이라도 토할 것처럼 매스꺼운 증상이 더 심해지는 듯했어요.

놈들은 수거해간 휴대폰 중 하나를 머리 위로 들어올린 뒤 흔들었습니다. 폰의 주인을 찾는 것 같았습니다. 그것은 분명 차관의 것이었지만 서로 눈치를 보다가 마침내 비서관이 손을 들었어요. 놈들은 굉장히 화가 난 듯 제자리에서 방방 뛰었고, 일본인 여성의 눈썹이 일그러지는 게 동시에 목격되었습니다. 세 놈이 다가와서 비서관을 둘러쌌고 둘은 그의 팔과 다리를 각각 붙잡았습니다. 남은 한 놈이 비서관의 머리칼을 감아쥐더니 무턱대고 잡아당기기 시작했어요. 머리카락과 함께 두피와 턱살이 밀려올라갔고, 비서관은 고통스러운 듯 비명을 질렀습니다. 머리칼 한 움큼이 뽑힐 때까지 놈들의 가혹행위는 계속되었죠. 일본인 여성이 혼자 내뱉는 중얼거림을—이를테면, 빠가야로 같은 욕이 섞인—용케 오 과장이 알아듣고 말을 걸었습니다.

"와따시와……."

일본어를 제법 한다고 밝힌 후에야, 오 과장의 통역으로 대표단은 놈들과 대화를 시도할 수 있었습니다. 기러기 아빠 노릇을 하며 틈틈이 익힌 일본어가 이렇게 쓰이게 될 줄은 본인도 몰랐겠지요.

"인간이 동물의 모피를 얻기 위해 얼마나 잔인한 짓을 벌이는지 모를 것이다. 동물이 완전히 죽으면 몸이 굳어 가죽을 벗기기 힘들다. 그래서 포획한 동물을 먼저 기절시키고 산 채로 가죽을 벗긴다. 가죽이 벗겨진 몸뚱이는 쓰레기 더미처럼 계속 쌓이는데 그 순간에도 심장이 뛰는 동물이 있다."

오 과장은 어색한 번역 투로 띄엄띄엄 상대의 말을 차관에게 전달했습니다. 음성은 점점 작아졌어요. 놈들이 들고 있는 휴대폰 고리에는 라쿤의 것으로 추정되는 갈색털이 보였고 뽑힌 비서관의 머리카락이 바닥에 무참히 버려졌지요. 비서관은 잠시 기절했는지 그대로 쓰러져 움직이지 않았습니다.

양측은 일본어로 예정에 없던 회담을 시작했어요. 파푸아

뉴기니나 사모아 같은 낯선 국가와도 양자회담을 한 경험이 있지만 무장단체와는 처음이었습니다. 뒤늦게 알게 된 사실이지만 놈들은 세계동물주권보호연대 일원으로 동물과 인간의 권리를 동등하다고 인식하는 과격 폭력집단이었어요. 모피 생산 반대를 위해 나체로 백악관 앞에서 시위한 전례가 있으며 세계 곳곳의 동물실험 연구소에 방화를 일으킨 주범이었죠. 놈들 중 우두머리로 보이는 이가 말했습니다.

"애초에 너희를 붙잡을 의도는 없었다."

놈의 말대로 저들은 한국의 '환경부'가 아닌 일본의 '환경성'을 납치해야 했죠.

"하지만 이 또한 운명이라면 운명일 수도······."

운명이라니 말 같지도 않은 말에 숨이 턱 막혔어요.

"이곳이 좀 답답한가? 머지않아 인류가 이렇게 땅 밑에서 지내게 될는지 아니면 빙하가 녹아 전부 수장될는지는 알 수 없지. 온실가스 배출을 막기 위해 만든 교토 협약은 처음부터 한계가 있었다. 세계에서 인구가 제일 많은 중국과 인도가 빠져 있었으니까."

납치의 힌트를 얻기 위해서라도 대표단은 놈의 말 하나하나에 주의를 기울였어요.

"깨끗한 공기를 마실 수 있다는 것이 얼마나 소중한가? 그런데 미국이 최근 파리 기후협약에서 탈퇴했을 때 일본은 한마디도 못하고 미국 꽁무니만 바라보며 속국임을 자처했다. 안 그런가?"

그것은 국제회의에서 쉽게 관찰되는 일본의 행태로—사실 한국도 거의 비슷한 입장이지만—일본 대표단을 납치한 경우에 준비해둔 시나리오가 그대로 진행되는 것 같았어요. 그건 현재 상황과는 이치가 맞지 않아 보였습니다.

"맞는 말씀이요."

차관이 말했고 과장이 일본어로 전달했지요.

"각설하고 묻겠네. 총리를 만나게 해줄 수 있나?"

저들의 목적은 일본 총리와의 협상에 있었던 것이었죠. 하지만 한국인 인질을 위해 일본이 무엇을 해줄 수 있겠습니까? 현실적으로 어려운 조건이었습니다. 대표단은 모두 차관의 입술만 바라보고 있었죠. 결정은 그가 하는 것이니까요.

"현재의 일을 유감스럽게 생각합니다. 원하는 것이 무엇이든 잘 협조할 테지만 일본 총리와의 만남은 지금 당장으로서는 확답하기 어렵습니다. 또 이 사실이 알려지면 한일 간 외교 문제가 불거질 것입니다. 그래도 일본 측에 문의해보겠습니다."

과장은 아쉬운 투로 차관의 뜻을 전했습니다.

"한마디로 어렵다는 건가?"

"그만큼 민감한 사안이라는 겁니다. 돌아가면 곧바로 서한을 보내서……."

"죽은 자가 어떻게 편지를 쓰지?"

과장은 통역과 동시에 그대로 몸이 굳어버렸고, 대표단 모두 지뢰라도 밟은 것처럼 당황한 기색을 감출 수 없었습니다. 차관의 뜻과 무관하게 과장이 적극적으로 협상을 나선 건 그때부터였어요.

"사실 우리나라도 일본과 좋은 관계는 아닙니다. 그래서 가깝지만 먼 나라라고 부르곤 합니다. 어떤 의미에서는 당신과 같은 편이라고 할 수도 있어요."

"한국이 우리와 입장이 같다?"

"아니, 그런 뜻이 아니라, 총리를 만나서 뭘 담판지으려는 겁니까? 만약 가능하다면 우리가 돕겠습니다. 필요하다면 성명에 동참할 수도 있습니다. 네. 그렇고말고요."

이제야 서로 말이 통하는 듯했죠.

"이봐, 자네들 혹시 돌고래 학살에 대해서 알고 있나?"

놈들은 일본 와카야마 현 다이지 마을에서 벌어지는 끔찍한 학살에 대해 들려주었습니다. 그곳 마을 어부들에 의해 매년 몰아잡기라는 이름의 돌고래 사냥이 자행되는데 약 열 척의 어선이 돌고래 무리를 해안가로 몰아놓고 칼과 작살로 도살을 벌인다더군요. 전통이란 이유로 매년 천 마리가 넘는 돌고래가 목숨을 잃고, 산 채로 잡아들인 돌고래는 전 세계 수족관으로 팔아 넘겨지고요. 일본 정부가 허용한 돌고래 포획 제한 수는 이천여 마리로, 놈들은 이런 야만적인 행태를 더는 방관할 수 없다고 했습니다. 차관이 고개를 좌우로 살피며 물었습니다.

"돌고래라…… 돌고래 소관 부처가 어딘가? 우린가?"

"해양수산부로 알고 있습니다."

차관과 눈이 마주치자 저도 모르게 즉각 답을 했습니다. 저희는 멸종위기에 처한 희귀동물의 종 보전만 담당하고, 해양 동물은 현재 해수부에서 관할하고 있다고 말이죠. 옆에 있던 과장이 동물보호법은 농림축산식품부에서 담당한다고 알고 있다며, 소관을 따지기가 좀 복잡하고 애매하다고 덧붙였지요. 듣고 있던 차관이 "그러니까 자연생태계 업무를 우리가 총괄해서 조직이랑 예산도 키우자고 하지 않았습니까?"라며 성화를 냈습니다. 때마침 통역을 맡고 있던 일본 여성이 놈들에게 불필요한 얘기를 전달한 모양이었어요. 시종일관 비굴하게 굴던 과장이 심한 욕설을 내뱉은 건 그때가 처음이었죠.

"한국에서 개고기를 먹는다고?"

갑자기 통역사가 왜 돌발행동을 했나 싶은데 아마도 민족주의가 샘솟은 게 아닌가 싶네요. 한국 얘기만 나오면 일본인 역시 본능적으로 경쟁심을 느끼곤 하니까요. 놈은 저희에게 권총을 들이밀었고, 저희는 동시에 대답했습니다.

"사실이 아닙니다."

"먹는다는데?"

"절대 아닙니다. 집에서 개를 두 마리나 기르는 사람입니다. 야만인이 아니고서야 어떻게 가족을 먹을 수 있답니까? 잘 알지도 못하면서 모함을 하는 겁니다!"

다행히 놈들도 더는 캐묻지 않았습니다.

"그렇다면 돌고래 학살에 공식적인 반대성명을 해줄 수 있는가?"

"안타깝지만 그것은 우리 소관이 아니요."

개고기 문제도 마찬가지였죠.

"돌고래는 해양수산부, 동물보호법은 복지부인지 농림부인지 잘 모르겠소."

"망할 새끼들!"

조그만 거미가 제 구두를 타고 올라와 팔꿈치까지 금세 이동했어요. 입으로 바람을 불자 옆에 있던 차관의 무릎 위로 거미가 떨어졌습니다. 차관은 두 손을 꼭 맞잡은 채 기도 중이었고 신의 계시를 받기라도 한 듯 아멘, 이라고 나직이 말하며 눈을 떴습니다. 놈들은 차관을 일으켜 세운 뒤 구석으로 데려갔어요.

이윽고, 총성 한 발이 들려왔습니다.

차관이 사살된 이후 과장은 더 이상 우리에게 통역을 해주지 않았습니다. 당연하게도 놈들과 무슨 대화를 나눴는지 전혀 알아들을 수 없었고, 과장의 입에서 딸애 이름까지 다급하게 튀어나오는 걸 보아 살려달라는 절규로 봐도 충분할 것 같았죠. 이상했습니다. 어차피 죽을 운명이라고 생각하니 외려 마음이 안정되고 편안해지는 것 같았어요. 죽음이 반드시 두려운 일만은 아니란 걸 새삼스레 느꼈습니다. 그때였습니다. 기적처럼 무전기 신호가 잡힌 것은. 지지직 소리를 내며 연결이 됐다가 끊졌다가 완전하진 않아도 분명 어디선가 대표단 수행원인 아멜리아 음성이 들렸습니다. 놈들 역시 수상한 소리의 근원지를 찾기 시작했고 곧 서지원 팀장 외투 안에서 무전기가 발견되었죠. 놈들이 팀장의 외투를 벗기고 무전기를 빼앗았어요. 서 팀장은 큰 기합과 함께 주짓수 기술인 걸어차기를 시도하며 무전기를 향해 발을 뻗었습니다. 그렇게 수직으로 날아오른 무전기가 지하실 전등을 깨뜨렸어요. 그 즉시 암전이 되었고 지하실 안은 아무것도 보이지 않게 되었죠. 몸싸움이 벌어졌지만 누가 누굴 때리는지 알 길이 없었습니다.

저는 벽에 몸을 밀착했습니다. 그 상태로 슬며시 움직이다가 바닥에 놓인 단단한 물건을 밟았습니다. 그것은 조금 전까지 소년이 조립하던 M16 총기였어요. 어떠한 계시라도 받은 것처럼 저는 몸을 웅크려 총기를 쥔 다음 모퉁이로 이동했지요. 그때부터는 마치 환각 상태에 빠진 듯 제정신이 아니었지만 그럼에도 신속하게 움직였습니다. 주위는 까마득한 어둠뿐이었어요. 놈들 중에 누군가 곧 벌어질 사태를 직감했는지 짧은 외마디 비명을 질렀습니다. 저는 총기에 달린 반자동 스위치를 자동으로 돌린 후 방아쇠를 당겼어요. 자동으로 변환된 M16은 소위 말해 따발총이 되었고 총기 안에 들어 있던 탄알 스무 발이 순식간에 발사되었죠. 지하실에 화약 냄새가 진동했습니다. 바지에 오줌을 쌌는지 허벅지가 축축했어요. 혹여나 소리가 새어 나갈까봐 입안에 주먹을 넣고 속으로 숫자를 셌습니다. 하나,

둘……. 총에 맞은 자들이 숨이 다 멎을 때까지 기다리는 시간이었어요. 저는 한밤중 사막에 홀로 남은 듯한 아득함을 느꼈습니다.

팔십일, 팔십이…….

한참이 지나도 기척이 없자, 저는 이제 출입문을 찾기 위해 벽을 더듬기 시작했어요. 손바닥에 뭔가 닿았습니다. 그것은 누군가의 턱과 입술이었고 피를 많이 흘렸는지 미끄러웠죠. 가볍게 밀자 몸이 그대로 바닥에 고꾸라지더군요. 걸을 때마다 발밑에서 뼈가 으스러지는 소리 같은 게 들렸지만 개의치 않고 전진했습니다. 갑자기 누군가 저를 붙잡을 것만 같아 두려웠어요. 정말 다 죽은 걸까. 우리 대표단도 전부……. 차관이야 뭐 놈들이 죽인 것이 맞지만 비서관과 서 팀장은 어떡하지. 그리고 오 과장은? 머릿속이 엉클어진 가시덤불처럼 혼란스러웠습니다. 이건 정당방위였어. 이렇게 안 했으면 내가 죽었을 거라고. 그래, 불가피한 일이었어. 불행한 일이기도 하지. 하지만 정말 그뿐인가, 따져보면 저는 분명 총을 집은 순간 어떤 마음을 품었던 것 같고, 그건 명확진 않지만 여기서 살아나가려면 전부 다 죽여야 한다는, 한 놈도 어설프게 살려둬선 안 된다는 거였습니다. 우리의 무의식이라는 게 괴상하고 끔찍한 면도 있지 않습니까. 마침내 문고리를 찾을 수 있었죠. 조심스레 문을 열자, 바깥의 불빛으로 안을 살펴볼 수 있었습니다. 시신들이 바닥에 널브러져 있더군요. 총알이 박혀 고개가 비뚤어진 채 쓰러진 이도 있었는데 저는 그가 누구인지 단번에 알 수 있었습니다.

지상으로 올라가는 통로에는 아무도 없었습니다. 상점 안도 마찬가지였죠. 밖으로 나왔을 때부터는 무조건 달리기 시작했어요. 강이 있는 대로변이 나올 때까지 골목길을 돌고 돌았습니다. 다행히 쫓아오는 이는 없었죠. 한참을 뛰자 커다란 광장에 도착했고 멀리 지팡이를 짚고 걸어가는 노인이 보였습니다. 가까이 다가가자 제 발걸음 소리를 듣고 뒤돌아선 노인은 깜짝 놀라 지팡이를 휘둘렀고, 그 지팡이에 이마를 맞은 저는 그대로 쓰러졌어요. 이마에서 피가 흘러내렸고 피를 닦아낼수록 얼굴이 피투성이가 되었습니다. 숨이 가쁘고 몸이 뜨겁게 달아오르더군요. 그런 뒤에야 '살았구나!'라는 확신이 들었습니다. 언젠가 한번 경험했던 것 같은 기분, 낯설지만 이상하게도 익숙한. 이것이 혹 꿈은 아닐까, 머릿속에서 상상해온 장면은 아니었을까. 오묘한 감정이 일었어요. 열기가 식자, 몸이 날아오를 것처럼 가벼웠습니다. 지도상 한 뼘 거리에 불과한 독일에서 한국까지 금방이라도 건너갈 수 있을 것처럼. 한국은 이제 출근 시간일 텐데 말이죠.

광장을 빠져나오자 대로변 끝에 찾고 있던 경찰서가 나타났습니다. 경찰서 옆에는 아직 영업 중인 레스토랑이 보였고, 상점 안에는 깨끗이 손질된 돼지 뒷다리 수십여 개가 빼곡히 매달려 있었습니다.

저는 잠시 멈춰 섰어요.

심호흡을 크게 내쉬고 다시 뛰기 시작했습니다.

*

귀국한 후 육 개월을 휴직했습니다. 사유는 질병휴직. 이번에는 인사담당자도 별말 없이 수용해주었죠. 그날 순직한 이의 장례식에 가지 말라고 권유한 건 정신과 담당의였습니다. 업무에 복귀하면서 신재생에너지과로 보직을 옮기게 됐어요. 비교적 업무 강도가 낮은 자리였고, 담당 과장은 특별히 악명이 높다거나 능력이 출중하지도 않은 보통의 평판을 가진 사람이었습니다. 6시 정각에 퇴근할 수 있게 된 건 만족스러웠습니다. 부득이한 휴직이었지만 그사이 같은 시기에 입사한 동료보다 승진 순서가 뒤로 밀렸고 훗날 유학의 기회를 얻기도 쉽지 않을 것입니다. 그렇다 해도 직장에서 잘릴 일은 어지간하면 없을 테지만요.

하루는 화장실에서 일을 보다가 저에 관한 얘기를 나누는 동료의 대화를 듣게 되었습니다. "근데 말이야……"로 시작되는 상상과 추측으로 만든 이야기가 오줌 줄기처럼 쏟아지더군요. 이야기 속의 저는 테러단체를 물리친 영웅이자 동료를 버리고 도망친 배신자였고, 절체절명의 위기에서 살아남은 행운아인 동시에 비밀이 가득한 용의자이기도 했습니다. 누가 어떻게 말하든 간에 크게 신경을 쓰지 않기로 마음먹었지만 그렇다고 아무렇지 않게 넘길 수 있는 일 또한 아니었죠. 하루아침에 유명인사가 된 제게 여러 출판사에서 인터뷰 수기를 출간하자는 제안도 했습니다. 저는 아직도 인터넷 검색창에 제 이름과 납치, 피랍 등을 함께 검색하며 그날 일을 샅샅이 상기해보곤 합니다. 잊어버리면 안 되는 기억이라도 되듯 혼잣말로 계속 중얼거리며.

"오늘은 제418차 민방위 날을 맞아 지진대비 훈련을 실시하겠습니다. 사이렌이 울리면 대피 장소로 신속하게 이동하여 주시기 바랍니다."

오후 2시, 사이렌과 함께 대피 방송이 시작됐지만 어느 직원도 자리에서 일어서지 않았습니다. 민방위 훈련 담당자가 각 부서를 돌며 대피하는 척이라도 하라며 이동을 독려했고, 동일한 방송이 반복해서 흘러나왔어요. 국장실에서 국장이 나오자 그제야 과장과 직원들이 순서대로 이동했습니다. 그렇게 복도에 긴 줄이 만들어졌죠.

"어제 포항에서 또 지진이 났다며?"

누군가 복도 중앙에 있는 엘리베이터 버튼을 누르려 하자, 옆에 있던 직원이 훈련 중에는 이용하면 안 된다며 저지했습니다. 사 층부터 계단을 통해 줄지어 내려간 직원들은 건물 밖에 떨어진 대피소로 이동했어요. 그중 절반은 어느새 매점이나 은행으로 삼삼오오 흩어져 사라졌더군요. 대피소 안은 곰팡이 특유의 냄새로 가득했습니다. 모여 있는 직원 대부분은 핸드폰을 꺼내 들여다보았고, 나머지 사람들도 오랜만에 대피소에서 조우한 지인과 휴가계획이나 자녀교육 같은 근황을 묻기 바빴어요. 모두 평온해 보였죠.

"에구머니나!"

누군가 대피소 기둥 뒤에 숨어 있던 참새 한 마리를 발견했어요. 놀란 참새는 푸드덕거리며 대피소 안을 날아다녔습니다. 직원들은 혹 새와 부딪칠까 몸을 사렸고, 참새는 웅성대는 사람들을 피하느라, 또 밖으로 나가는 출구를 찾느라 공중을 뱅뱅 돌더니 결국 벽에 대가리를 부딪치고 바닥에 곤두박질쳤습니다. 기절했는지 움직이지 않았죠. 그때 옆에 있던 직원이 양동이로 얼른 참새를 가뒀습니다. 그 모습을 지켜본 전원이 박수를 쳤어요. 양동이를 둘러싼 직원들을 하나둘 살펴보니 흰 와이셔츠에 넥타이를 맨 차림으로 모두가 비슷한 표정을 짓고 있었습니다. 정확한 이름은 몰라도 국장, 과장, 사무관, 주무관으로 불리는 이들. 좀 더 보태자면 일을 잘하거나 못하는 직원. 앞으로도 그들은 그렇게 불릴 것이었습니다. 저는 현기증을 느끼며 조용히 직원들의 눈을 피해 대피소 구석으로 이동했어요.

탕! 탕! 탕!

엄지와 검지로 권총 모양을 만들어 방아쇠를 당기며 우르르 쓰러지는 직원들의 모습을 상상했습니다. 총에 맞고도 뭐가 좋은지 직원들은 자꾸만 웃음을 터트렸고 저에게는 웃음소리가 그날의 낯선 외국어처럼 들렸습니다. 곧 근무지로 복귀하라는 민방위 해제 방송이 흘러나왔습니다. 직원들은 이제 사무실로 돌아가는 것조차 귀찮아 보였죠. 누군가 지진보다 화요일이 더 무섭다는 푸념을 늘어놓자 다들 공감하며 한숨을 내쉬었어요. 직원들은 다시 긴 행렬을 뒤따르며 이동하기 시작했고 저도 어디쯤인가에 서서 걷고 있었습니다. 사무실에 도착하면 종이컵에 달달한 믹스커피를 붓고 뜨거운 정수기 물을 받아 한 모금 마셔야겠다고 생각하며 마른 침을 삼켰죠. 마침 대피소에 뒤늦게 도착한 직원이 숨을 헐떡대며 물었습니다.

"벌써 훈련 끝났어요?"

저는 스쳐지나가며 들릴 듯 말 듯 혼잣말처럼 되뇌었어요.

"그럴 리가."

기절한 참새가 깨어났는지 양동이 부딪치는 소리가 자꾸만 제 뒤통수를 때리는 것처럼 느껴졌습니다. 그리고 얼마 지나지 않아, 청사 입구로 향하는 회전문 앞에서 이상한 소리를 들었죠.

"오 과장님!"

잘못 들었나 싶어 눈을 비비고 다시 회전문 주위를 살폈어요.

"이쪽으로 오세요. 오 과장님!"

믿기지 않았습니다. 오 과장이라뇨. 하지만 회전문 계단 아래서 휠체어를 탄 남자는 오영식 과장이 틀림없었습니다. 회전문 도는 속도가 너무 빨라서 그는 안으로 들어서지 못한 채 출입구 밖으로 멀리 떨어져 있었어요. 사무실로 복귀하는 행렬이 다 사라지길 기다리는 듯. 청사 로비에 있던 직원이 보다 못해 경비원에게 비상통로를 이용할 수 있도록 허락을 받고 과장을 불렀습니다. 곧 휠체어가 움직이기 시작했어요.

그런데 죽은 오 과장이 갑자기 어떻게 나타난 거죠?

이런 상황을 겪을 때마다 혼란스럽답니다. 어쩌다 이렇게 되었는지 모르겠어요. 그래도 제 이야기를 끝까지 들어주시겠어요? 다시, 5월 4일 그날로 돌아가겠습니다.

*

우리 대표단은 분명 놈들에게 납치됐었습니다. 학센 식당을 찾아가던 길에 복면을 쓴 무장단체로부터 말이죠. 끌려간 곳에서 우리는 놈들과 일본어로 협상을 이어갔습니다. 분위기는 시종일관 험악했지만, 누구도 이런 죽음을 예상하지는 않았습니다. 그렇잖아요. 도대체 일본 놈들이 돌고래를 죽이는 일과 한국 대표단이 무슨 상관이길래. 납득이 안 되잖아요. 공황장애 증상을 보이며 토악질을 한 사람이 비서관이었는지 저였는지 좀 헷갈립니다. 틸레타민 성분이었다죠? 동물용 마취제. 그러니까 당시에 정신이 온전한 사람은 아무도 없었을 겁니다. 총소리가 났던 순간을 제외하곤 기억이 희미해요. 그때의 일은 대외비로 취급해 국민에게 공개되지 않았습니다. 외신을 통해 일부만이 알려졌죠.

'한국 대표단, G20 회의장 인근에서 피랍 후 극적으로 구조'

이 기사에 따르면 대표단을 구조하던 중, 한 사람이 안타깝게 목숨을 잃었다고 적혀 있습니다. 찬찬히 읽어보죠.

한국 대표단은 G20 공식 만찬 이후에 행사장 주위를 배회한 것으로 보인다. 도중에 무장단체의 급습을 받고 대표단 전원이 의식을 잃고 끌려갔다. 이때 사용된 약품은 틸레타민으로 마취 및 환각 증세를 발생시키며 전신마취제인 프로포폴보다 2~3배 강력하다고 알려져 있다. 실제로 피해자의 혈액에서 비정상적인 수치의 마그네슘염이 확인되었다. 당시 납치된 모 과장의 증언에 의하면 대표단이 그들과 직접 대화를 주고받았다고 진술하고 있으나 사실 여부는 밝혀지지 않았다. 전문가들은 정신착란에 무게를 싣고 있다. 특히 일본은 이번 피랍 사건과 관련하여 공식 입장을 표하지 않았으며 한국 정부에 심심한 위로를 전했다. 한편, 이날의 구조 경위는 이렇다. 한국환경연구원 모 팀장이 외투 속에 숨겨둔 무전기를 통해 '911' 숫자를 입력하는 기지를 발휘하였다. 당시 독일 측 수행원인 아멜리아 씨는 한 인터뷰를 통해 그 당시를 이렇게 회고했다. "저 역시 긴급하게 한국 대표단에 연락을 취하는 중이었습니다. 중국이 G20 환경 선언문의 일부 문구를 수정하기 위해 각국 대표단의 동의를 요구해와서요. 한국의 동의만을 남겨둔 상황이었죠. 연락이 닿지 않아 상사한테 질책을 듣던 중 무전기로 수신된 911 메시지를 확인하고 곧장 주최 측에 알렸죠."

이후 뒤셀도르프 현지 경찰이 무전기 신호가 잡히는 장소로 출동했고 현장에서 무력 충돌은 없었다. 단체가 순순히 항복했는데 탄알이 장착된 총기는 극소수였다고 한다. 다만, 탄알이 든 총기를 조립하던 교육생이 우발적으로 방아쇠를 당겼다. 발사된 총알은 총 세 발로, 한 발은 독일 경찰의 어깨를 스쳤고, 다른 한 발은 대표단 모 과장의 오른쪽 정강이에, 마지막 한 발은 사무관의 심장을 관통했다. 사무관은 현장에서 즉사했다.

다 거짓말 같았습니다. 시뻘건 피가 흘러나오고 몸이 차갑게 식어갔지만, 제 의식은 어느샌가 몸에서 쓱 빠져나와 대표단과 함께 공항으로 이동했습니다. 집에 돌아와서는 곧바로 긴 잠을 잤고요. 다음날 아침에 일어나 평소와 같이 사무실로 출근했습니다. 책상 위에 국화꽃 수십 송이가 포개져 있었죠. 그때까지도 잠이 덜 깼나 싶었습니다. 며칠간 얼떨떨한 상태로 사무실에서 일과를 보냈답니다. 하지만 삼억 가량의 보험금이 통장에 입금된 날, 한번에 셀 수 없는 동그라미 개수가 뜻하는 액수 앞에서 죽음을 받아들일 수밖에 없었습니다. 끝까지 믿고 싶지 않았던 건 그러니까 이런 의문 때문이었습니다. '왜 나였을까?' 마지막 총알은 어째서 절 향했을까요. 저는 돌고래는커녕 벌레 한 마리도 못 죽이는 놈인데. 애당초 학센 따위를 먹고 싶은 마음도 없었고, 그저 열심히 출장 준비를 했을 뿐인데……. 자리를 옮겨주지 않은 인사팀장을 비난해야 할지, 업무를 팽개치고 휴 직을 한 선배를 원망하면 좋을지 모르겠습니다. 차라리 일본을 탓하는 편이 더 나을까요?

한 달 후, 장례를 치렀습니다. 시신을 고국으로 보내는 과 정에서 시간이 좀 걸렸죠. 부모님 뜻에 따라 장례식은 최소한으 로 했습니다. 빈소 앞에 대통령 명의 화환이 태극기와 함께 세 워졌어요. '고귀한 희생을 잊지 않겠습니다.' 저는 순직이 인정 되어 국가유공자가 되었죠. 그 옆으로 환경부 장관을 비롯해 대 학 총장, 연수원 동기회장이 보낸 화환이 나란히 놓였습니다. 출장 업무를 맡으며 공용여권을 발급하고자 찍은 증명사진이 제 영정사진이 될 줄은 몰랐습니다. 조금만 더 웃을걸. 사진을 더 많이 찍어둘걸 그랬습니다. 부모님은 요즘도 심심찮게 사진 첩을 열며 제 얼굴을 찾으니까요. 언제 밥 한번 먹자는 안부만 주고받던 직장동료 분들을 결국, 사흘간 제 장례식장에서 다 보 게 되었습니다.

마침내 저와 함께 독일에 출장을 갔던 이들도 찾아왔습니 다. 차관을 비롯해 비서관, 서 팀장, 연구원이 한 테이블에 모였 죠. 앉은 순서는 역시나 서열 순이었어요. 저도 옆 테이블에 몰 래 앉아 이들을 지켜봤습니다. 차관이 온 걸 보고 환경부 직원 들이 띄엄띄엄 인사를 하러 왔다 가곤 했어요. 육개장에 밥을 말아 겨우 몇 숟갈 뜬 차관은 입맛이 없는지 연거푸 술잔만 비웠어요. 오늘 빈소에 끝까지 남겠다며, 잔을 비울 때마다 하나도 안 취했다는 술주정을 부렸습니다.

"가만있자, 오영식 과장이 안 보이네."

오 과장은 발목 수술이 잡혀 입원 중이라고 비서관이 답했죠. 때마침 부모님이 인사를 하러 왔고 차관은 어머니 손을 꼭 쥐며 저에 관한 칭찬을 아끼지 않았습니다. 착실하고 똑똑한 사무관이었다, 배려심이 많고 또 일을 얼마나 열심히 했는지 모른다, 인사팀이 확인해보니 초과근무가 매월 50시간을 넘었다고. 안타까운 인재를 잃었다고…… 위로를 했습니다. 머지않아 만취한 차관은 테이블에 고개를 박은 채 멀쩡하다는 말만 반복했죠. 비서관이 이동할 채비를 마치고 어깨를 부축하자 차관이 흐느끼며 말했습니다.

"…… 삼 개월 남았다네."

귀국 후 대표단은 심리 치료와 함께 건강검진을 받았습니다. 차관은 근무 중 번번이 검진을 미뤄온 터라 몇 년 만에 받는 검진인 줄도 몰랐죠. 이참에 대장 내시경 검사까지 마친 차관은 며칠 후 의사로부터 날벼락 같은 말을 들었습니다. 암이라는 단어는 납치처럼 기습적이고 생소했습니다. 이미 암세포가 여기저기 퍼져 항암치료도 불가하다고 했지요. 생활에 별 무리가 없던 건강 상태가 그때부터 급속도로 나빠졌어요. 한동안 차관은 아무에게도 이 사실을 알리지 않고 태연히 직무를 봤습니다. 출근하는 관용차 안에서 피를 쏟으며 졸도하고서야 그 사실이 가족들에게 알려졌죠. 공직생활, 삼십 년을 근무해온 결과가 이거라니. 고작 이것이라니.

　장례식장에서 돌아오는 길에 차관은 문득 본인이 순직으로 인정될 수 있을까 생각하다 허탈하게 웃었어요. 그저 오래 일했다는 것에 불과하다는 걸 깨달았기 때문이었죠. 다음날, 차관은 사직서를 썼습니다.

　직무에 복귀한 오 과장은 언제부턴가 의전용으로 챙겨둔 담배를 본인이 피우기 시작했습니다. 총에 맞은 상처 부위의 고름을 짤 때, 불시에 너무 많은 계단과 마주할 때, 구내식당 메뉴로 돼지족발 비슷한 게 나올 때면 담배 생각이 간절했죠. 오 과장은 여전했습니다. 언젠가 회식 자리에서 이런 말도 스스럼없이 했죠. "하여간 산 사람은 살아야 하지 않겠어?" 화장실에 다녀온 사이, 오 과장은 뿔뿔이 사라진 직원들의 빈자리를 확인했습니다. 외투에서 또 담배를 꺼냈죠. 집으로 돌아가도 예전과 같이 혼자였어요. 절뚝거리긴 해도 혼자서 걸을 수 있었고 가족들에게는 괜찮다고 말했거든요. 아내도 아이도 일본에서 당장 올 수 있는 형편은 아닌 듯했죠. 오 과장은 다리에서 통증을 느낄 때마다 더 굳게 마음을 먹었습니다. 고통은 그가 생존했다는 신호였으니까요. 재활치료를 한 번도 빼먹지 않을 만큼 오 과장의 회복 의지는 활활 타오르는 듯 보였습니다.

한편, 오 과장은 느려진 자신이 다른 사람들에게 폐를 끼친다고 생각했어요. 회전문 앞에서 자신의 뒤로 길게 늘어선 줄을 보면 더욱 그랬죠. 그래서 직원들과 함께 이동할 때는 먼저 편하게 보내고 본인이 뒤따라가는 방식을 택했답니다. 벌어진 거리를 좁히기 위해 악착같이 재활에 매달렸고 실제로 그의 움직임은 점점 빨라졌어요. 예전만큼은 아니지만, 하루하루 달라지는 속도가 느껴졌죠. 문제는 좀처럼 거리가 좁혀지지 않았다는 겁니다. 아니, 오히려 더 벌어지고 있었어요. 복날에 점심으로 직원들과 삼계탕을 먹으러 가던 길에, 오 과장이 숨을 헐떡이며 자리에서 멈췄고 앞서가던 이들 중 누구도 뒤를 돌아보지 않는다는 사실을 깨달았죠. 그가 빨라질수록 직원들이 더 빠른 속도로 걸으며 그와 거리를 뒀다는 걸 알게 된 순간, 오 과장은 자신의 노력이 무의미하다는 걸 아프게 받아들여야 했습니다.

대로변을 걷다가 발을 헛디뎌 크게 넘어진 날. 오 과장은 일어서길 포기하고 그대로 누워버렸습니다. 제가 출근길에 쓰러졌던 상황과 비슷했죠. 행인이 다가와 괜찮냐고 묻더니 그를 부축해 택시에 태웠어요. 엑스레이상으로 그의 상태가 크게 달라진 건 없었지만, 좀처럼 차도가 없자 과장의 가족들이 한국으로 돌아왔어요. 오 과장은 이제 다리의 통증을 느끼지 못합니다. 오른발을 아예 못 쓰게 됐죠. 결국, 휠체어를 타야 했지만 괜찮았습니다. 오 과장은 마침내 인생에서 중요한 뭔가를 깨달은 것 같았어요. 현재 오영식 과장은 환경부 수자원정책과에서 근무를 계속하고 있습니다.

　제 이야기는 여기까지입니다. 결말이 너무 비극적인가요. 남은 사람들…… 비서관은, 서 팀장은, 또 어떻게 되었냐고요? 그들이라고 뭐 얼마나 다르겠습니까. 저는 가끔 이런 생각도 합니다. 만약 그 마지막 총알이 차관이나 오 과장을 향했다면, 제 미래는 그들과 다른 모습이었을까? 잘 모르겠습니다. 당신은 어떤가요. 당신의 이야기가 궁금합니다. 모쪼록 당신은 제가 알고 있는 그 사람이 아니길 바랍니다. 다시 5월 4일 출국 전날입니다. 당신은 독일 뒤셀도르프로 떠나는 비행기 좌석에 앉아 있습니다. 가방에서 출장 바인더를 꺼내 빠짐없이 내용을 숙지하고 머릿속에 그려봅니다. 이번 출장도 무사히 마칠 수 있길 바라며. 오른쪽으로 네 칸 옆자리에 앉아 있는 오영식 과장과 잠시 눈이 마주쳐 어색하게 미소를 짓습니다. 비행기가 곧 이륙합니다. 그럼 이제, 당신의 명복을 빌겠습니다.

아침이 있는 삶

서른아홉의 남자가, 매주 일요일, 엄마 집에 들러 반찬을 가져간다고 해서 한심하다고 볼 수만은 없다. 그러나 반찬 투정까지 한다면 생각이 좀 달라진다.

*

　일요일 아침이면 나는 반찬통을 닦는다. 몸에는 팬티와 고무장갑만 착용한다. 작업은 냉장고 안의 반찬을 욕실로 옮기는 것부터 시작된다. 협소한 싱크대에서 일을 벌였다가 바닥에 물난리가 난 이후로, 일련의 작업은 전부 욕실에서 이뤄지고 있다. 통은 보통 대여섯 개 정도다. 김치까지 비운 날에는 그만큼 개수가 더 늘어났다.

　먼저, 남은 반찬을 쓰레기봉투에 꾹꾹 눌러 담는다. 곰팡이가 피거나 악취가 나는 반찬은 뚜껑을 엶과 동시에 고무장갑으로 한번에 쓱 털어낸 뒤 곧장 대야에 집어넣는다. 다음으로 거품과 뒤섞인 반찬통을 꺼내 수세미로 잘 닦는다. 욕실은 일종의 거대한 식기세척기다. 샤워기에서 쏟아지는 물줄기를 맞으며 용기가 매끈한 모습을 드러낼 때까지 깨끗이 헹궈준다. 이때, 고춧가루 따위가 수챗구멍으로 단숨에 흘러가도록 위치를 맞춰주는 게 포인트다. 이제 물기를 쫙 뺀 다음, 신문지에 올려두면 끝이었다. 작업 속도가 점점 빨라져 요즘은 오 분 안에 일을 마치곤 했다. 내친김에 하는 욕실 청소는 덤이다.

문제는 언제나 잔반이었다. 도의적으로도 그렇고, 환경과 기아를 생각한다면 더더욱. 그러나 이것이 내 탓만은 아니었다. 나도 할 말이 있는 게 집에서 가져온 그대로 거의 손도 안 대고 버린 미나리 무침은 내 입맛이 전혀 고려되지 않은 반찬이었다. 엄마는 주는 대로 그냥 먹으란 식이다. 김치는 또 어떤가. 나는 늘 먹을 수 있을 만큼만 적당히 담아달라고 말하지만 이러한 요구는 가볍게 무시되곤 했다. 뚜껑이 겨우 닫힐 정도로 가득 담긴 열무김치는 어느 날 꺼내보니 너무 물러터져 버릴 수밖에는 도리가 없었다. 마지막은 솔직하게 맛이 별로인 경우였다. 같은 반찬이라도 그날그날 엄마의 조리 컨디션에 따라 맛이 달랐다. 사람이 하는 일이니까 그럴 수 있었다. 딱딱한 콩자반, 비릿한 미역줄기볶음은 아쉽게도 다음을 기약하며 쓰레기봉투와 변기에 각각 처분했다. 엄마는 당연히 이런 사실을 전혀 모른다.

일요일 저녁, 나는 엄마가 내준 새 반찬을 가득 챙겨 가져온다. 빈 냉장고에 반찬통을 차곡차곡 넣을 때는 건전지를 새것으로 갈아끼우는 것처럼 얼마나 든든한지 모른다. 이렇게 내가 집에 들러 반찬을 가져오기 시작한 건, 그러니까 대략 한 달 전, 국립묘지 사무소에 취업이 되고부터였다.

나는 남부지방의 국립묘지에서 안장요원으로 일하고 있다. 하루는 엄마가 전화를 걸어와서는 느닷없이 내 주민등록번호를 물었다. 주택청약통장을 만들 때도 그랬으니 뭐 비슷한 거겠지 싶었다. 그런데 입사지원서를 써냈을 줄이야. 지역신문을 깔고 손톱을 깎던 엄마가 국립묘지 직원 채용공고를 발견하고 주모한 일이었다. 나는 한 번도 회사생활을 해본 적이 없었고 그와 비슷한 직업군을 갖겠다는 생각도 전혀 하지 않았다. 오직 시나리오작가만을 바라보고 살아왔다. 삼십 년 직장생활을 마치고 퇴직한 아버지에 의해 지원서가 작성된 것은, 그러니까 무덤에 들어갈 때까지 비밀이다. 서류 심사를 통과한 후에야 모든 전말을 알게 되었다. 용돈을 끊겠다는 협박과 자동차를 사주겠다는 회유에 넘어가지 않았더라면 면접에 불응했을 것이다. 하지만 결국, 나는 세 시간 넘게 고속버스를 타고 읍내에 도착한 뒤 마을버스를 두 번이나 갈아타고 국립묘지에 갔다. 대기실에는 아버지뻘의 아저씨들만 보였다. 뽑혀도 곧 퇴사하리라 생각하고 자신만만하게 대답했는데 그게 오히려 면접위원들에게 긍정적인 인상을 준 모양이었다.

게다가 일도 잘 맞는 편이었다. 국립묘지는 매일 오후 2시에 합동 안장식을 여는데, 장례를 마치고 온 유족에게 몇 가지 서류를 작성토록 하고, 유골함을 묘역에 안치하는 일이 주된 업무였다. 묘지소장을 비롯해 직장 동료들이 하나같이 입을 모아 말하길, 젊은 친구들은 심심해서 여기서 오래 못 버틸 거라고 했다. 하지만 그건 나에 대해 잘 몰라서 하는 말이었다. 무엇보다 나는 개인적인 시간 확보가 필요한데 이곳에서는 업무를 하면서도 틈틈이, 퇴근 후에는 온전히, 시나리오 작업을 병행할수 있었다. 물론 어려운 점도 있긴 했다. 대부분 민원과 관련 있었다. 꿈에 아버지가 나와 몸이 무겁다고 호통을 쳤다며 당장 묘의 잔디를 깎으라는 요구는 예사고, 장제비 지급을 두고 다투는 배다른 형제를 말리다 코피가 터지기도 했다. 노희택 씨와같이 사무실을 자기 안방처럼 들락거리는 경계 대상 어르신도 있었다. 직원들은 그가 사무실에 나타나면 믹스커피를 타주며 먼저 말동무를 자처했다. 화를 내더라도 별일 아닌 듯 태연히 받아치는 게 신기할 정도였다. 뒤늦게 공공기관인 이곳 직원 또한 정규직으로 전환됐다는 사실을 알게 되었다. 내가 그 소식을 전해주자 엄마는 대번에 응수했다.

"그거 봐라, 지금까지 엄마 말 들어서 손해본 적 있든?"

그러니까 결혼도 당신 뜻대로 하자며, 며느리를 구해오겠다는 걸 정색하고 말렸다.

오히려 이 일을 시작하고 문제라 할 것은 밥이었다. 정확히
는 아침! 점심은 구내식당에서 먹고 저녁은 읍내에서 대충 사
먹으면 되는데 아침에는 문을 여는 식당도 없을뿐더러 편의점
도 차로 삼십 분 거리였다. 생활하는 관사 주변은 온통 논과 과
수원뿐이었다. 그 흔한 파리바게트도 보이지 않았다. 전날 미
리 편의점에 들러 삼각 김밥이나 도시락을 사놓기도 했는데 아
슬아슬한 유통기한을 염려하며 계속 이렇게 끼니를 때우긴 곤
란했다. 아침을 못 먹으면, 커피도 못 마셨다. 여기서 구태여 내
만성질환인 과민성대장증후군까지 설명할 필요는 없겠다. 공
복 상태로 카페인부터 들어가면 필히 배탈이 났다. 그렇다고 커
피를 안 마시자니 두통에 시달려 일은커녕 하루 종일 아무것도
못 했다. 문제의 발단은 결국 아침에 있었다. 밥이야 밥통이 한
다지만 인덕션은 불량이라서 달걀프라이도 만들기 어려웠고
주변에 반찬가게가 있을 리 만무했다. 편의점 빵으로 며칠간 아
침을 때우던 중 마침 전화를 걸어온 엄마에게 이런 사정을 털어
놓자, 엄마는 당장 사십팔 킬로미터 정도 떨어진 집으로 오라
고 했다. 그건 문제도 아니라면서. 그날 이후로 나는 엄마의 반
찬을 주말마다 챙겨가게 되었다. 첫날 엄마는 "집에 밥상은 있
냐?"고 묻더니 다락방에서 소반 하나를 꺼내왔다. 나는 이제 신
문지가 아니라 어엿한 밥상 위에 네 가지 이상의 반찬을 올려두
고 아침을 먹을 수 있었다.

　엄마 반찬의 특이점은 혼합정신에 있었다. 단적으로 물만

해도 그냥 물이 아니라 쑥물, 마늘껍질을 우려낸 물, 민들레를 달인 물을 끓였다. 밥도 흰 쌀밥은 용납하지 않았다. 콩, 은행, 녹두, 완두 따위가 수시로 섞였는데 콩밥만 해도 콩이 반 이상이었다. 교도소 밥도 이 정도는 아닐 것이다. 기준은 오직 영양을 더 높이는 데 있었다. 국도 몸에 좋다는 식재료를 추가로 넣다 보니 결국은 다 부대찌개처럼 변했다. 반찬도 사정은 같았다. 냉이유자청무침, 옥수수브로콜리계란찜, 미니돈가스고추강정…… 둘 이상을 섞으면 영양 면에서야 이로울지 모르지만, 확실히 음식의 고유한 맛과는 멀어졌다.

엄마 반찬에 대한 빼놓을 수 없는 기억 하나는 중학교 시절 도시락이다. 그때는 학교 급식이 보급되기 전으로 매일 점심에 엄마가 싸준 도시락을 먹었다. 친구들과 삼삼오오 둥그렇게 모여 서로가 싸온 반찬을 가운데 두고 나눠 먹었는데 맛있는 반찬이 먼저 동이 났으므로 엄마들의 요리 솜씨가 은연중 비교되곤 했다. 누구도 내색하진 않았지만. 내 반찬은 빨리 사라지는 쪽은 아니었다. 독특한 비주얼 때문에 젓가락이 먼저 가긴 했지만 다시 가지는 않았다. 나는 그게 이상하게 부끄러웠고 내 것부터 몽땅 먹어치워버렸다. 하굣길에 빈 도시락통의 무게가 느껴져야 마음도 가벼웠다. 그후로 다시, 엄마의 반찬과 만나게 된 것이 유년 시절 짝과 재회한 것처럼 반갑고 새삼스러웠다.

그렇다고 엄마 반찬을 챙겨가는 일이 마냥 순탄하지만은 않았다. 급기야 반찬 원조가 중단될 뻔한 위기가 발생하기도 했다. 그날은 일요일 근무를 서는 날이었다. 국립묘지는 휴일이 없고 365일 안장을 진행하기 때문에 주말에도 필수 인원이 돌아가며 출근했다. 영화사에서 일하는 선배가 국립묘지까지 찾아왔다. 주말에 굳이 여기까지 온 걸로 보아 나는 일전에 보내준 시나리오의 제작 가능성에 대한 긍정적인 희망을 품고 있었다. 용의자와 형사 일당이 공범이었다는 반전으로 관객의 뒤통수를 때리는 스릴러물이었다. 주차장에 운구차와 흡사한 모양의 리무진 한 대가 섰다. 선글라스를 낀 선배가 차에서 내린 후, 우리는 묘역 주변 둘레길을 함께 걸었다.

"와, 공기 좋네. 경치도 좋고. 준석이 너 좋은 데서 일한다."

선배는 관광지라도 온 것처럼 꽃 냄새를 맡고 숨도 깊게 들이마셨다.

"뭐, 시나리오가 좋아야죠."

나는 얼른 용건부터 꺼내었다.

"그러니까 말이야, ……좋아야지 ……좋아야 하는데……."

선배가 사례에 걸린 듯 헛기침을 했다. 잘 걷다가 멈춰 서서는 작품에 진정성이 없다느니, 현충탑 앞에서 경례 자세로 셀카 사진을 찍으며 캐릭터가 이상하다느니 내 시나리오의 문제점을 스스럼없이 밝혔다. 제대로 뒤통수를 맞는 기분이었다.

"그거 말하려고 여기까지 왔어요?"

"우리가 이 바닥 짬밥이 몇 년인데…… 그건 엎고 새로 쓰자!"

내가 아무런 반응이 없자, 선배는 괜히 딴청을 부렸다.

"여기 무덤이 전부 몇 개야?"

나는 선배에게 남는 담배 좀 달라고 했다.

"개가 아니라 여기서는 기(基)라고 해요. 오만 기요."

"오만 명이 한 곳에 누워 있다고 생각하니까 좀 오싹하네. 같은 전우라고 생각하면 뭐 외롭지는 않으려나. 근데…… 저 사람 저기서 뭐 하냐?"

내 시선이 자연스럽게 언덕 둔치로 향했다. 노희택 씨였다.

"어르신, 여기서 뭐 하세요? 그렇게 누워 계시면 안 돼요."

3묘역 바깥 가장자리에 노희택 씨가 대자로 뻗어 있었다. 그가 흙을 털며 일어섰다.

"심심해서 하늘 좀 봤네. 죽으면 이 상태로 계속 누워 있을 거 아닌가."

노희택 씨의 사정은 익히 들어 알고 있었다. 한 달 전쯤 6·25 전쟁에 참가한 아버지가 돌아가셨고 국립묘지 안장을 신청했다. 그런데 신원조회를 하던 중 아버지의 몰랐던 범죄기록이 조회되었다. 형기가 일 년 이상이면 국립묘지법상 안장 심의를 받아야 했다. 그래서 유골함을 곧바로 안장하지 못하고 집에 보관해둔 상태였다. 심의결과는 다음달에 나온다고 했다. 노희택 씨가 침을 퉤퉤 뱉고는 자리를 떠났다. 누운 자리는 흙을 파헤친 흔적처럼 주변보다 색이 짙었다. 그를 뒤쫓아 걷다 보니 주차장에 와 있었다. 선배는 차 안에서 서류 뭉치를 꺼내 건넸다. 시나리오였다. 가제본 형태로 표지에 '심야 버스'라는 제목이 적혀 있었다.

"이거 신인이 쓴 건데, 조만간 제작 들어갈 거야. 그전에 네가 각색 좀 맡아서 해라. 내용은 참신하고 좋은데 아직 군데군데 미숙해. 돈 많이 들어가는 신은 다 날려버리고. 페이는 세게 쳐주마. 대신 엔딩 크레딧에 네 이름은 못 올린다!"

선배는 차의 시동을 걸었다. 유리창을 반쯤 내린 후 애교스런 목소리로 말했다.

"그래도 너 생각하는 사람은 나밖에 없지, 인마!"

근무를 마치고 오후 늦게 고향 집으로 갔다. 침착하자. 의연하게 행동하자. 반찬만 얼른 가져오자. 속상함 따위는 티내지 말자고 다짐했다. 선배, 그깟 놈이 뭘 안다고. 재수 없는 새끼! 기분이 별로인 건 나를 기다린답시고 밥때를 두 시간이나 놓친 부모님도 마찬가지였다. 모두가 약간은 화가 난 상태로 식탁에 앉았다. 말없이 식사가 시작되었다. 이따금 젓가락이 그릇에 부딪칠 때마다 쨍그랑 소리만 들렸다.

"짜네."

나는 젓가락으로 장조림을 들어 보였다.

"이게 뭐가 짜?"

엄마가 냉큼 그걸 뺏어서 입에 넣었다.

"짜요."

"그러면 장조림이 원래 짭조름하지 별거 있어?"

"짜도 너무 짜니까 그렇죠."

"여보, 당신 생각은 어때? 준석이 말대로 짜?"

아버지의 대답은 예상대로였다.

"맛만 있다."

"순 거짓말!"

나는 버럭 화를 냈다.

"아빠도 솔직하게 말해요. 짠데 짜다고도 못하나? 우리가 뭐 홍길동이냐고요."

장조림 논란은 그렇게 일단락되었다. 한 번은 그렇게 넘어 갈 수 있었다. 그리고 나는 고추 장아찌를 집지 말았어야 했다.

"이건 맵네."

엄마가 젓가락을 식탁에 탁 내려놓으며 말했다.

"먹지 마! 아주 그냥 먹기만 해봐!"

엄마는 밥에 장아찌를 가득 올려 우걱우걱 씹었다.

"설거지도 한 번 안 하는 놈이 말이야. 너는 내 자식이라서 가 아니라 결혼 안 하길 진짜 잘했어. 어떤 년이 너랑 살아. 너는 당장에 이혼감이여!"

그러더니 엄마는 이혼이라는 말로부터 몇 개월 전 진짜로 이혼을 한 막내 이모를 소환하며 힐난을 이어갔다. 유치원 교사인 막내 이모는 엄마의 반대에도 불구하고 덜컥 결혼했다가 삼 개월도 안 돼 이혼 도장을 찍었다. 유치원에 방문한 아이 아빠와의 불륜이었는데 그가 다시 전처와 재결합을 한 것이었다. 일찍이 외할머니를 여의고 두 자매는 같은 동네에 살며 모녀처럼 애틋하게 지냈지만, 그후로 왕래가 뚝 끊겼다. 어린 시절, 주말마다 이모 집에 놀러 가서 떡볶이를 먹곤 했는데……. 나는 밥그릇에 쑥물을 왕창 따르며 말했다.

"물이 제일 맛있네."

저녁식사를 마친 후 나는 곧장 집을 나서지 않았다. 그냥 가버렸다가는 엄마한테 두고두고 욕을 먹을 게 뻔했다. 내가 사십 년 가까이 지켜본 엄마는 불같이 화를 내다가도 금방 기분이 풀리곤 했다. 이런 말도 안 되는 심경 변화를 자연스럽게 받아들일 때, 나는 한 가족답다고 느꼈다. 엄마는 시간이 되자 반찬통을 꺼내 밑반찬을 옮겨 담기 시작했다.

"야, 장조림 넣어, 말어?"

햄릿의 죽느냐 사느냐 질문도 이보다 담백할 수는 없을 것이다.

"……넣어요."

"짜다며?"

"그래도요."

"알았어. 조금만 넣을게."

"못 먹으면 버리죠. 뭐."

그날은 정말 입이 제멋대로였다. 엄마의 손에 들린 국자가 허공에서 멈췄고, 아버지는 놀라 TV 리모컨의 음소거 버튼을 눌렀다. 이 장면을 시나리오로 쓴다면 슬로모션 처리가 딱 맞는 위기의 순간이었다. 슬기로운 수습이 필요했고 나는 적반하장 전략을 택했다.

"내가 진짜 엄마 때문에 얼마나 스트레스 받는 줄 알아?"

먼저 엄마가 화를 내지 않는다는 확답을 받은 뒤, 나는 반찬에 관한 고충을 허심탄회하게 털어놓았다. 관사에서 일주일 동안 밥을 차려 먹는 횟수는 아침 일곱 번에, 저녁이 몇 번 더 추가된다. 기껏해야 열 번인데 엄마가 싸준 반찬 양이 너무 많다. 물론 가져가는 처지에 이런 말을 하기는 그렇지만 누구에게나 음식 취향이라는 것도 있기 마련이다. 아무리 맛있어도 굴이나 새우를 못 먹는 사람이 있는 것처럼. 물론 나는 먹지만…… . 반찬을 다 못 먹고 버리는 경우가 다반사고 반찬통을 닦을 때마다 죄책감에 시달린다. 앞으로 이런 곤란함을 막기 위해서라도 나는 엄마에게 솔직하게 말할 필요가 있다고 생각한다. 뭘 얼마나 먹었고, 또 얼마나 버렸는지, 어떤 반찬이 맛있었고 왜 맛이 없었는지 빠짐없이 제대로! 언제든 엄마는 나와의 약속을 깨고 버럭 화를 낼 수도 있었다. 그러나 내 얘기를 찬찬히 듣던 엄마는 다시 국자를 장조림 통에 넣었고, 다행히 그걸로 내 머리를 때리지는 않았다.

"그래라."

엄마는 쿨하게 말했다. 나는 선심을 쓰듯 덧붙였다.

"대신 양 셰프로 불러 드릴게요."

양순옥, 순한 양이 떠오르는 엄마의 이름이지만 어쩐지 온도 차가 있는. 한때 엄마가 본인의 이름을 내건 가게를 꾸려보고 싶어 했던 걸 기억한다. 외할머니가 항암치료를 받으며 개업은 꿈도 못 꿨지만, 나는 엄마의 꿈을 기특하게 떠올렸다. 양 셰프로 불리는 게 싫진 않았는지 엄마는 카톡 프로필도 양 셰프로 바꿨다. 엄마는 그렇게 귀여운 구석이 있었다. 그리고 나는 더이상 반찬 수혜자가 아니라 엄연한 미식가로 지위가 상승했다.

*

칭찬은 고래를 춤추게 하고 반찬도 맛있게 만들었다. 그날 이후 엄마는 반찬 재료를 새롭게 공수하고 조리법에 변화를 주기 시작했다. 단적으로 콩밥에 들어간 콩 개수부터 확연히 줄어 있었다. 달걀조림, 멸치볶음, 시금치무침 등 평소와 같은 반찬이었지만 맛이 이전보다 깔끔하고 깊어졌다. 요리 예능을 시청하는지 그 주에 소개된 메뉴를 따라 만들었으며 전문 서적도 한 권 구매했다. 물어보니 영양을 고려하기 위함이란다. 셰프라면 모름지기 그 정도는 기본이란 듯이. 집 근처 텃밭에 상추와 양

파, 마늘을 새로 심었다. 텃밭 가꾸기는 아버지 몫이었다. 엄마는 반찬 만들기에 꽤 흥미를 보였다. 요리 솜씨가 날로 좋아지며 간도 점점 내 입맛에 맞아 갔다. 나는 골목식당의 백종원처럼 반찬 시식을 하고 소감을 밝혔다. 가끔은 위생 상태를 지적하며 냉장고를 열어 버릴 건 과감하게 버리라는 훈수도 뒀다. 평은 대체로 칭찬 위주였지만 보완할 점도 기탄없이 말했다. 엄마는 "어이가 없다. 네가 맛에 대해 뭘 알아?" 하면서도 내 말을 기억해 반영했다. 옹색한 평이 길어지면, 얼른 밥 먹자는 말을 거두고 한 숟갈이라도 먹기만 해보라며 으름장을 놓았다. 얼마 지나지 않아 엄마의 반찬은 '맛있게 맵다' 같은 고도의 경지에 이르기 시작했다. 반찬 뚜껑만 열어도 입에 침이 고일 정도였다. 무엇보다 이런 반찬 품평의 가장 큰 수혜자는 매번 밥그릇을 깨끗이 비우는 아버지 같았다.

일요일이면 엄마는 미리 반찬을 보자기에 싸서 식탁에 올려두었다. 그날은 진미채를 만들고 남은 오징어포를 질겅질겅 씹으며 가족이 함께 주말 드라마를 시청했다. 엄마가 신문지를 펴더니 내 발톱을 깎아주었다. 나는 발톱을 너무 깊이 자르지는 말라고, 그럼 양말 신을 때 아프다고 말하며 눈을 지그시 감았다. 환갑을 넘긴 엄마와 곧 마흔이 될 아들. 이런 모자의 모습이 다른 이들에게 이상하게 보일지 모르지만 나는 꽤 정겹다고 생각하는 편이다. 아무리 나이를 먹어도 엄마 눈에는 내가 그저 어리고 걱정스럽게만 보일 테니까. 요즘은 뉴스보다 드라마를 더 많이 시청하는 아버지가 소파에 누워 TV 소리를 키웠다.

"엄마, 쟤가 친딸이지? 지금 시치미 떼는 거잖아."

"어떻게 알았니? 너도 이 드라마 봐?"

나는 정말 순수한 마음으로 물었다.

"엄마는 이런 게 재밌어?"

드라마 속 시어머니가 가엾은 주인공의 뺨을 때렸다. 막장다운 전개였다. 순간 발톱 자르기도 중단되어 엄마를 보니 당신이 뺨을 맞은 것처럼 얼굴이 옆으로 돌아가 있었다. 실로 대단한 몰입이었다. 나는 그런 엄마의 모습이 더 재밌어서 계속 지켜보았다. 중간 광고가 나오는 틈에 아버지가 내게 물었다.

"저런 거 쓰면 작가는 얼마나 버냐?"

"주말 드라마는 황금시간대니까 못해도 회당 천은 받을걸?"

새끼발톱을 깎던 엄마가 깜짝 놀라 물었다.

"그러면 삼십 몇 회니까 벌써 삼 억이 넘네? 아들, 너 아직도 시나리오인지 뭔지 쓰니?"

"그럼요, 매일 틈틈이…… 쓰긴……하죠."

점점 목소리가 작아졌다.

"저런 드라마 한 편만 쓰면 집도 사겠네."

아버지가 푸념하듯 말했다.

"저것보다는 내가 더 잘 쓰지."

발톱 깎기를 마친 엄마가 내 발을 치우더니 아무 말 없이 신문지를 접었다.

"아이고, 알았어요. 됐어요!"

엄마는 여주인공에 빙의한 듯 다시 무섭게 드라마에 빠져들었다.

주말 드라마가 끝나자 집에 갈 시간이었다. 반찬 보자기를 집으려는데 엄마가 동시에 집고서는 놔주지 않았다. 가져가려는 나와 지키려는 엄마 사이에 약간의 실랑이가 벌어졌고 엄마는 사뭇 진지한 표정으로 다음과 같이 제안했다. 앞으로 집에 올 때는 매주 쓴 시나리오를 가져오라고. 대답을 안 하자, 보자기를 쥔 손에 더 힘이 들어갔다. "너도 반찬값은 해야지 않겠니?" 내 월급이 멸치 똥만큼인 건 알고 있으니 다른 걸로 대신하라는 협박 같았다. 내가 반찬에 대해 이러쿵저러쿵 말하듯 당신도 시나리오 평가를 하겠다는 건데, 엄마는 심지어 자신의 경력을 적극적으로 어필했다. 지금까지 본 드라마가 수십 편이요. 특히 흥행작은 빼놓지 않았다, 왕년에 문학소녀였던 사실을 아느냐며 학습지 방문 교사 시절에 논술을 지도했던 이력까지 꺼냈다. 나는 최근에 엄마가 집에서 책을 읽는 모습을 본 적이 없었기에 괜히 해보는 소리겠지 싶어 대수롭지 않게 알았다고 해버렸다. 그랬기에 다음주부터 시나리오에 빨간 줄이 죽죽 그어져 있을 줄은 꿈에도 생각하지 못했다. 엄마는 재밌는 신에는 동그라미를 치고 재미없거나 이해가 안 되는 신에는 물음표를 쳤다. 반찬 평에 대한 보복 같았지만, 이유를 간단히 표기하기도 했다. 인물이 왜 이렇게 행동하는지 모르겠다, 이 부분은 특히 지루했다, 이야기의 진정성이 안 느껴진다 등등. 곰곰이 따져보니 지난번 영화사 선배가 해준 말과 일맥상통한 부분도 있었다. 언젠가는 시나리오 한 면에 통째로 물음표가 적혀 있기도 했다. 나는 욱하는 심정으로 엄마한테 정말이지 따져 묻고 싶었다. 어째서 엑스 표시가 아니라 물음표인지.

*

월요일 아침부터 노희택 씨가 사무실에 쳐들어와 분뇨를 뿌렸다. 순식간에 소똥 냄새가 가득 풍겼다. 그의 왼손에 양동이 하나가 더 들려 있었다. 그는 소장실로 쳐들어가겠다고 엄포를 놓았다. 하필 그와 가장 가까이 앉은 직원이 나였다. 과장의 지시대로 나는 어르신의 양팔을 붙잡고 소장실로의 진입을 가로막았다.

"이 시벌놈들아, 우리 아버지는 여기에 묻혀야 된다고."

노희택 씨가 양동이로 위협했다.

"그만 내려놓으세요. 계속 이러시면 공무집행방해로 신고합니다."

맞는 말인지는 모르겠지만 다급한 내 입에서 아무 말이나 튀어나왔다.

"그래 어디 신고할 테면 해봐라. 오늘 아주 끝장을 보려니까."

소장이 문을 열고 나왔다. 그리고 노희택 씨 아버지의 국립묘지 안장이 반려되었다는 사실을 알렸다. 지난주 안장 심사가 있었고 오늘 아침 일찍 그에게 통보된 것이었다.

"어르신, 저희가 심사를 한 것도 아니고 이게 다 무슨 소용입니까?"

소장이 말이 맞았다. 왜 애꿎은 우리한테 행패냐는 말이 목구멍까지 올라왔다.

"그럼 심사한 놈들이 누군데? 당장 쫓아가서 똥 한 바가지를 쏴줄 테니까."

"그건 비공개라서 저희도 몰라요."

노희택 씨는 양동이를 발로 차고 난동을 피우다 돌아갔다. 그도 아버지에 이어 월남 참전 국가유공자였고 함부로 대할 수는 없었다. 매번 이렇게 달래서 보내는 식이었다. 밀걸레를 가져와 똥물을 여러 번 닦았지만, 냄새는 쉬이 빠져나가지 않았다. 똥 치우는 데만 오전 시간을 전부 할애했다. 만만한 게 우리지. 공무원이 영혼이 없는 게 아니라 영혼이 아예 사라진 거라니까. 다음날도 노희택 씨가 사무실에 나타났다. 평소와 달리 직원들이 뭉한 표정으로 자리를 피했다. 그는 행정소송을 불사하겠다고 열변을 토했지만 아무도 그 말을 곧이곧대로 믿지 않는 눈치였다. 그렇게 노희택 씨는 기분이 풀릴 만큼 성을 내다가 점심시간쯤 돼서야 돌아갔다.

마감의 힘은 컸다. 토요일 밤이면 나는 부랴부랴 뭔가를 써서 다음날 집에 가져갔다. 대학 시절, 습작에 몰두하던 때로 돌아간 듯했다. 어쩌면 의식하지 못했을 뿐 이런 열정에 굶주려 있었는지도 모르겠다. 엄마의 반찬이 비약적으로 좋아진 것처럼 내 시나리오도 나아지면 좋으련만 그런 일은 없었다. 시나리오는 계속해서 빨간 물음표로 도배가 됐다. 엄마가 영화에 대해 뭘 알아? 딴지를 걸면서도 스스로가 수긍할 만한 결과였다. 그게 더 비참했다. 나는 매주 노희택 씨가 된 듯 씩씩대며 반찬통을 가지고 집으로 돌아갔다. 그리고 머지않아 난처한 상황에 이르렀는데 더는 가져갈 글이 없었다. 아이디어는 고갈됐고 아무것도 쓰지 못했다. 그렇게 한 주가 또 흘렀다.

"자, 새로 쓴 거!"

엄마의 반찬은 평소처럼 이미 식탁 위에 놓여 있었다. 나는 그 옆에 시나리오를 슬쩍 올려놨다. 〈심야 버스〉의 앞부분이었다.

"너 밥은 잘 챙겨 먹지? 살이 좀 빠진 거 같네."

"……그럼요."

그날도 나는 비슷한 시간에 집으로 돌아갔다. 그런데 도착하자마자 세 시간도 안 돼 엄마로부터 전화가 왔다.

"재밌구나!"

어디선가 동그라미 굴러가는 소리가 들렸다.

"그래요?"

"그럼, 지난번보다 이게 훨씬 낫다."

왠지 상황이 좀 난감했다.

"뭐…… 다행이네요. 근데 뭘 전화까지 하고 그래요?"

"네가 궁금해할 거 같아서. 다음주가 기대되는구나."

통화를 마친 후, 나는 〈심야 버스〉 시나리오를 찬찬히 읽기 시작했다. 이야기의 주인공은 버스 파업으로 일자리를 잃은 중년의 남자다. 그가 해고된 날, 한 의문의 노인이 나타나 야간에 버스를 운전해줄 수 있느냐고 묻는다. 단, 버스를 탄 손님과 개별적인 대화를 나눠서는 안 된다는 규칙이 있었다. 버스는 정류장이 아니라 그날그날 정해진 집 앞에 정차한 뒤 승객을 태우고 시공간을 초월해 그의 인생에서 가장 아름다운 시절과 장소로 데려다주었다. 승객은 49시간 동안 그곳에 있다가 다시 돌아오게 된다. 한편, 이야기는 그 마을의 실종사건과도 연결된다. 그와 안면이 있는 승객들을 태우면서 긴장감이 고조되고, 마지막에는 그의 집 앞에 버스가 정차되어 있는 걸 목격한다. 과거로 돌아간 그는 그동안 몰랐던 삶의 진실과 소중함을 깨닫는다는 결말로 시나리오는 끝이 났다.

다 읽고 나니 배가 출출했다. 엄마 반찬 중에 땅콩조림을 꺼내 맥주와 함께 먹었다. "왜 이렇게 맛있지?" 괜히 더 심술이 났다. 이후에도 나는 신인 작가가 쓴 시나리오를 연재하듯 집에 가져갔고 매주 동그라미가 가득한 상태로 돌려받았다. '재밌다'와 '맛있다'는 마치 동의어처럼 엄마와 나의 내기 같은 게임을 지속하게 만들었다. 아버지도 종종 우리 둘 사이에 껴서 훈

수를 두거나 맞장구를 쳤다. 〈심야 버스〉이야기가 절정으로 갈
수록 엄마의 반찬은 더욱더 푸짐해졌다.

"뭐 이렇게 많이 차렸어요?"

"아들 더 열심히 쓰라고!"

엄마는 그날도 빨간 동그랑땡이 가득한 시나리오를 돌려
주었다.

"너 요새 아이디어가 샘솟는 거 같다?"

아버지도 빨리 시나리오를 완성하라고 설레발을 쳤다. 나
는 버스 요금을 백 원 부족하게 내고 탄 승객처럼 약간의 죄책
감을 느꼈다.

*

금요일 아침이었다. 소반에 놓인 반찬통이 바닥을 드러냈
다. 음식물 쓰레기 제로, 반찬을 전부 다 먹었다. 엄마 반찬을 가
져다 먹은 지 삼 개월 만의 일이었다. 양 셰프의 반찬은 정말이
지 흠잡을 데가 없었다. 다섯 개의 반찬 모두 정갈하고 풍미가
뛰어났다. 인물, 사건, 배경, 대사, 지문이 한 시퀀스에서 딱 맞
아 돌아갈 때처럼 엄마의 반찬은 먹는 감동을 주었다. 양도 적
당히 담아 평소보다 빨리 동이 난 것이었다. 어제는 월급날이기
도 해서 나는 깜짝 선물로 백화점 상품권을 사서 반찬통에 넣어
두었다.

퇴근 후, 깨끗이 씻은 반찬통을 들고 집으로 향했다. 서프라이즈 겸 집에는 미리 알리지 않았다. 문 앞에 도착하자 안에서 부침개 부치는 냄새가 났다. 엄마는 내가 잘 먹는 걸 보고 파전에 항상 오징어를 잘게 으깨서 넣곤 했다. 파전을 먹기 좋게 찢어 간장에 찍어 먹을 생각을 하니 벌써 군침이 돌았다. 반찬통 안의 상품권을 발견하고 엄마가 어떤 표정을 지을지 무척 궁금했다. 이번에는 상품권뿐이지만 앞으로 반찬에 부합하는 식비와 용돈도 드릴 참이었다. 대문 비밀번호를 누르고 주방으로 뛰어가 큰 소리로 엄마를 불렀다. 그런데 주방에서 부침개를 부치는 뒷모습은 엄마가 아니었다.

"……이모?"

동시에 안방에 누워 있는 엄마도 시야에 들어왔다. 흡사 깁스처럼 보이는 보조기구를 어깨와 양팔에 낀 사람은 양 셰프, 바로 엄마였다.

"뭐야? 팔 다쳤어?

"아니."

"그럼 뭔데?"

"병원에서 이렇게 하고 있으라고 해서."

이모가 안방 문을 열고 들어왔다.

"준석이는 몰라?"

처음 듣는 소리였다.

"왜 말을 안 했어? 아니 언제부턴데?"

"너희 엄마 다음주에 수술해야 한대. 평생 손을 썼으니 저 지경이 됐지."

그동안 엄마는 주기적으로 통원치료를 해왔다고 했다. 처음엔 손을 쥐었다 펼 정도는 됐는데 요즘 들어 볼펜 하나 손에 쥘 수 없을 만큼 안 좋아졌다고.

"설마 반찬 만들다가 그런 거야?"

나는 정말로 크게 화를 냈다. 물어보니 요리는 할 수도 없어서 지금까지 이모가 와서 음식을 만들어줬다고 했다. 이건 이렇게 만들어라, 저건 저렇게 만들어라, 얼마나 요구사항이 까탈스럽고 유난한지 아주 곤혹스러웠다고. 이모의 책망에 듣는 내가 다 민망했다. 그러니까 내가 칭찬을 아끼지 않은 반찬들은 전부 이모 솜씨였다. 이모가 주중에 미리 만들어놓고 엄마는 옆에서 거들기만 했다고. 그나저나 자매가 아웅다웅하는 모습을 보는 게 오랜만이었다. 그때 문이 열리더니 아빠가 텃밭에서 감자, 당근, 부추를 가득 품에 담아 가져왔다. 온 식구가 한마음으로 나를 속이고 있었다.

다음주 월요일, 엄마는 수술을 받기 위해 병원에 입원했다. 적어도 오 일 이상 병실에 있어야 했다. 입원 날짜가 주말을 피한 걸 보니 그마저도 나한테 얘기를 안 하려고 한 것 같았다. 엄마가 드라마를 너무 많이 봐서 주인공 행동을 따라 하는 건 아닌지 속이 상했다. 수술복으로 갈아입은 엄마는 씩씩한 척 말했다.

"보험 넣어두길 잘했다. 돈 벌었다니까. 이 돈으로 나중에 외식이나 하자!"

엄마 얼굴에서 평소 잘 보지 못했던 검버섯과 기미가 뚜렷했다. 내가 기억하는 엄마는 학부모 중에서 가장 멋쟁이였고 같은 또래 엄마 중에서는 최고 동안이라고 늘 치켜세웠는데, 그 뒤로 자세히 보려고 한 적이 없었던 건지도 몰랐다. 나는 주름진 엄마의 손을 가만히 쓰다듬었다. 엄마의 체온이 내 손바닥에 서서히 전해졌다.

수술을 마친 엄마는 잠든 채 누워 있었다. 간호사 호출에 아버지도 나가자, 병실에는 오직 엄마와 나뿐이었다. 마취 때문에 잠깐 잠들어 있을 뿐이었지만 나는 그런 엄마의 모습이 어쩐지 무서워서 코 밑에 손가락을 대보고 마구 흔들어서라도 깨우고 싶었다. 얼른 일어나라고 말이다. 나는 엄마 옆에 있는 침상에 나란히 누웠다. 그리고 두 손을 모았다. 사람이 관에 들어갈 때 이런 모습이겠지. 그대로 몸을 옆으로 틀어 엄마 얼굴을 물끄러미 바라보았다. 그러다 나도 모르게 잠이 들었다. 깨어났을 때는 엄마가 침상에 앉아 열심히 밥을 먹고 있었다. 소고기뭇국에 반찬은 장조림과 깍두기였다. 엄마는 병원 밥이 원래 맛있는 건데 여긴 솜씨가 영 별로라고 했다.

"근데 너 이번 주는 그거 안 가져왔니? 뒷이야기가 궁금했는데."

나는 고개를 가로저으며 아무런 대꾸도 하지 않았다. 아버지에게 다시 간호를 맡기고 이모가 싸준 반찬과 함께 관사로 돌아갔다. 반찬통을 냉장고에 넣다가 책상 위를 보았다. 로버트 맥키, 시드 필드, 블레이크 스나이더가 쓴 시나리오 작법서들, 저걸 다 누룽지로 바꾸고 싶은 기분이었다. 병실에 있는 엄마한테서 전화가 왔다.

"아들, 밥은 먹었어?"

"엄마는 아직도 밥 타령이야?"

목소리 톤을 한껏 낮춘 엄마가 말했다.

"이번 거는 꼭 완성해라."

"됐어요. 엄마가 반칙했으니까 이제 안 할래요."

반칙이라는 말이 잘도 나왔다.

"그건 내 보기에 틀림없다. 지금까지 엄마 말 들어서 손해 본 적 있든?"

나는 울컥 울음이 쏟아질 거 같아 딴 데로 말을 돌렸다.

"됐고요, 푹 쉬기나 해요."

*

가을이 되자 부고 소식이 잦아졌다. 안장 기수만 해도 월요일 여섯 기, 화요일 여덟 기, 수요일은 아홉 기나 됐다. 아홉 분의 유족들이 한꺼번에 몰려오자 대기실이 가득 찼다. 그날은 직원 모두가 정신없이 바빠서 노희택 씨를 상대할 여력도 없었다.

그래서 그가 평소와 달리 커다란 가방을 메고 왔다는 걸 보고도 간과했다. 국기 경례부터 묵념으로 이어진 의식이 끝나자 예복을 갖춰 입은 의전단원이 유골함 아홉 개를 차례대로 들고 묘역으로 이동했다. 감정을 못 참고 울음을 터트린 유족도 있었지만, 안장식은 대체로 질서정연하게 이뤄지고 있었다. 흰 가루가 바람에 흩뿌려진 것은 그 무렵이었다.

"저게 뭐래요?"

모두가 같은 곳을 바라보았다. 묘역 고지대에 올라간 노희택 씨가 유골함에서 뼛가루를 뿌리고 있었다. 현장에 있던 유족과 직원이 전부 경악했다. 노희택 씨는 노래까지 흥얼거렸는데 전우와 사나이 같은 가사가 들리는 거로 보아 군가 같았다. 소장이 얼른 어르신을 막으라고 직원들에게 소리쳤다. 내가 뛰어갔을 때는 이미 유골함이 텅 비어 있었다. 노희택 씨는 국립묘지에 묻어달라는 아버지의 마지막 유언을 어길 수가 없었다며 그렇게 자리를 떠났다.

소장이 현장에 있던 직원들을 모두 회의실로 소집했다. 평소대로라면 조용히 덮자고 할 수도 있었지만 그러기엔 목격자가 너무 많았다. 백여 명에 가까운 유가족 중 누군가 오늘 있었던 일을 국민신문고에 올리거나 언론사에 제보할 수도 있었다. 현장 관리를 제대로 못한 책임을 피하기 힘들 것 같았다. 노희택 씨를 먼저 고발해서 국립묘지 영예를 실추한 값을 치르게 하자는 의견도 나왔다. 국가유공자를 상대로 그런 조치가 예외적이긴 하지만 법과 원칙이 우선이었다. 그렇게 논박을 거듭하다 퇴근 직전에, 소장은 노희택 씨를 관할 경찰서에 고발했다.

고발이 접수된 다음날, 깜짝 놀랄 소식이 전해졌다. 신고를 받고 경찰들이 노희택 씨 집에 찾아가자 국립묘지에 뿌린 것은 유골이 아니라 밀가루라고 주장했다는 것이었다. 실제로 집 안에 유골함이 떡하니 보관되어 있었다고. 하도 괘씸해서 그런 일을 벌였다는데 사실인지 아닌지 알 길이 없었다. 흰 가루는 바람에 이미 날아가버렸고 하필 그날 저녁에 비가 내려 바닥에는 아무것도 남아 있지 않았다. 결국, 국립묘지는 고소를 취하했다. 그때까지만 해도 이 일은 단순한 해프닝으로 끝난 줄 알았다. 하지만 이듬해 묘역 밖에서 땅을 뚫고 나무줄기 하나가 돋아나기 시작했다. 그곳은 지난번에 노희택 씨가 누워서 하늘을 보던 바로 그 자리였다. 명절이 오면 묘목 앞에서 고개를 숙인 어르신을 목격하곤 했다. 그리고 십 년 후, 국립묘지에 삼 미터가 넘는 무궁화가 자라서 붉은 꽃을 피울 거라는 건 그때는 아무도 상상하지 못한 일이었다. 장례 문화에 빠삭한 직원이 말하길, 노희택 씨가 저 무궁화에다가 수목장을 치른 것 같다고 했다. 표식은 없지만, 그날이 언제인지 알 것 같았다.

엄마가 수술을 받은 주에, 나는 연가를 쓰고 고향 집에 내려왔다. 아버지와 병 수발을 교대로 하다가 잠깐 집에 쉬러 갔다. 수술이 잘 끝나 토요일 오전에 퇴원하기로 했다. 잘 먹고 잘

잤다더니 얼굴이 많이 여윈 것처럼 보였다.

"여기 반찬은 어때?"

나는 농담조로 물었다.

"반찬을 남기는 너의 마음을 약간은 이해했다."

그건 입맛이 돌아왔다는 증거로도 볼 수 있었다. 엄마는 퇴원하면 곧바로 목욕탕에 가려고 했는데 담당의가 한 달간 목욕탕 출입은 안 된다고 해서 또 시무룩했다.

"네가 가끔 딸이었으면 좋겠다고 생각했어. 너희 아버지가 너랑 목욕탕에 다녀오면 등이 반들반들한 게 나는 그렇게 부러웠거든."

"대신 안마는 엄마만 해주잖아요."

나는 엄마 목과 어깨를 주무르며 다음 시나리오는 요리 소재로 써볼까 싶다고 했다. 엄마랑 아들에 관한 얘긴데 아들이 반찬 투정을 하다가 엄마랑 다투게 되고, 그 아들이 매주 엄마의 반찬을 평가하기 시작하는데 알고 보니 엄마는…….

"재미없다!"

엄마는 내 말을 도중에 끊었다.

"아, 왜?"

"너무 우리 얘기잖니."

"원래 모든 이야기에는 작가의 경험이 반영되는 거거든."

"나는 그런 거 싫다."

"알았어. 그럼 다른 이야기로 바꿔볼게."

"어떻게?"

"다음주까지 기다리셔."

그렇게 병실을 나왔다. 물론 생각나는 이야기는 없었다.

나는 며칠 전 〈심야 버스〉 각색 작업을 마쳐 영화사에 넘겼다. 선배는 빠른 작업에 고맙다며 곧바로 약속한 금액을 송금했다. 나는 엄마의 퇴원일에 맞춰 음식을 만들기로 했다. 추운 계절이 다가온데다 관절에 좋은 곰탕을 선택했다. 정육점에서 산 도가니와 잡뼈를 비닐에서 전부 꺼냈다. 냄비에 물을 가득 담은 뒤 그것들을 푹 담갔다. 천천히 핏물을 빼기 위함이었다. 세 시간 정도 이렇게 놔뒀다가 펄펄 끓인 다음 뼈를 깨끗이 손질해야 했다. 식탁에 앉은 채로 잠이 들었는지 일어나보니 한밤중이었다. 냄비에 고인 핏물을 배수구에 흘려보내고 손수 뼈를 발랐다. 아마도 밤샘 작업이 될 거였다. 사골 국물을 알맞게 우려내기 위해서는 세심한 불 조절이 필요했다.

파란 불꽃이 켜지자, 문득 물음표 같은 감정이 일었다. 뒤통수를 맞은 것처럼 머릿속이 얼얼해지는 기분이었다. 어린 시절 느꼈던 공포가 되살아난 듯, 피할 수 없는 상실에 당면한 것처럼 나는 이곳 주방에 홀로 남겨졌다. 주방 어디에도 엄마의 흔적이 보이지 않았다. 식기가 하나둘 사라지고 냉장고 속 반찬도 자취를 감췄다. 도마질 소리가 환청처럼 들리고 곳곳에 스며 있던 곰팡이 냄새가 흘러나와 코를 찔렀다. 마침내 곰탕이 부글 부글 끓기 시작했다.

일어나 주방 창문을 활짝 열었다. 밖을 내다보니 버스 한 대가 대로변에 서 있었다. 빵빵, 하고 버스 경적이 울렸다. 몸에 일제히 닭살이 돋았다. 혹시 저 버스를 타고 이곳으로 온 걸까, 아니면 지금부터 버스를 타고 어디론가 가야 하는 걸까. 나는 아무것도 확신할 수 없었다. 사골 국물이 뽀얗게 우러나올 즈음엔 체한 듯 멀미 증상까지 보였다. 그렇게 자다 깨길 반복하다 정신을 차려보니 아침이었다. 다시 창밖을 내다봤을 때는 버스가 온데간데없이 사라진 후였다.

*

몇 해 전, 나는 인사 전보를 받아 서울 동작구에 있는 국립묘지로 자리를 옮겼다. 그때부터 아침은 사먹는 것으로 대체했다. 엄마 집에 가는 횟수도 자연히 줄었다. 밑반찬은 가끔 택배로 전달받았다. 반찬을 받은 날에는 식탁 위에 올려놓고 밥 먹는 모습을 사진으로 찍어 엄마에게 보냈다. 반찬통을 씻는 작업도 격주에서 한 달, 두 달로 점차 간격이 길어졌고 그것도 귀찮아지면 통 전체를 쓰레기봉투에 넣어버리는 날도 있었다. 언제부턴가 더는 시나리오를 쓰지 않았다.

연일 폭설이 내려 걸음을 뗄 때마다 뽀드득 소리가 났던 올설날에는 교제하는 이와 함께 집에 인사를 드리러 갔다. 나도

그녀도 나이가 꽤 많아 부모님까지 거실에 모여 앉자 경로당에
온 것 같았다. 결혼 얘기가 조심스럽게 오가고 혹시라도 민망
한 상황을 만들지 않기 위해 서로 조심하며 시간을 보냈다. 훗
날 그녀는 내 얼굴이 엄마를 많이 닮았다고 말해주었다. 하룻밤
을 자고 일찍 집을 나서는데 엄마는 두 사람 몫에 해당하는 명
절 음식과 각종 밑반찬, 지난해 담근 김장김치까지 바리바리 싸
서 내주었다. 그리고 그것은, 엄마의 마지막 반찬이 되었다. 텃
밭에 심은 고추가 유독 매운 종자였는지 매일 아침 김치를 꺼내
먹을 때마다 아찔하게 눈물이 났다. 희한하게 웃음이 날 때도
있었다. 엄마가 내게 평생 들려준 한 편의 이야기 같아서.

문 앞에서 이만

팀장으로부터 부재중 전화 여섯 통이 걸려왔다는 사실을 뒤늦게 알았을 때, 나는 서울 근교 저수지에서 맞선 상대와 오리배를 타는 중이었다. 맞선 상대라는 표현이 다소 겸연쩍게 들릴 수 있겠지만 서로의 이름을 제대로 불러본 적 없으니 현재의 관계에서 꽤 적당한 호칭이었다. 그녀는 외교부 소속 공무원으로 작년에 태국 대사관으로 파견을 나갔다가 출장차 잠시 귀국한 상태였다. 우리는 날씨 얘기부터 주고받았다. 유난했던 여름 장마와 동남아 지역의 열대성 기후에 대해. 연중 무더위가 계속되는 그곳은 더운 날과 숨이 막힐 정도의 더운 날이 번갈아 이어지는데, 어느 날 거울에 비친 전신을 바라보다 그녀는 깜짝 놀랐다고 했다. 입는 옷에 따라 햇볕에 탄 정도가 달라 얼룩말 같이 줄무늬가 생겨버려서. 마침 저수지를 노닐던 청둥오리 떼가 우리가 탄 오리배를 추월하자 그녀는 탄성을 지르며 과장되게 웃었다. 따라 웃으면서도, 나는 줄곧 이런 생각에 빠져 있었다. 토요일 대낮에 이 무슨 개념 없는 짓인가. 염 팀장은.

한국에 머무는 동안 그녀는 살인적인 맞선 스케줄을 소화하고 있었다. 물론 이런 얘기들은 전부 그녀가 직접 말해주었다. 어제는 보안업체에 다니는 연구원과 극장에 갔고 오늘 오전에는 노무사와 브런치를 먹었다고. 이번이 아홉 번째라고 친히 일러주기까지 했다. 그마저도 오리배 페달에서 덜커덕 소리가 나는 바람에 앞글자 하나를 빠뜨리고 들은 거였다. 열아홉 번째 맞선 상대. 당연히 내가 열여덟 명의 남자를 제쳤다는 것과는 무관했지만 뭐 상관없었다. 경험상 정보를 오픈하는 쪽이 숨기는 쪽보다 트러블이 적었고 나 역시 그녀와 결혼할 경우 이점을 충분히 저울질한 다음, 이 자리에 나온 것이었다. 무엇보다 안정적인 그녀의 직업이 결정적이었다. 상황만 잘 따라준다면 나는 몇 년 후, 이를테면 플로리다 같은 곳에서, 이 괴상한 웃음소리를 내는 여자와 함께 한가로운 전원생활을 즐길 수도 있을 것이다.

팀장으로부터 걸려온 부재중 전화가 두 자릿수를 넘겼을 때, 나는 오리배 안에 홀로 앉아 있었다. 예정보다 일찍 맞선을 끝마쳤다. 그녀가 불쑥 친구 같은 남편을 원한다는 발언만 꺼내지 않았더라면 우리는 예약해둔 레스토랑에서 근사한 저녁을 먹고 분위기에 취해 칵테일 바로 자리를 옮겼을지도 모른다. 하지만 그녀는 서둘러 자리를 떠났으며 나도 그녀를 붙잡을 마음이 없었다. 오리배가 좌초한 듯 물결을 따라 서서히 흘러갔다. 친구 같은 남편이란, 말하자면 이랬다. 해외근무로 떨어져 지내는 동안 사생활을 일일이 터치하지 않고 아이는 갖지 않으며 일이 년쯤 살아본 뒤에 혼인신고를 한다. 곱씹을수록 황당한 소리였다. 그건 마치 남편 같은 친구를 원한다고 바꿔도 별반 다르지 않을 것 같았다. 원래 선착장과는 한참 떨어진 곳에 오리배가 닿았다. 아마도 그녀는 비슷한 이유로 맞선에서 수차례 퇴짜를 맞았을 게 분명했다. 그럼에도 묘하게 석연찮은 구석이 있었다. 그러니까 그녀는 이번 만남을 통해 잘해보겠다는 의지가 거의 없어 보였다. 오히려 자신이 결혼에 부합하지 않다는 걸 적극적으로 설명하는 꼴이랄까. 헛웃음이 났다. 어느덧 저녁이 가까워져 저수지 수면이 주홍빛으로 물들었다. 그 와중에도 팀장으로부터 삼십 분 간격으로 계속해서 전화가 걸려왔다. "이거 완전 또라이 새끼구만." 나는 팀장의 전화를 애써 무시하며 삼십 분 간격으로 받지 않겠다는 결심을 반복했다. 오리배를 반납할 때는 통화 대신 문자 메시지가 왔다.

문 앞입니다. 기다리겠습니다.

순간 택배 문자로 착각할 뻔했다. "제대로 돌았군." 나는 당장 팀장에게 전화를 걸어 들이받으려다 말았다. 부재중 통화 숫자가 선을 넘어섰다는 판단이 들었기 때문이었다. 다짜고짜 따지기엔 내 입장도 난처한 게 상사의 전화를 깡그리 무시한 상황이었다. 적절한 평계가 먼저 뒷받침돼야 했다. 이를테면 토요일은 근무일이 아니라거나 전화를 제때 받을 수 없는 장소에 있었다든지. 궁색하긴 해도 낮잠을 오래 잤거나 핸드폰을 깜빡 잊고 외출하는 일도 가능했다. 하지만 이런 얘기를 늘어놓으니 화를 참는 편이 나을 것 같았다. 맞선 이후 마음도 심란한데다 상사와 다툼까지 벌일 에너지 따위는 없었다. 피곤하고 귀찮았고 배도 고팠다. 상대는 염 팀장이었다. 대놓고 무시한 것도 아닌데 전화를 못 받은 정도로 문제가 될 거 같지는 않았다. 당장은 허기를 채우는 것이 우선이었다. 나는 미리 해둔 예약을 취소하기 위해 레스토랑에 전화를 걸었다.

당일 취소는 불가하다는 안내가 돌아왔다. 걸어둔 예치금도 받을 수 없었다. 생돈을 내느니 혼자서라도 먹는 편을 택했다. 염 팀장이 아파트 문 앞에 버젓이 서 있다고 생각하자 집에 갈 엄두가 안 났다. 그가 돌아갈 때까지 시간도 벌 겸 나는 레스토랑으로 향했다. 꼭대기 층에 엘리베이터가 닿자 출입구 자동문이 활짝 열렸다. 웨이터가 창가로 나를 안내해주었고 곧 주문한 스테이크가 나왔다. 텅 빈 앞자리가 신경쓰여 나는 허겁지겁 음식을 먹어치웠다. 디저트로 나온 아이스크림을 먹을 즈음에야 도시 야경도 볼 여유가 생겼다. 저기, 창밖에 보이는 아파트의 1201호가 바로 내 집이었다. 가로 1m, 세로 2.5m쯤 되는 아파트 문 앞에 있을 염 팀장이 머릿속에 그려졌다. 주말이지만 말쑥한 정장 차림일 테다. 남의 대문 앞에서 일방적으로 기다리는 일은 무례한 행동이 분명했지만, 염 팀장이라면 쉽게 포기하고 돌아가진 않을 거였다. 누그러졌던 분노가 재차 치밀었고 이참에 본때를 보여줘야지 싶었다. 기다려봐야 소용없다는 걸 말이다. 옆집에 사는 부부가 아니라면 엘리베이터조차 열리는 일은 없을 것이다. 나는 위축되지 않으려 애썼다. 하지만 불편한 심정을 감출 수 없었다. 계속 마음이 쓰였다. 결국, 머릿속으로 주입한 생각은 이랬다. 이건 모두 염 팀장 스스로가 자초한 일이다.

염정길 팀장이 특수사업 심사팀으로 발령을 받은 건 한 달 전쯤이다. 신용투자회사 '빌리브'의 원년 멤버인 그는 현직에 남아 있는 유일한 직원으로 얼마 전 권고사직을 제안받았으나 거부한 것으로 알려졌다. 아마도 이번이 그의 마지막 인사가 될 확률이 높았다. 최초 회사는 군용 보급품을 납품하였는데 회장의 전직을 따져보면 당연한 귀결이었다. 그는 월남 참전 고엽제 후유증 지부회장이었다. 회장과 같은 부대였던 참전용사 13인이 매월 정부로부터 받는 참전수당을 모아 의기투합하여 법인 회사 하나를 차렸다. 염 팀장은 13인 가운데 가장 먼저 세상을 떠난 전우인 염 상사의 아들이었다. 염 상사는 적진에서 총탄에 맞아 쓰러진 회장을 업고 뛰어 목숨을 구해준 적이 있었다. 그래서 회장은 폐 질환으로 별세할 때까지 염 팀장을 친아들처럼 돌봤다. 회사는 군대에 귀마개나 수통 같은 보급품을 조달하다 여의치 않자 제대군인이 창업을 하면 돈을 빌려주고 이윤을 회수하는 방식으로 변모를 꾀했다. 초기에는 자본금을 회수하지 못하는 리스크가 컸다. 회사 입장에서는 사장을 구워 삶든 조지든 간에 빌려준 돈을 제때 받아내야 했다. 그 일을 주로 염 팀장이 도맡았다.

염 팀장이 돈을 받아내는 방법은 일반 사채업자들과는 전혀 달랐다. 폭력적인 수단이 동원되지 않았다. 굳이 설명하자면 적극적으로 기다려주는 방식이랄까. 그래서 사장들이 염 팀장에게서 느끼는 감정은 공포나 두려움이 아니라 미안함에 가까웠다. 일례로 치킨 사업에 뛰어들었다가 돈을 안 갚는 사장을 찾아간 염 팀장은 우선 밀대로 가게 바닥을 닦으며 영업을 도왔다. 바쁠 때는 직원 대신 배달을 다녀오기도 했다. 빌린 금액이 이천만 원이라면 들를 때마다 이십만 원씩 백 번을 나눠 받았다. 본인이 직접 카운터에서 현금 계산을 했더라도 받은 돈을 함부로 회수하지 않았다. 영업을 마칠 때까지 기다렸다가 그날 받기로 한 이십만 원만 챙겨서 가게를 나섰다. 그렇게 수거하는 금액은 매주, 매달, 일정했다. 조금 느린 방법일지라도 염 팀장은 그것이 최선이라고 믿었다.

이후 회사는 점점 몸집을 키우며 금융 전문가들을 대거 불러들였다. 엄격한 사업 심의를 통해 투자 성공률을 높이는 데 주력한 것이다. 당시에는 경기도 호황이었다. 회사는 순탄하게 성장했고 돈을 회수하지 못하는 경우도 상당수 줄어들었다. 결과적으로 염 팀장이 해오던 일이 필요 없게 되었다. 그러자, 이제는 염 팀장의 거처를 정하는 게 문제였다. 말단 사원 일을 시키자니 경력이 길었고 주요 보직에 앉히기에는 업무 처리가 느리고 서툴렀다. 한마디로 요령이 부족했다. 처음에는 눈치가 없다는 평판이 나돌더니 언제부턴가 염치가 없다는 말로 바뀌어 있었다. 그런 중에 회장이 별세하자 그의 아들이 사장직을 물려받았다.

특수사업 심사팀은 주로 소규모 신규 사업의 대출 여부를 평가했다. 팀 구색을 맞추다 보니 생긴 부서였지만 언제든지 업무 성과를 빌미로 해고가 가능한 곳이었다. 염 팀장의 첫 출근 날, 팀장실에 화초가 가득 딸려왔다. 누구누구 협회장이니 단체장이니 하는 사람들이 그동안 보내준 것들로 직위와 성함이 적힌 띠를 떼지 않고 유지해온 듯했다. 방 안에 화분이 빼곡하여 발 디딜 틈도 없었다. 언제부턴가 직원들은 그곳을 식물원이라고 불렀다. 염 팀장의 책상에는 지난해 심의가 반려된 사업계획서가 가득했지만 보는 자료와 페이지는 매번 같았다. 자리에 앉은 채로 근무 시간 중 절반은 조는 듯했다. 매일 두 번씩, 화분에 물을 주는 모습만 포착되었다. 이따금 투자 승인이 반려된 사장들이 쳐들어오는 것을 제외하면 그 방에 들락거리는 사람은 거의 없었다.

"급한 건인가요?"

염 팀장이 자주 하는 말로 그는 일을 신속하게 처리하는 법이 없었다. 사소한 계산 실수까지 잡아내다 보니 처음엔 직원들이 보고서에 더욱 신경을 썼다. 그렇다고 승인 여부가 바뀌는 경우가 없다는 걸 체득한 후부터는 염 팀장에게 충분히 검토할 시간만 주고 보든지 말든지 내버려두었다. 나도 비슷했다. 팀장이 공석인 동안 직무대리를 맡으며 잠깐 의욕이 나기도 했지만 그때뿐이었다. 대리로 승진한 후에는 다른 회사로 이직을 준비하고 있었다. 언젠가부터 염 팀장은 새로 들어온 인턴과 인생 상담을 주고받는 데 열중하였다. 대학을 갓 졸업한 인턴은 싹싹한 성격에 시키는 일을 곧잘 해냈다. 내심 정규직 전환을 기대하는 듯했다. 팀원들은 인턴을 통해 염 팀장의 새로운 사실, 이를테면 그가 동물애호가이며 팝송에 꽤 조예가 깊고 현재 혼자 지낸다는 정보를 알게 되었다. 팀장의 자존심을 건드리지 않는 선에서 직원들은 나름의 보고 원칙을 정했고 중요한 건에 대해서는 직무대리였던 나와 먼저 상의하곤 했다. 아마도 그런 염 팀장이었기에 은연중 내가 우리 팀의 실질적인 리더라고 생각했는지도 모른다. 일종의 정신 승리였다.

레스토랑에서 나오자 밖이 캄캄했다. 더는 전화도 메시지도 없었지만, 염 팀장이라면 아직 아파트 문 앞에 있을 게 틀림없었다. 절로 한숨이 나왔다. 너무 급하게 먹었는지 속이 더부룩했다. 나는 약국에 들러 소화제를 사 먹었고 그 앞에서 나눠주는 호텔 할인 전단을 보고는 무작정 발걸음을 옮겼다. 그렇게 집으로부터 일 킬로미터 반경에 있는 호텔에 도착했다. 간판만 호텔이지 쥐구멍처럼 생긴 입구부터 모텔에 가까웠다. 곧장 방에 들어가서 씻고 누웠다. 밤 9시였다. 이게 무슨 꼴인가. 어쩌다 집을 코앞에 두고 못 가는 신세가 됐는가. 수시로 핸드폰을 살피는 게 짜증이 나면서도 전원 버튼을 눌러 끌 수도 없었다. 그렇게 했다가는 고의로 껐다는 걸 팀장에게 들키는 셈이었다. 나는 알리바이를 고민했다. 아팠다고 할까? 그런데 아프면 집에 있는 게 상식적이다. 좋지 않은 생각이었다. 다음으로 장례식을 떠올렸다. 그래, 며칠 전 지인의 부고 문자를 받았으니 증거도 갖고 있겠다, 장례식에 갔다가 일손을 돕다 보니 전화가 온 줄 몰랐던 것이다. 후에 부재중 전화를 확인했을 때는 자정이 넘은 시각이었다고 하자. 문득 자조가 흘러나왔다. 왜 이런 핑곗거리를 만들고 있는지…… 그렇지만 나는 오늘 맞선을 본게 아니라 장례식에 갔다고 믿어버리기로 했다. 창밖으로 아파트들이 보였다. 아직도 염 팀장은 문 앞일까? 대답이라도 하듯, 핸드폰으로 문자가 왔다.

　　이만 돌아갑니다.

　　정확히 밤 10시였다. 꺼억. 시원하게 트림이 나왔다. 속이 뻥 뚫린 듯한 기분이었다. 하지만 그것도 잠시, 다시 궁금증이 일었다. 염 팀장은 왜 내 집까지 찾아온 걸까? 회사에 긴박한 사고라도 터졌나? 조금 뒤 11시경에는 오리배에서 그냥 염 팀장의 전화를 받아야 했다는 후회마저 하고 있었다. 문 앞에서 오랫동안 나를 기다린 팀장을 월요일에 다시 볼 생각을 하니 가슴이 답답했다. 잠이 오지 않았다.

　이튿날 새벽, 나는 호텔에서 나와 곧장 회사로 갔다. 사무실은 텅 비어 있었다. 사내 공지와 메일 계정을 살펴봤지만 특별한 업무지시는 없었다. 팀장실 문을 열고 들어가자 풀내음이 훅 올라왔다. 팀장이 다녀간 흔적도 없었고 화이트보드의 지난주 일정란에 'OB 모임' 글자만 비뚤배뚤 적혀 있었다. 별 소득 없이 나는 다시 집으로 돌아갔다. 혹시 아직도 문 앞에 팀장이 서 있지 않을까 싶어 엘리베이터 문이 열릴 때까지 긴장했다. 다행히 아무도 없었다. 나는 들어가면서 문을 단단히 걸어잠갔다. 다음 날, 염 팀장에게 무슨 일이 있었는지는 비서실장의 입을 통해 전 직원에게 알려졌다.

*

　사장은 회장의 장례 1주기를 맞이하여 원년 멤버 13인을 저녁식사 자리에 불렀다고 한다. 치매로 요양병원에 입원했거나 거동이 불편하여 외출하기 힘든 멤버들이 있었다. 그래도 대부분 참석할 줄 알았는데 당일 이런저런 이유를 대며 이미 절반 넘게 불참 의사를 밝혔다. 그것은 단체행동에 가까웠고 배경에는 양말이 있었다. 회장은 발바닥에 땀이 날 만큼 일하자는 의미에서 관례적으로 장목 양말을 선물해왔다. 하지만 올해 사장은 명품 넥타이를 보냈다. 이를 두고 섭섭함과 유감을 넘어 불쾌함까지 느낀 이도 있었다. 늙은이들은 이제 회사 일에 참견하지 말란 건가. 누군가는 넥타이를 목을 매는 종결의 상징으로 읽어내기도 했다. 머리에 피도 안 마른 놈, 그것이 사장에 대한 이들의 평가였고 줄줄이 불참은 일종의 보이콧이었다. 결국, 그날 초대장에 적힌 식당에 도착한 사람은 염 팀장이 유일했다. 차라리 그도 안 갔더라면 좋았을 텐데 한참 어린 염 팀장이 원년 멤버 사이에 끼지 못하는 것도 무리는 아니었다.

"음식은 입에 좀 맞으십니까?"

어색한 식사 자리를 빨리 마치기 위해 염 팀장은 땀을 뻘뻘 흘려가며 갈비탕을 먹어치웠다. 사장은 아직 그릇에 손도 안 댄 상태였다.

"요즘 통 입맛이 없어서 말이죠. 일하다 보면 밥 먹을 시간도 안 나요."

사장은 작은 푸념과 함께 정장 안주머니에서 멀티 비타민을 하나 꺼냈다.

"저랑 비슷한 생각을 하는 젊은 친구들도 더러 있더라고요. 미래 식사에 관한 건데요. 하루 치 권장 영양소를 골고루 담은 알약으로 한 끼를 해결하면 어떨까요?"

그러고는 컵에 담긴 물과 함께 비타민을 훅 삼켰다. 염 팀장은 그 모습을 지켜보며 자신의 테이블 위에 밥알이 잘 섞인 뽀얀 국물과 앞 접시에 담아둔 소뼈를 유심히 살펴보았다. 한정식답게 12첩 반찬이 먹음직스럽게 차려 있었다.

"이런 사업이라면 투자 승인을 받을까요?"

순발력이 있는 사람 같으면 사장에게 요령껏 답하겠지만 그 요령이 안 되는 사람이 염 팀장이었다. 확신을 얻기 전까지 판단 보류인 그에게는 곤란한 질문일 수밖에 없었다.

"급한 건인가요?"

그렇게 답하고는 갈비탕만 꾸역꾸역 먹었다. 자리에서 멀리 떨어진 생채무침까지 젓가락을 뻗었다. 말대꾸라도 한 듯 분위기가 싸해졌다.

"팀장님, 듣던 대로시네."

약간 감정이 상한 사장은 갈비탕 국물을 한 숟가락 뜨는 둥 마는 둥 하더니 부연 설명을 늘어놓기 시작했다. 우리 몸은 다섯 가지 영양소로 이뤄져 있는데 배부르게 먹었다고 다 충족되는 것은 아니며 비타민도 그냥 비타민, 이렇게 퉁 칠 수 있는 게 아니라 A부터 B_1, B_2, B_6, C, D…… 말도 못하게 많은 종류가 있다. 옆에 앉아 있던 비서실장에게 챙겨 먹는 영양제까지 물어가며 루테인, 프로폴리스, 유산균, 마그네슘까지 각각의 효능을 설명했다. 염 팀장으로부터 어떤 동의를 바라듯이.

"요즘 사람들은 언제나 효율성을 따지거든요. 물 한 모금에 알약 하나로 한 끼 식사가 가능한 상품이 출시되면 우리 사회에 획기적인 시간 혁명을 가져올 겁니다. 맛이 문제라면 알약 캡슐에 고소한 견과류 코팅을 입히는 방식도 가능하겠죠. 어떻습니까?"

　이런 장황한 설명을 듣고도 염 팀장은 갈비탕 그릇을 깨끗하게 비워냄으로써 즉답을 피했다. 국물을 삼키는 소리 외에는 정적이 흘렀다.

　"가만 보니 팀장님 참 이상하시네. 제 말은 뭐 대꾸할 가치도 없다 이겁니까? 그냥 새로운 사업 아이디어에 대한 팀장님 견해만 말씀해보시라고요. 답답하네, 진짜."

　비서실장은 사장에게 청심환이라도 드려야 되나 고민했다고 한다. 사장은 투자 승인이 반려되어 쫓아온 민원인처럼 굴었고 염 팀장은 끝까지 묵묵부답했다.

　"이틀이면 되겠죠? 생각할 시간 말입니다."

　염 팀장의 눈이 알약처럼 동그래지며 눈동자가 흔들렸다.

　"월요일 아침에는 꼭, 팀장님 대답을 들어야겠습니다."

　식사는 그렇게 끝이 났다. 소식을 전해듣는 나까지 머리가 복잡해지는 기분이었다. 고작 알약 하나 때문에 이 난리를 쳤다니 우습기도 했다. 회사라는 곳은 그렇게 웃지 않고서는 이해되지 않을 때가 있었다. 처음부터 사장 의도에 적당히 맞춰주는 편이 현명했을 것이다. 판단이 느린 건지, 생각이 없는 건지. 그놈의 고집, 융통성 없는 성격이 문제였다. 그런데 염 팀장은 이런 엉터리 같은 상황에서 내게 어떤 도움을 기대했을까? 좀 의아하긴 했다. 분명한 건 주말 내내 나와 연락이 닿지 않았다는 사실이었다.

당장 월요일 아침에 팀장을 대면하기가 민망했다. 출근 한 시간 전까지 연차를 쓸지 말지 망설였다. 그러다가 내일도 모레도 비슷할 거 같아서 결국 나온 것이었다. 다음부터는 그러지 말자는 다짐을 하면서도 이건 내 잘못이 아니라는 합리화를 되풀이했다. 연락을 왜 안 받았느냐고 물으면 연습한 대로 이유를 줄줄 읊을 것이다. 일말의 보복이 있다면 내부고발도 불사하리라. 이런 해괴망측한 상상을 하다 보니 어느새 사무실 앞이었다. 아예 짐을 싸둘까, 여의치 않으면 이직하자고 생각하며 재빨리 내 자리로 뛰어가 앉았다. 다행인지 아닌지 아침부터 팀장은 사장에게 보고하러 공항에 간 상태였다. 물론 알약 사업 건 때문이었다. 하지만 염 팀장은 이날 보고를 하지 못했다. 시차에 예민한 사장은 출국 당일에는 아무도 만나지 않는 탓에 인천공항 라운지 앞에서 기다렸다가 회사로 돌아올 수밖에 없었다. 주말 동안 팀장이 어떻게 보고서를 준비하였는지 아는 직원은 없었다. 사장이 그냥 해본 소리에 과하게 반응했다는 다수 의견과 사장이 작정하고 염 팀장을 시험해본 거라는 소수 의견이 갈렸다. 훗날 사장이 미래 식품을 연구하는 바이오 업체에 주식 투자를 한 것으로 논란은 일단락되었다.

　　사건은 화요일에 터졌다. 사내 게시판에 상사의 갑질을 신고하는 게시글이 올라왔는데 누군지 특정하진 않았으나 염 팀장을 가리키는 듯했다. 아니 누가 봐도 염 팀장이었다. 요지는 이런 것이었다. 상사의 무능력도 갑질이다! 직장상사가 휴일에 본인의 집으로 찾아왔다는 내용이 적혀 있었고 평소에도 검토 기간이 너무 길어 고객 불만에 야근까지 이중 민원에 시달린다는 하소연이었다. 순간 내가 술을 먹고 쓴 게 아닌지 식겁했지만, 다시 생각해봐도 그건 아니었다. 심지어 변호해줄 마음도 있는 것이 염 팀장이 똑똑한 상사는 아니어도 갑질이란 단어와는 거리가 멀지 않나 싶었다. 바둑 기사로 비유한다면 그는 자신에게 주어진 시간을 오래 쓰는 플레이어일 뿐이지 함량 미달까지는 아니었다.

오전에 올라온 게시글은 오후에 삭제되었다. 다음날 염 팀장을 인사징계위원회에 회부한다는 조치가 떨어졌다. 출장에서 돌아온 사장은 알약 보고를 받기 전 이 소식을 먼저 접하고는 조용히 염 팀장을 불러 심의 전까지 게시글을 올린 피해 직원에게 사과하라고 했단다. 입맛이 없겠다며 오메가쓰리를 챙겨줬다는 건 아무래도 거짓말 같았다.

그 일이 있고 난 뒤 며칠 후였다. 잠옷 차림에 스트레칭을 하는데 초인종이 울렸다. 문밖이 소란스러웠다. 인터폰 화면에 나타난 사람은 다름아닌 염 팀장이었다. 평소의 그는 정장 차림을 고수하며 꾹 다문 입매처럼 흐트러진 모습을 보이지 않았다. 그런데 고주망태 상태로 내 집 앞에 나타난 것이다. 그는 계속해서 초인종을 눌러댔다. 순간 겁이 났다. 퇴근할 때까지만 해도 아무 내색 없던 염 팀장이 어째서 한밤중에 여길 온 걸까. 나는 화면 속의 그를 주시하다가 문을 열어줄지 말지 고민했다. 시계와 인터폰과 어두운 창밖을 두리번두리번 살피는 사이, 염 팀장이 문 앞에 철퍼덕 주저앉았다. 인터폰 화면에서 사라지고 나서 곧바로 핸드폰이 울렸다. 나는 염 팀장이라고 뜬 발신번호를 유심히 바라보다가 통화버튼을 눌렀다.

"김 대리."

술에 잔뜩 취한 목소리에서 리듬감이 느껴졌다.

"……김 대리이이이!"

"팀장님. 무슨 일이세요."

나는 딴청을 부리듯 태연하게 물었다.

"……내가 말입니다. 김 대리 ……미안하게 됐습니다."

술냄새가 문을 뚫고 집 안까지 풍기는 것 같았다.

"아주 미안하게…… 됐습니다."

언뜻 짐작이 안 갔다.

"팀장님, 오늘 무슨 일 있으셨어요?"

"……사과하고 싶습니다."

독특한 술버릇이라고 생각했는데 '사과'라는 말을 듣고 나서야 순식간에 퍼즐이 맞춰졌다. 염 팀장은 게시판에 갑질 신고 글을 올린 당사자가 나라고 확신하고 있었다. 그는 다시 일어서서 초인종을 눌러댔다.

"정식으로…… 사과……하……러 왔습……니다."

어이가 없고 황당했다.

126

"팀장님, 저한테 지금 뭘 따지려고 오신 건가요?

"김 대리······ 내가 미······안······합니다."

염 팀장의 사과가 공허하게 메아리쳤다. 나는 날이 선 목소리로 팀장에게 되물었다.

"그러니까, 뭐가 미안한 건데요?"

염 팀장은 중얼대며 말을 이어갔지만 꼬부라진 음성을 제대로 알아듣기 어려웠다.

"팀장님, 사람 잘못 보셨어요!"

지금의 상황이 그저 당황스러울 따름이었다. 무엇보다 이건 내가 받을 사과가 아니었으니까. 팀장은 내게 미안해할 이유가 없었다. 잠시 후 인터폰으로 보게 된 것은 엘리베이터에서 내린 옆집 부부가 도망치듯 문을 열고 들어가는 장면이었다. 곧 아파트 수위가 올라와 그를 데려갔다. 염 팀장은 끌려가면서도 수위에게 같은 말을 했다.

"······다 미안합니다. 내가······ 미안하게 됐습니다."

다음날 아침, 문을 열었을 때 비상 소화전 옆에 화분 하나가 덩그러니 놓여 있었다. 알로에처럼 곧게 뻗은 이파리에 '아가베'라는 푯말이 달려 있었다. 검색해보니 집에서 쉽게 기를 수 있는 공기 정화 식물로 특징이 있다면 꽃이 백 년에 한 번 핀다고 했다. 과연 내가 죽을 때까지 꽃을 볼 수 있을까 싶으면서도 염 팀장다운 사과 방식이라고 생각되어 마음이 조금 누그러졌다. 나는 화분을 문 안에 들여놓고 출근을 했다.

회사에 가보니 팀장실 문이 굳게 닫혀 있었다. 염 팀장의 직위해제와 대기발령 공고가 게시판에 떴다. 징계위원회 심의 전까지 팀장 자리는 다시 공석이 되었다. 두 번째 직무대리를 맡은 뒤 한동안 야근을 계속했다. 그 와중에도 나는 다른 회사에 꾸준히 이력서를 제출하였다. 서류 전형에서 대부분 탈락했다. 운 좋게 면접을 본 적도 있지만, 결과는 불합격이었다. 민원인이 우르르 몰려왔다 간 날에는 긴 휴식이 필요했다. 그럴 때에는 팀장실에 들어가 식물들을 멍하니 바라보거나 분무기로 물을 주었다. 식물을 보살피는 것뿐인데 이상한 위로와 위안을 받았다. 어떤 날은 민원인에게 멱살도 잡혔다. 젊은 사람이 그렇게 말하는 거 아니라며 밀치는 바람에 그대로 바닥에 고꾸라졌다. 난초가 심긴 화분 하나가 박살이 났다. 눈을 부라리며 당신이 내 입장에서 한번 생각해봤느냐는 말을 남기고 떠났다. 그것은 나야말로 되돌려주고 싶은 말이었다. 내가 왜 당신 입장에서 생각해야 하는데…… 나는 당신이 아닌데.

인턴은 이번 달을 끝으로 일을 관둔다고 알렸다. 싱글벙글 웃는 게 이상해서 물어보니 취업이 되었다고 했다. 어젯밤에 합격 통지를 받았다고. 발표 전에 인사팀에서 미리 귀띔해줬다는데 그 회사는 나 역시 이력서를 제출한 곳이었다. 근무 조건이 우수해 신의 직장으로 통했다. 연락이 없는 것으로 보아 나는 떨어진 셈이었다. 그 주에는 회사 인근 횟집에서 인턴 송별회

겸 특수팀 전체 회식을 했다. 합격을 축하하며 한 사람씩 무리하게 술잔을 돌렸고 잘 받아 마시던 인턴이 갑자기 광어 접시를 향해 성을 내기 시작했다. 살점이 다 발라진 채 입을 뻐끔대는 광어를 젓가락으로 가리키며 정확하게 말해보라고 시비를 걸었다. 술에 취해 사리분간을 못하던 인턴은 갑자기 자리에 없는 염 팀장을 찾았고 죄송하다고 중얼대더니 그대로 곯아떨어졌다. 직원들은 이를 보고도 아무런 내색하지 않았다. 이제 막 사회생활을 시작한 친구였다. 염 팀장은 아껴줬다고 생각했을지 몰라도 당사자는 갑질을 당한다고 느꼈다. 확실히 번지수를 잘못 짚은 것이었다. 마지막 근무를 마치고 떠나는 날, 인턴은 그날 송별회를 기억하며 내게 물었다.

"혹시 제가 그날 실수하지 않았나 싶어서요."

나는 아무 일도 없었다고 말하며 혹시 술버릇이 있느냐고 물었다.

"아, 없는데요."

고개를 갸우뚱하는 그에게 충고하듯 말했다.

"다음부턴 적당히 마시는 게 좋겠어."

가벼운 악수를 끝으로 인턴은 사무실을 떠났다.

*

팀장과 인턴, 사무실에 두 자리 공석이 생기며 나는 한동안 바쁜 일과를 보내야 했다. 그러나 곧 익숙해져 이전과 같은 생활패턴으로 돌아갔다. 잠시 중지했던 주말 맞선도 재개했다. 매주 새로운 상대를 만나 비슷한 대화를 나누고 헤어지고, 연락이 끊어지는 만남을 반복했다. 이에 대해 이상함을 느끼지 못한 건 매너리즘 탓일지도 몰랐다. 결혼정보업체 담당자는 나를 블랙리스트에 올렸다. 지난 맞선에서 어처구니없는 실수를 저질렀기 때문이다. 상대에게 맞선 경험이 스무 번도 넘는다고 말해버렸으니까. 맞선녀는 잠깐 화장실에 다녀온다더니 집에 급한 일이 생겼다며 자리에서 일어섰다. 그런 하루가 계속되던 어느 날, 나는 오리배를 함께 탔던 그녀와 우연히 재회하였다.

지인의 결혼식에 갔다가 먼저 빠져나오는 길이었다. 아마 그녀도 나와 비슷한 상황인 듯했다. 예식장 빌딩에 위치한 일 층 카페에서 누가 먼저라 할 것도 없이 시선이 겹쳤고 우리는 가볍게 눈인사를 했다. 그뿐이었다. 나는 출입구를 향해 가던 걸음을 멈추지 않았다. 그런데 문밖에서 느닷없이 우박이 쏟아지기 시작했다. 햇볕이 쨍쨍한 날이었는데 갑작스런 일이었다. 소금 굵기의 우박과 함께 곧 빗방울도 섞여 내렸다. 나와 비슷한 처지의 사람들이 문 주변에 몰려 있다가 다시 카페 안으로 자리를 잡고 앉았다. 더러는 신문지로 머리를 가리고 뛰어나갔다. 지하철역까지 거리가 족히 오백 미터는 돼 보였다. 잠시 후 나는 그녀의 자리 앞에 앉아 있었다. 사실 맞선을 본 그날 저녁 레스토랑에서 우리가 바로 이런 모습이어야 했다.

"맑은 날씨에 비가 오면 호랑이가 장가를 간다죠?"

우리는 비슷한 말을 동시에 꺼내며 웃었다.

"제 친구가 방금 여기서 결혼을 했는데 호랑이띠거든요."

"그래요? 오늘 제 친구 남편도 86년생이라던데."

이름을 확인해보니 동일인은 아니었다. 우리는 마치 오래 사귄 친구를 만난 것처럼 자연스럽게 대화를 이어갔다. 그녀의 근황은 이랬다. 최근 한국과 아세안 국가 간 협력센터가 서울에 생기면서 귀국 횟수가 잦아졌고 영어보다 보디랭귀지만 늘고 있으며 무엇보다 타이 마사지에 중독되어 끊을 수가 없다고 했다. 변하지 않은 건 여전히 독특한 그녀의 웃음소리였다. 나 역시 결혼을 한 친구와 얽힌 일화들, 그동안 회사에서 있었던 시시콜콜한 일들, 그러니까 염 팀장에 관한 일까지 마음껏 털어놓고 있었다. 순간 아차, 싶긴 했지만 요즘 주말에 본 맞선 횟수까지 말해버렸다. 그녀가 알 수 없는 미소를 지었다.

"아, 저는 이제 맞선 안 보는데⋯⋯."

나는 다시 자세를 고쳐 앉았다.

"사실 그때 엄마가 좀 편찮으셨어요. 시집 안 간 딸이 애물단지처럼 보였는지 병상에서도 늘 결혼하라고 잔소리를 퍼붓는 바람에⋯⋯. 죽기 전 소원이라고 해서 맞선을 나가기 시작했는데 역시나 저한테 결혼이 썩 어울리지 않는다는 걸 깨달았죠. 다들 한다고 해서 저도 꼭 해야 하는 건 아니니까요. 재밌는 건요. 엄마가 퇴원한 후에 결혼정보업체에 전화를 걸었는데 그쪽

에서 저한테 문제가 있다는 식으로 얘길 했나봐요. 엄마가 고래
고래 화를 내고 수화기를 집어던진 건 처음 보는 광경이었어요.
그날 이후로 결혼에 대해서는 일절 얘기를 안 하세요."

그제야 나는 그녀의 콧등 위에 작은 점 하나를 발견했다.
창밖에서 쏟아지던 우박이 어느새 그쳤다. 쉼 없이 대화를 나눈
우리도 언제 그랬냐는 듯 다시 어색해졌다.

"그럼 일어날까요?"

서둘러 우리는 카페를 나섰다. 지하철 입구까지 함께 걸었
고 같은 방향의 지하철을 탔다. 우연이 계속 되었다. 어색하게
각자의 핸드폰만 들여다보며 헤어질 타이밍을 기다렸다. 그때
나는 그녀에게 무슨 말을 해야 할 것 같았다. 하고 싶은 말이 분
명하진 않았음에도 말이다. 다시 볼 수 있느냐고 물을 수도 있
었고 간단한 작별인사도 가능했다. 그녀는 세 정거장을 지나,
이곳에서 내린다고 말했다. 곧 지하철 문이 열렸다.

"저기, 윤해나 씨."

지하철 밖으로 나가는 순간, 나는 그녀의 이름을 불렀다.
그녀가 뒤돌아서 나를 바라봤다. 눈을 크게 뜬 채 그대로 멈춰
섰다. 깜짝 놀란 눈치였다. 지하철 문이 닫혔다가 다시 열렸다.
무리하게 승차하지 말라는 안내방송이 흘러나왔다. 우리는 문
을 가운데 둔 채 한 발자국 거리만큼 떨어져서 서로 말없이 쳐
다보았다. 이제는 누구라도 먼저 어떤 말이든 해야 했지만 아무
말도 오가지 않았다. 잠시 후 다시 문이 닫혔다. 그것이 마지막

이었다. 계속해서 나는 제자리에 서서 곰곰이 생각해봤지만, 정확히 어떤 말을 하고 싶었는지 끝내 알지 못했다. 조금 다른 차원의 상상도 해보았다. 그때 만약 내가 그녀와 함께 내렸다면 둘 사이에 새로운 관계가 펼쳐졌을까? 어쩌면 모든 게 나의 허무맹랑한 착각일지도 몰랐다. 사람들은 어떻게 가까워지는 걸까? 목적지에 와서야 마침내 나는 지하철 문을 통과할 수 있었다. 나에게는 아직 마음을 연 사람이 없다.

다음달 1일 자로 염 팀장이 퇴사한다는 공지가 떴다. 대기 발령부터 쭉 공석이었으니 달라질 건 없었다. 문제는 사무실에 방치된 화초들뿐일지도 몰랐다. 염 팀장을 둘러싼 소문이 무성했지만, 대부분 다 근거 없는 추측이었다. 팀장직에 새로 발령이 난 사람은 다혈질로 사내에서 악명이 높았다. 가는 길에 잠깐 들렀다며 사무실을 둘러보더니 팀장실 안의 화분들을 내다버리든지 집에 가져다주든지 하라며 괜히 짜증을 냈다. 정식 인사 일이 아직 한참 남았는데 벌써 이렇다면⋯⋯. 나는 하반기 경력직 채용 시즌에 대비해 이력서를 꼼꼼히 손보기로 마음먹었다.

제비뽑기로 정했다. 선뜻 나서서 화분을 갖다주겠다고 한 직원은 없었다. 내가 자원하는 편이 모양새가 나았을 것이다. 결국, 뽑힌 사람도 나였으니까. 스무 개가 넘는 화분을 자동차 트렁크에 싣는 것도 일이었다. 염 팀장의 집은 회사에서 차로 한 시간쯤 걸리는 도시 외곽에 있었다. 금방이라도 폭우가 쏟아질 것처럼 하늘에 먹구름이 가득했다. 창문을 내리면 소똥 냄새가 풍겼고 비닐하우스와 공장 단지가 연이어 등장했다. 동네에 진입하자 골목이 급격히 좁아져 주소지와 약간 떨어진 인근 공터에 일단 주차했다. 모퉁이에 경운기와 녹이 슨 손수레가 아무렇게나 버려져 있었다. 손수레에 화분을 싣고 골목길을 올라갔다. 화분만 전해주고 얼른 돌아갈 생각이었다.

골목 끝에 염 팀장의 집이 모습을 드러냈다. 페인트칠을 새로 한 파란 대문이 선명했다. 무엇보다 눈에 띄는 것은 낮은 담이었다. 배꼽 정도의 높이였다. 담이라기보다 울타리라 해도 좋았다. 빗방울 하나가 정수리에 떨어졌다. 고장 난 초인종은 눌러도 아무 반응이 없었다. 거실에 불이 켜져 있는 것으로 보아 안에 사람이 있는 듯 보였다. 마냥 기다릴 수만은 없어 담을 넘기로 했다. 수레에 실린 화분을 도로 가져갈 기운도 없고, 또 시간을 내 여기까지 다시 오고 싶지는 않았다. 집 마당의 텃밭에는 상추와 부추, 비트와 고추가 줄을 지어 심겨 있었다. 장독대 옆에 놓인 화분 개수가 내가 들고 온 것의 몇 배는 돼 보였다. 이 인간은 전생에 나무였나, 나는 대문을 활짝 열고 화분을 옮겼다. 와중에도 염 팀장이 밖으로 나와 보지 않는 게 약간 괘씸했다. 문전박대인가, 염 팀장을 만나면 나는 그날 일을 사과 받아야겠다고 생각한 적도 있었다. 아니, 사과는 차치하고라도 오해 정도는 풀고 싶었다. 그런데 노크를 해도 대꾸조차 안 하다니.

빗방울이 연속해서 머리와 어깨 위로 떨어졌다. 더 늦기 전에 인사만 하고 빨리 돌아가는 편이 낫겠다 싶었다.

"팀장님, 안에 계세요?"

한참을 기다려도 답이 없었다.

"저, 김 대리예요. 상현이요."

나는 문을 세게 두드렸다. 안에서 분명 부시덕대는 소리가 들렸다.

"팀장님, 문 좀 열어보시라고요."

금세 빗줄기가 굵어졌다. 나는 그가 단단히 화가 났다고 생각했다. 뭐, 나였어도 많이 억울하긴 했을 것이다. 그렇지만 화살이 내게 향할 이유는 없었다.

"그럼 그냥 들으세요. 아시겠지만 저는 팀장님을 고발하지 않았어요. 그건 확인하셨죠? 그러니까 저한테 그날 사과하실 필요는 없었다고요."

마구 쏟아지는 비에 바짓단이 다 젖어버렸다.

"혹시…… 전화 때문에 그러세요? 그때 주말에 제가 연락을 못 받아서…… 그래서 지금 복수라도 하는 건가요. 아 진짜, 그때 주말에 전화를 못 받았던 건 이유가 다 있었어요. 장례식에 갔었거든요. 정신이 없어 전화 온 줄도 몰랐다고요. 저도 얼마나 놀랐는데요. 이래저래 다 떠나서 전화를 제때 못 받는 상황도 생길 수 있는 거잖아요. 팀장님은 왜 제 입장에서는 생각안 하는데요?"

그래도 무반응이었다. 염 팀장이 나를 못마땅해한다고 생각했다. 주차된 곳까지 돌아가려니 비가 너무 많이 내리고 있었다. 우산이라도 빌려 갈까. 그러다가 문득 든 생각은 지금까지와 전혀 다른 것이었다. 혹시 안에서 무슨 일이 벌어진 건 아닌지 걱정스러웠다. 직장을 잃고 비관하여 벌어지는 사고는 주변에 비일비재했다. 나는 집 주위를 한 바퀴 둘러보았다. 현관문도, 차고와 연결된 문도 잠겨 있었다. 팀장님! 팀장님! 나는 창문을 두드리며 외쳤다. 분명 안에서 어떤 소리가 나는 듯했다. 꿈같은 기분이 드는 건 빗소리 때문이었다. 용케 다용도실 창문 가운데 틈이 벌어진 것을 발견했다. 나는 문을 끝까지 열어젖혔다. 신발을 벗고 집 안으로 폴짝 뛰어넘어갔다. 염 팀장을 부르며 방 안 곳곳을 살폈다. 침실, 욕실, 서재 어디에도 그는 보이지 않았다. 대신 거실 커튼 뒤에서 고양이 한 마리가 꼬리를 드러냈다. 그러니까 밖에서 들린 소리의 정체는 바로 저 녀석이었다. 고양이는 순식간에 주방 쪽으로 뛰어갔다. 쫓아가보니 주방에 서류 더미가 잔뜩 너부러져 있었다. 밥상이 책상과 다름없었다. 각종 이력서와 회사 정보들, 모서리에는 오메가쓰리도 보였다. 이력서 몇 개를 살펴보니 유일한 공통점은 사진란이 비어 있다는 거였다. 아마도 팀장은 증명사진을 찍기 위해 외출한 것 같았다.

다시 거실로 나갔다. 텔레비전 받침대 위에 사진이 일렬로 나란히 놓여 있었다. 젊은 시절, 염 팀장의 모습들. 지금과는 사뭇 달라 낯설게 느껴졌다. 최근으로 갈수록 어디서 본 듯한 얼굴 같다고 느꼈지만 누구인지 분명하지는 않았다. 베이스 기타를 어깨에 멘 학창 시절, 군복을 입은 아버지와 경례 자세로 찍은 졸업식, 갈대밭에서 사모님과 껴안은 채 해맑게 웃는 얼굴, 삶은 옥수수를 가운데 두고 둘러앉은 식구들까지. 순서대로 사진을 훑어보자 몇 초 만에 몇십 년이 훌쩍 지난 느낌이었다. 밖에서 삐걱하고 대문 열리는 소리가 들렸다. 깜짝 놀란 나는 다용도실로 서둘러 이동했다. 밖에서보다 안에서 문턱이 훨씬 높아 뛰어넘기가 쉽지 않았다. 고양이도 나를 쫓아 이곳에 함께 들어왔다. 현관문이 열리기 전에 나는 서둘러 방문을 닫았다.

그런데 문고리가 없었다. 안에서 문이 저절로 잠기는 구조였다. 창문 밖으로 여전히 비가 세차게 내렸다. 주방으로 향하는 염 팀장의 발걸음 소리가 가까이 들렸다. 기회를 봐서 얼른 여길 나가야겠다고 생각했다. 그게 아니라면 걱정이 돼서 집 안까지 들어오게 됐다고 솔직하게 말하는 편이 나을 것도 같았다. 망설이는 사이, 문밖에서 음악이 흘러나왔다. 멜로디는 익숙한데 제목이 떠오르지 않는 왕년의 팝송이었다. 염 팀장이 노래를 흥얼거렸다. 이때다 싶어 문턱으로 향했다. 그러나 곧 나는 걸음을 멈추었다. 팀장의 울음소리가 노래에 섞여 들렸기 때문이었다. 우는 게 부끄러웠는지 그는 음악 볼륨을 더욱 크게 키웠다. 나는 자세를 고쳐 그대로 문에 기대어 앉았다. 어째서 방금 본 사진 속 장면들이 뮤직비디오처럼 함께 떠오르는지는 알 수 없었다. 고양이가 앞발로 구석에 있는 노란 포대를 긁어댔다. 열어보니 안에 사료가 담겨 있었다. 바닥에 조금 덜어주자 고양이는 얌전히 주워 먹기 시작했다.

처마에서 빗방울이 똑똑 떨어졌다. 비는 거의 그친 듯 보였다. 나는 문에 기댄 채로 음악에 집중했다. 염 팀장이 주방에서 저녁을 준비하는지 텃밭에서 가꾼 채소를 듬뿍 넣은 된장찌개 냄새가 방 안까지 진동했다. 참을 수 없는 식욕을 느꼈다. 그러고 보니, 참 불쌍한 인간이다. 밥 대신 약을 먹겠다니. 고작 몇 분 좀 아끼겠다고 그런 사업 아이템을 떠올리다니. 사장은 오늘 저녁도 알약으로 끼니를 때울 것이다. 빗방울 떨어지는 소리의 간격이 점점 더 길어졌다. 그 반복적인 기척은 마치 다른 시공간에 진입하는 우주선의 카운트다운 소리 같다. 나는 충동적으로 염 팀장에게 문자 메시지를 보냈다. 저녁 같이 하실래요? 아마도 염 팀장은 놀랄 테지만 나는 어째선지 상관없을 거 같았다. 지금 이대로 문이 열린다면 나는 그에게 어떤 말을 할 수 있을까? 멱살을 잡힌 채 무작정 집 밖에 내쫓길 수도 있겠지. 저녁을 혼자 먹고 싶지 않았다. 회신은 아직이었다. 나는 문자를 추가로 보냈다. 기다리겠습니다. 염 팀장과 나, 우리는 작은 문을 사이에 두고 나뉘진 경계에서 물과 기름처럼 구분되어 있었다. 하지만 문이 반쯤만 열린다면 언제든 섞일 수 있었다. 그러니까 그건 기다리기만 하면 될 것 같았다. 몸을 가볍게 뒤척이자, 고양이가 가까이 다가와 제 얼굴을 다정하게 비볐다.

우리 중에 누군가를

*

　민영아, 선생님이 널 부른 건 함께 의논하고 싶은 게 있어
서야. 일단 앉아보렴. 소식은 들었지? 너도 알다시피 우리 중창
팀이 K군 예선을 통과하게 됐어. 그 얘길 전화로 들었을 때 선
생님은 수화기를 막고, 소리치고 싶을 만큼 기뻤단다. 창피하지
만 눈물도 조금 났어. 너희를 지도하는 일은 이 학교에 부임하
고 처음 맡는 업무라서 선생님한테 의미가 참 커. 또 우리가 석
달 동안 이 대회를 준비하면서 얼마나 힘들었니? 진주가 합창
단을 나가버렸을 때도 그렇고, 우여곡절이 많았잖아. 그래도 우
리 중창 팀이 이렇게 잘해줘서 선생님은 너희가 정말 대견스럽
고 고맙단다.

　그런데 민영아, 어제 도 교육청에서 공문 하나가 왔어. 본
선 날짜와 장소를 알리는 문서였지. 다음달 말에 M시 문화예술

회관에서 열린다더구나. 헌데 참가 조건 부분에서 말이야, 이번 대회의 형평성을 맞추기 위해 중창 팀의 경우 팀원이 다섯 명 이내여야 한다는 지시사항이 명시돼 있었어. 그래, 너도 당황스럽지? 선생님도 그걸 보고 별안간 정전이라도 된 것처럼 눈앞이 캄캄해지더라. 하필 다섯 명이라니……, 우리는 여섯 명이잖아. 속상한 마음에 담당자한테 무작정 전화를 걸었어. 이제 와서 그런 규정을 넣으면 어떻게 하느냐고 따져 물었지. 그쪽에선 규정상 여섯 명을 참가시킬 순 없다며, 도리어 완강히 나오더구나. 수화기를 내려놓고 집에 가서 자리에 누울 때까지 계속 고민했어. 어떡하면 좋을까? 어떻게 해야 합리적이고 공정하게 우리 중에서 한 명을 뺄 수 있을까? 선생님은 별별 생각을 다 해봤단다. 그런데 이건 정말 쉽지 않은 문제더라. 결국 오늘 학교에 와서까지 고민해 내린 답은 혼자만의 판단이 아니라, 우리 모두의 의견을 들어볼 필요가 있다는 거였어. 한 사람, 한 사람 면담을 통해서 이 문제를 풀기 위한 가장 좋은 방법을 찾기로 결정한 거야.

　너도 선생님이랑 같이 몇 개월 지내봐서 알겠지만 선생님은 부당하고 비겁한 건 딱 질색이거든. 내 앞이라고 숨기거나 형식적으로 대답할 필욘 전혀 없어. 그냥 마음속에 있는 생각 그대로 솔직하게 전해주면 좋겠다. 지금부터 네가 하는 말은 모두 비밀이야. 네가 지목한다고 해서 그 사람이 꼭 빠지는 것도 아니고, 그동안 팀 안에서 잘못된 일이 있었다면 이제라도 바로 잡아서 더 잘해보자는 취지로 이해해주렴. 그러니까, 이건 우리 팀을 위한 일이기도 해. 그래서 말인데…… 민영아, 넌 우리 팀에서 누가 빠져야 한다고 생각하니?

*

선생님, 반장이라서 저한테만 물어보는 건 아니죠? 고작 여섯 명 중에 그것도 임의로 결정된 건데, 저 혼자 이런 중요한 결정을 하게 된다면 좀 부담이 될 것 같네요. 애들한테 쓸데없이 정이 많이 들었나봐요. 진주가 중창단을 그만두고 나가버렸을 때, 사실 저도 그쯤에서 관두고 싶었거든요. 기왕 솔직하게 얘기하기로 한 거 빠짐없이 다 말씀드릴게요. 진주가 나간 뒤에 제가 임시반장이 되었고, 아무래도 반장이 된 이상 팀에 더 신경을 쓸 수밖에 없었어요. 중간고사도 망쳐가면서…… 뭐, 시험이야 물론 제 탓이 더 크겠지만, 종례 후에 매일 모여서 하는 연습이 지나치게 느껴진 것도 사실이니까요. 특히 반장은 연습시간 전후로 이런저런 준비 때문에 더 많은 시간을 할애해야 했고요. 여섯을 하나처럼 통솔하는 일이 쉽지 않았어요. 요즘 애들은 탁구공처럼 어디로 튈지 몰라, 한 단어로 규정할 수 없는 세대라고 하잖아요. 중학교 3학년은 고등학교 3학년만큼 중요한 시기기도 하고요.

그런데 선생님, 진주가 왜 팀을 나갔을까요? 갑자기 걔가 나간다고 했을 때, 무슨 일이 있었을까 한 번쯤 고민해보지 않으셨나요? 선생님이 모르시는 게 있어요. 일단 이것부터요. 선생님, 팀이 잘 유지되려면 뭐가 필요한 줄 아세요? 처음에 중창단은 화음을 잘 쌓아서 좋은 소리를 만들기만 하면 된다고 생각했어요. 근데 반장이 돼보니까 새삼 알겠더군요. 중요한 건 실력이나 리더십 따위가 아니라, 인내심이라는 걸. 설사 팀원 중 누구 하나가 잘못을 하고, 혹 병신같이 굴더라도 기꺼이 받아들이는 마음 말이에요. 다른 사람이 자기 생각처럼 행동할 거라 기대하는 건 어리석은 일이니까요.

보람이요. 참을성이라곤 눈곱만큼도 찾아볼 수 없는 애예요. 사사건건 트집만 잡고 말이죠. 뭐, 그렇다고 보람이가 틀린 얘기를 한다는 건 아니에요. 구구절절 맞는 소린데 그런 지적이 반복되다 보면 듣는 사람 입장에서도 고쳐야겠단 생각보다는 짜증부터 난다는 게 문제겠죠. 보람이는 음정이 조금만 삐끗대도 곧바로 불만을 표출했어요. 아마 저희 중에 보람이한테 한 소리 안 들어본 애 없을 거예요. 연습의 목적이 뭔가요? 결국 실전에서 더 나은 공연을 하자는 건데, 보람이는 그걸 모르는 것 같아요.

그날은 감기 기운 탓인지 나은이 목 컨디션이 좋지 않았어요. 아시죠? 잔병치레가 잦은 애잖아요. 첫 음부터 잘못됐다는 걸 모두가 알아차렸죠. 그냥 넘길 수도 있었지만, 보람이는 나은이를 쏘아보며 말했어요. 너는 왜 이따위냐고, 그럴 거면 아예 나오질 말라고. 나은이는 소심해서 꾹 참는 아이고, 절대로 화를 낸다거나 토를 다는 법이 없죠. 보람이가 하는 불평에 고개를 주억대며, 죄인처럼 침묵했어요. 다들 보람이 성격을 잘 아니까 함부로 나서서 말리려 하질 않았고요. 그래서 보다 못한 진주가 나선 거예요. 보람이는 평소 나은이를 제일 못마땅해했지만, 그앨 감싸고도는 진주의 태도에도 불만이 많았어요. 진주가 나은이한테 유독 상냥하긴 했죠. 반장 이상으로요. 나은이 몸이 안 좋으니까 오늘은 좀 넘어가는 게 어떠냐고 변호하길 무섭게, 보람이는 마치 이때를 기다렸다는 사람처럼 무슨 소리냐, 건강관리도 실력이다, 다른 파트들 기다리는 거 안 보이냐며 되레 다그쳤어요. 그리고 굳이 하지 않아도 될 말까지 해버렸죠. 너희 둘 말이야. 둘이 진짜 사귀니?

학교에서 둘에 관한 이상한 소문이 돌긴 했어요. 어울려 다니긴 미미시스터즈만큼은 아니었지만, 둘은 조금 수상했어요. 분위기가 좀 묘하달까요? 친구 사이에는 없는 뭔가 애틋함 같은 게 풍겼죠. 물론 나은이네 집이 잘사니까 진주가 챙겨주는 거란 얘기도 돌았어요. 왜냐면 진주 부모님이 나은이네 건물에서 분식집을 하거든요. 그런데 체육 시간에 누가 봤다나봐요. 둘이 운동장엔 안 나가고, 교실에서 담요를 덮은 채 끌어안고 자는 걸. 애들이 뒤에서 그렇고 그런 사이라고 속닥댔죠. 당시 신문부 소속이었던 보람이 귀에도 들어갔을 테고, 보람이 성격이라면 일부러 트집을 잡아서 둘의 사이를 밝히려는 속셈이었

는지도 몰라요. 그때 레즈비언이니 어쩌니 말다툼이 이어졌고,
나은이는 울면서 먼저 집으로 가버렸어요. 다음날 진주가 팀에
계속 남아 있기 어렵다고 선생님한테 말했을 거고요. 뭐, 둘이
정말 어떤 사인지는 둘만 알겠죠. 지금은 예전보다 많이 소원해
진 거 같더라고요.

그러니까요, 선생님! 저희 팀이 잘 돌아가려면 보람이가
나가야 해요. 보람이는 신문부에서도 비슷한 이유로 쫓겨났어
요. 동아리 선배랑 크게 다투고 제명된 거 모르셨죠? 걔는 팀원
으로 부적절해요. 팀에서 활동하려면 팀에 맞는 사람이어야 한
다고요. 분열이나 일삼는 애가 팀에 있으면 안 되죠. 반장도 아
니면서 이래저래 간섭하고, 인내심은 쥐뿔도 없으면서 건방을
떠니 안 생길 문제도 생기죠. 그애 노래 실력이 썩 나쁘지 않다
는 건 알지만, 같은 소프라노인 주리만큼 잘 부르는 것도 아니
잖아요. 뭐, 제 생각은 그렇다고요.

*

한 명만 뽑으면 되나요? 그럼야 당연히 나은이죠. 선생님,
잘 생각해보세요. 우리 팀이 누구 때문에 가장 큰 위기를 겪었
는지, 그리고 또 팀에서 빠져도 여파가 가장 작은 사람이 누구
일지 따져보면 답은 쉽게 나오죠. 나은이는요, 사실 이 중창 팀
에 별다른 열정도 없다고요. 여기 들어온 사실부터가 좀 의외예

요. 나은이가 들어왔을 때, 수군대는 애들 많았어요. 냉정히 말해서 나은이 노래 실력, 진짜 구리잖아요. 아마도 걔 엄마가 학부모회장이고, 또 나은이네 집안이 학교 이사장이랑 가까우니까 빽으로 들어온 거라고요. 우스갯소리로 교장선생님도 나은이한테는 함부로 못한다고 그랬거든요.

선생님도 아시겠지만, 중창은 화음을 맞추는 일이 기본인데, 나은이는 음치에 가깝죠. 심지어 목소리도 작아요. 인원수가 많다면야 시쳇말로 묻어가기가 가능하겠지만, 팀원이 여섯뿐인 중창인데 그럴 수도 없고 그래서도 안 되죠. 조금만 주의 깊게 들어보면 걘 매번 묻어가려 해요. 붕어처럼 입만 벙긋댄 적도 있었다고요.

저희 팀의 경우 소프라노, 메조소프라노, 알토가 각각 두 명씩이잖아요. 메조소프라노가 중심에서 음을 잘 잡아줘야 다른 파트랑 조화를 이룰 수 있는데, 나은이는 지금 자기 음조차 제대로 못 내는 수준이에요. 예선 때에도 걔 음정이 틀려서 팀 전체가 흔들렸던 거 기억하시죠? 제가 지적 좀 하려고 해도, 성격은 또 얼마나 소심한지, 말할 때에도 워낙 굼떠서……. 저는 걔가 무슨 생각을 하는지 도통 속을 모르겠어요. 몸도 약해서 한 학기에 보름 정도는 병원 신세를 지나봐요. 나은이가 어렸을 때 천식을 앓은 적이 있는데 아직 완치된 게 아니라서 그렇대요. 천식이 옮는 병은 아니라지만 대회 앞두고 언제 또 입원할지도 모르는데, 그 앨 옆에서 보고 있자면 늘 조마조마해요. 쟤 쓰러지면 어쩌지, 쟤 실수하면 어쩌지, 아니 왜 제가 쟤 걱정까지 해야 되는 거죠? 중창은 팀원들 간에 호흡이 필수잖아요. 그런데 나은이와는 호흡 맞추는 거 자체가 불가하다니까요. 속 터져서 호흡이 멎는 게 빠르겠어요.

진주가 나간 후로 팀이 얼마나 흔들렸나요? 사실 그 일도 나은이랑 연관되긴 하지만, 그 일이라면 모르시는 편이 나을 거예요. 그때 선생님께서 중심 잘 잡아주셔서 저희 팀 겨우 살아났어요. 네, 정말로요! 선생님 아니었으면 그대로 와해됐을 거예요. 민영이한테 반장 위임한 것도 잘하셨어요. 걔가 하는 짓이 여우 같긴 해도 모범생이라서 일은 야무지게 잘하거든요. 말이 좀 많아서 그렇지. 제가 나은이한테 개인적인 악감정이 있어서 하는 말이 아니라요. 앞으로 저희 팀의 경쟁력이나 가능성을 판단해보건대, 나은이를 빼는 게 옳은 거 같아서 말씀드리는 거예요.

아, 그런데 꼭 한 명을 빼야 하나요? 제 생각에 더 좋은 결과를 위해서라면 네 명 정도로 팀원을 줄이는 것도 괜찮을 거 같은데……, 꼭 한 명만 뺄 필요는 없잖아요. 사실 셋을 빼도 되는 거잖아요. 그쵸? 메조소프라노 한 자리가 빠지면 아무래도 알토 중에서는 혜미가 올라오는 게 좋을 거 같아요. 아니면 제가 메조 파트로 내려가도 되고. 앗, 결정된 것도 아닌데 제가 성급했네요. 선생님께서 어련히 알아서 잘 결정해주실걸. 무엇보다 저희들 의견까지 물어봐주셔서 놀랐습니다. 역시 서울대를 졸업하셔서 그런지 다른 선생님들과는 질적으로 다르세요. 뭐, 이번 대회 후원자 중에 나은이네 회사가 있다는 소문이 있지만, 그래서 예선을 통과했다는 루머가 학교 게시판에 올라오기도 했지만, 그게 사실이라 해도 전 선생님께서 현명한 판단을 하실 거라 믿어요.

*

그러니까 우리 중에…… 한 사람을요? 아, 정말 난감하네요. 저희끼리 같이 연습한 시간이 얼만데요……. (이런일은혼자 판단해서결정할것이지, 선생이라는인간이이렇게줏대가없어서야)

민영이는…… 성실해요. 매일 이십 분 전에 연습실 문 열고, 또 제일 늦게까지 남아서 문 닫는 것도 꽤 번거로운 일이죠. (이기적인년! 맨날한다는소리가이것뿐에자기내신점수떨어졌다고, 반장만아니면진작나갔다고투덜대던데, 이참에그럼나가든가! 혹시상이라도받으면진학할때유리하니까남아있는거면서지랄은) 보람이는 팀의 약점을 잘 집어내고요. (지만잘났죠. 씨발) 미미시스터즈는 또 얼마나 사이가 좋은데요. 알토끼리 호흡이 잘 맞아서…… 둘을 떼어 놓는다는 게 상상이 안 가네요. (우리팀에알토가둘일필요가있나? 머리가달렸으면생각을좀하라고) 그리고…… 누가 남았죠? 맞다, 주리요. 주리는 영국에서 주니어 뮤직 스쿨을 다녔잖아요. 지금은 소속사에서 데뷔 준비한다던데…… 전문적인 트레이닝을

우리 중에 누군가를 149

받아서 그런지 노래할 때 보면 꼭 프로 같아요. (근데왜이촌구석에있는학교로전학왔을까? 걔네아빠사업망해서해외에서도피중이라던데) 실력으로만 따지면…… 제가…… 제일 부족하죠. (사실우리팀이예선을통과했다는거자체가희한한일이지. 심사위원들이뒷돈을처먹었나, 아님귓구멍이막혔나)

선생님, 진짜 고생 많으세요. 콜록, 콜록! (지난주에우리집왔었지? 삼촌이랑서재에서얘기하는거다들었어. 책밑에흰봉투도끼어두고갔잖아. 뭐, 비일비재한일이야. 정식임용되려면별수있냐고. 사립학교에서는실적도중요하니까당연히이번대회성과에도민감해져있을테고. 근데이력서를보니성악이아니라, 기악을전공했더라? 호른이라니, 그깡마른체구로커다란악기를들고코끼리처럼연주하는모습을상상하니정말웃겨. 근데성악도모르면서, 중창팀을이끌능력이있긴한거야? 생각해보니노래하는걸한번도들어본적이없더라고) 저는 이대로 그냥 했음 싶은데…… 콜록, 콜록! 그래서 말인데…… (따지고보면진주만피해자라고. 소문만아니었어도그렇게쫓겨나다시피나가진않았을텐데, 아무것도모르면서무책임한학생이라고생각했지? 아아, 연습도지겹고, 엄마만아니면내가진작때려치웠다. 이게회사이미지에무슨도움이된다는거야? 아무튼이번대회에서상받으면용돈올려준댔으니까그돈으로신상구두나사야지) 선생님, 저는…… 기권할게요. 콜록, 도움을 못 드려서 죄송합니다. 이만 교실로 돌아가도…… 되죠?

*

　양 선생, 일은 할 만해요? 애들이 말도 안 듣고 참 억세지? 선생 알기를 개똥쯤으로 아니, 원. 체벌이 금지되면서 학교 교육이 엉망이 된 거야. 학부모라는 것들은 더하면 더했지. 아이고, 말해 뭐 해, 입만 아프지. 식기 전에 차 한잔 들어요. 듣자 하니 애들이랑 상담을 한담서? 뭔 얘기야? 아, 그러니까 애들끼리 서로 지목을 하는 거네. 흐음…… 그게 과연 최선인지, 잘 한번 생각해봐요. 내가 교직생활한 지 삼십 년이 넘은 사람이야. 아이들 얘기 다 들어주자면 한도 끝도 없지. 이제 겨우 중학생인데, 세상 물정 모르는 풋내기들이 뭘 알겠어? 그렇게 웃지만 말고, 내 말 귀담아들어요. 그리고 거기에 나은이라고 있을 거야. 걔가 어렸을 적부터 몸이 좀 약해. 양 선생이 각별히 신경 좀 써요! 똑똑한 분이니 내 말이 무슨 말인지 알아들었겠지. 내가 이 학교랑 연고도 없는 양 선생을 왜 기간제로 채용한 줄 알아? 양 선생이 서울대 출신 아닌가, 촌구석에도 그런 사람들이 교단에 있어줘야 학교가 체면이 선단 말이지. 이사장님이 반대하는 걸 내가 얼마나 설득했다고. 아직 사회생활이 익숙지 않아서 초반엔 많이 힘들 거야. 따로 식사 한번 합시다. 다음주 금요일 시간 어때요? 아이고, 벌써 종 치네. 내 정신 좀 봐. 얼른 수업 들어가봐요. 나이든 사람이 말 많아봐야 주책이지, 주책!

*

　선생님이 언제 부르실까 오래 기다렸어요. 장미가 그러는데, 우리 중에 한 명은 팀을 나가야 한다면서요. 민영이가 보람이를 뽑았고, 보람이는 나은이를 찍었다던데 맞나요? 어머, 그렇게 놀라지 마세요. 어차피 알게 될 일이고, 결국 누군가는 빠져야 하는 거잖아요. 그나저나 이 일 때문에 많이 피곤하셨나 봐요. 이것 좀 드셔보세요. 엄마가 챙겨주는 비타민인데, 기운 없을 때마다 전 하나씩 빨아먹거든요.

　저는 주리가 빠져야 한다고 봐요. 장미가 그러는데요! 주리는 영국에서 살다 와서 사고방식 자체가 외국인에 가깝대요. 개인주의라고 표현하면 좋을까요? 확실히 정은 안 가요. 그래서 친구가 없잖아요. 말할 때마다 중간중간 영어 섞는 것도 꼴사납고, 장신인데다 가슴만 겁나 커서 주리가 다가오면 애들이 일단 기겁부터 한다니까요. 조금 떨어져서 얘기하면 얼마나 좋아요? 사람들 사이에는 적당한 거리가 필요한 거잖아요. 문제는 주리가 그런 걸 전혀 신경쓰지 않는다는 거죠. 가만 보면 거리에 대한 개념 자체가 없는 애 같아요. 지난주 연습 시간이었을 거예요. 장미가 좀 통통한 편이긴 해요. 그래서 요즘 다이어트 약도 먹고 식단 조절 중인데, 7교시 끝나고 연습시간쯤이면 정말 배고프거든요. 매점에서 사온 컵라면을 먹는데, 그걸 보고 주리가 뭐라 하더군요. 노래하는 사람은 몸이 악기인데, 너는 왜 불량품이 되려고 하니? 제 딴에는 유머랍시고 한 거라지만, 그렇다고 그런 식으로 말하는 건 좀 아니죠. 더 무서운 건요. 그런 말과 행동이 다른 사람에게 실례라는 사실을 주리는 의심조차 못한다는 거예요.

장미가 그러는데요! 주리네 소속사에서 곧 걸그룹 프로젝트를 한대요. 다음달부터 시작되면 주리는 아마 전보다 훨씬 더 자주 연습에 불참할 거예요. 소속사에서 내준 미션을 통과하려고 정신없겠죠. 지금도 바쁜 척 야단스럽잖아요. 연습생 주제에, 벌써 아이돌인 것처럼 하고 다니니까 애들한테 욕을 먹죠. 누군 할 일이 없어서 매일 꼬박꼬박 남아서 연습하나요? 지가 노래를 좀 하면 했지, 기절할 정도로 잘하는 것도 아니면서. 화음을 맞출 때에도 주리 목소리만 유난히 튀는 경우가 많아요. 걔는 자기만 돋보이려고 해요. 전엔 선생님 흉도 봤어요. 교육 퀄리티 면에서 영국이랑 너무 차이가 난다고. 선생님 방식은 구식이래요. 성악을 전공한 게 맞는지 의심스럽다고 했어요. 아니, 그러면 영국에 계속 남아 있을 것이지, 여긴 왜 온 건지 되묻고 싶어지네요.

이건 장미가 비밀이라고 신신당부했는데요! 같은 소속사 연습생 중에 주리 남자친구가 있었대요. 근데 주리가 걔 몰래 바람을 폈잖아요. 진짜 하는 짓마다 걸레라니까요. 앗, 저도 모르게 그만! 그 정도로 선생님이 편해서 그런 거니까 이해해주실 거죠? 무튼 주리 남자친구는 그걸 안 뒤에 바람난 놈이랑 싸우고 행패부리다가 소속사에서 쫓겨났대요. 한 사람의 창창한 미래를 주리가 짓밟아버린 거예요. 지가 생긴 거 말고는, 사실 전 걔가 별로 예쁘다고 생각하지도 않지만, 솔직히 뭐 볼 거 있나요? 키만 멀대같이 커서 팀이 나란히 일렬로 서면, 주리는 거인 같고 저흰 난쟁이 같아요. 민영이가 굽을 낮추라고 계속 주의를 줘도 걘 여전히 높은 힐만 신어요. 키 때문이라도 주리가 빠져야 돼요. 제 멋대로 할 거면 독창을 하든지, 그것도 아니면서 모든 걸 자기 위주로만 하려는 주리가 팀에서 나가야 한다고요. 아마 장미도 저랑 똑같은 생각일 거예요.

*

선생님, 부탁이 있는데요. 혜미를 내보내면 안 될까요? 애들은 혜미랑 저랑 이름 끝 자를 따서 미미시스터즈네, 어쩌네 부르면서 단짝으로 모는데요. 전 정말 소름끼치게 싫거든요. 걔랑 세트로 엮이는 것도 지긋지긋하고요. 혜미는 분명 주리가 나가야 한다고 했을걸요? 당연하겠죠. 동훈이 때문에요. 동훈이라고 5반에 축구부 주장인 애가 있어요. 양아치같이 생겨서 얼마 전 수업 중에 담배 피우다 걸려서 정학당한 애 있잖아요. 혜미랑 백 일쯤 사귀었을 거예요. 혜미는 저한테 남친 속옷 색깔까지 알려주는 터라, 둘의 이야기라면 지겹도록 들어서 진저리가 날 정도예요. 듣기 싫은 티를 내도, 걔는 정말 눈치가 없어요.

아마 백 일째였을 거예요. 혜미는 아침부터 잔뜩 흥분해 있었어요. 전날엔 저를 끌고 다니면서 표범무늬 브래지어랑 피임약을 샀거든요. 콘돔도요. 그런데 동훈이한테 문자가 온 거예요. 이제 그만 만나자고. 사실 저라도 혜미 같은 애랑 사귀는 건 상상조차 하기 싫지만, 문자통보는 좀 심했죠. 알고 보니 동훈이는 그날이 백 일인지도 몰랐대요. 혜미가 며칠 동안 연습 빠진 적이 있잖아요. 바로 그때예요. 걔는 아무것도 하기 싫은 날엔 괜히 생리 탓을 해요. 속지 마세요, 선생님!

아무튼 그렇게 헤어졌는데요. 얼마 후 동훈이가 주리랑 사귄다는 소식을 듣게 된 거죠. 그때부터 혜미가 노골적으로 주리 흉을 보기 시작했어요. 걸레다, 뭐다 이상한 소문도 퍼트리고. 전에는 주리랑 친해지고 싶다면서 미미시스터즈에 영입하자고 그러더니……. 혜미는 연습 때마다 주리한테 네 목소리 때문에 반주가 잘 안 들린다는 등 불평을 했어요. 심지어 왜 그렇게 키가 크냐고 면박을 주더라고요. 진짜 유치해서 혼났어요.

사실 얘기가 나와서 말인데, 혜미는 초등학교 때 왕따였어요. 걔 별명이 신기루였던가? 있어도 없는 것 같다고. 그런 애를 구제해준 사람이 어쩌다 보니 저인 거예요. 선생님, 혹시 피구라는 스포츠를 아세요? 공으로 사람을 맞추면 이기는 게임인데요. 체육 시간마다 여자애들은 운동장 귀퉁이에 금을 긋고 피구를 했어요. 혜미는 편먹기에서 늘 마지막까지 남아 있는 가엾은 애였죠. 게임이 시작되고 혜미가 코너에 몰리자, 애들이 고의로 혜미 얼굴에만 공을 던졌어요. 기어코 코피가 터졌죠. 비명소리에 체육 선생님이 달려왔고, 공에 맞아 쓰러진 혜미를 보곤 저한테 양호실로 데려가라고 시켰어요. 하필 그 순간, 제가 제일 가까이 있었으니까요. 어깨에 부축해서 양호실에 데려간 그날이, 혜미가 절 친구로 오해하기 시작한 시점 같아요. 혜미네집이 약국을 하는 건 아시죠? 혜미는 매일 비타민 같은 걸 저한테 줬어요. 싫다고 해도 끈질기게. 하루는 복도에서 혜미가 쓰윽 팔짱을 끼는데, 제가 유도를 배우지 않은 게 천만다행이었을거예요. 엮이고 싶지 않은 앤데, 이상하게 자꾸만 꼬여버리는 관계가 되었죠. 좋은 점도 있긴 했어요. 소풍이나 수학여행 갈때, 언제나 옆자리를 채워주는 누군가가 있다는 게 참 편리했으니까요. 편리, 라는 말이 조금 심한가요?

지금도 혜미 친구는 저뿐이에요. '미미시스터즈'라는 이상한 별명을 만들어낸 것도 혜미 짓이 아닐까 싶어요. 전 혜미가 친 거미줄에 걸린 벌레가 된 기분이에요. 빠져나오려 할수록 찐득찐득한 줄에 더욱 감겨서 숨이 막힐 지경이라고요. 혜미는 왜저한테 계속 집착할까요? 그 집착이 광기로 변하는 건 시간문제일 거예요. 한번은요. 혜미가 팀 애들한테 목캔디를 나눠준적이 있었는데요. 집에 돌아갈 때 깔깔대며 말하더군요. 주리가먹은 건 목캔디가 아니라 무좀약이라고. 걔가 그렇다니까요. 그이후로 혜미가 준 다이어트 약은 찝찝해서 안 먹고 보관 중이에요. 살이 안 빠지는 게 이상하다 싶었는데, 이것도 제대로 된 약은 아닌 거 같아요. 선생님, 이제 제 고충 아시겠죠? 제발, 혜미 좀 내보내주세요. 저 좀 거미줄로부터 떼어주세요. 알토 파트는 저 하나로도 충분해요. 진짜로요.

*

담배 피워? 보기보다 순진하네. 종이컵으로 마시자. 이건 애들이 썼어놓은 거잖아. 침이라도 뱉었을 줄 누가 알아. 요즘 애들 무섭다, 양 선생! 내가 선배로서 조언 하나 하겠는데, 애들 믿지 마. 선생님이라고 꼭 애들 사랑해야 한다는 법 있어? 따지고 보면 그것도 강요고 폭력이지, 다를 게 뭐겠어. 우리 학교에서 쉬쉬하는 비밀 하나 알려줄까? 양 선생 오기 전에 음악 과목을 총각 선생이 맡았어. 피부가 창백할 정도로 하였지. 애들 사이에서 별명이 뱀파이어인가 그랬어. 비가 내리면 피아노 연주를 하곤 했는데, 음악실 앞에 애들이 금세 모여서는, 길게 줄이 늘어설 정도였지. 나 같은 아줌마도 이렇게 야단인데, 애들은 오죽했겠냐고? 교복 치마 길이가 달라졌어. 섹시가 뭔지도 모르는 것들이. 결국, 일이 터졌잖아. 여학생 하나가 성추행으로 고소를 한다, 어쩐다, 난리도 아니었어. 진짜! 선생인 게 죄지, 뭐. 법은 다 애들 편이잖아. 아이고, 교육 같은 소리 하고 있다. 좋은 대학 보내줘야 좋은 선생 대접받는 게 현실이야. 죽은

시인의 사회라고? 좆까라 그래. 시인만 죽은 게 아니야. 선생이
먼저 뒈졌지. 그냥 위에서 시키는 대로 해. 버르장머리 없는 애
로 잘라버리라고!

*

웁스! 쌤, 늦어서 죄송해요. 소속사 매니저님이랑 통화를
하다 보니 시간 가는 줄 모르고. 쌤, 어쩌면 저 이번에 솔로로
데뷔할 수도 있을 거 같아요. 엊그제 1차 오디션이 있었는데요.
사장님이랑 다른 기획사 분들도 많이 모인 자리에서 댄스도 하
고, 노래도 불렀거든요. 저한테 외모, 몸매, 목소리 전부 다 나
이스래요. 다른 연습생들이 부러운 눈빛으로 쳐다보는데 정말
짜릿했어요. 오늘 저녁에 그날 왔던 기획가 사장님 한 분이 개
인적으로 한 번 더 보고 싶다고 그러는데, 뭔가 예감이 좋네요.
영국에 계신 맘이랑 대디가 이 소식을 들으면 얼마나 기뻐하실
까요?
　아참, 오늘 연습실에서 난리 났었어요. 쌤도 들으셨죠? 미
미시스터즈끼리 서로 치고받고 했잖아요. 혜미가 장미한테 준
다이어트약이 글쎄, 근육보충제였대요. 장미는 그동안 단백질
과 탄수화물 가루를 통째로 먹고 있었던 거예요. 둘이 서로 어
린 시절을 까발리는데 정말 살벌했어요. 왕따 얘기가 나올 땐
혜미가 장미 머리채를 잡았고, 허언증 환자라고 되받자, 장미가

혜미 아랫배를 주먹으로 가격했어요. 반장이 안 말렸으면 사고 크게 났을 거예요. 둘이 피 터지게 싸우는 걸 민영이가 말리다 그만, 밀려서 창문에 부딪쳤잖아요. 유리창이 산산조각나버렸 어요. 민영이 손에서 피가 뚝뚝 흐르는 걸 보고 나서야 겨우 싸움이 멈췄다니까요.

아, 죄송해요. 얘기가 산으로 갔네요. 방금 전에 저한테 뭐라고 하셨죠? 우리 팀에서 누가 나가야 하냐고요? 사실, 저는 방법이 조금 잘못됐다고 생각해요. 영국에서는 이럴 때 투표를 하거든요. 투표는 민주주의의 상징이잖아요. 그러니까 투표를 하면 공평하고 합리적으로 결정될 일인데, 누가 누굴 지목하고 그러면 서로 기분만 상하고 괜히 일만 복잡해지는 것 같아요. 주니어 뮤직 스쿨에서도 주인공을 뽑거나 할 때, 이런 일 왕왕 있었어요. 영국에서는 쌤이 알아서 모든 걸 결정하지 않아요. 절차적으로 정당하지 않으니까요. 말이 나와서 하는 얘긴데, 곡 선정도 다시 생각해보면 좋을 거 같아요. 분명 쌤이 말하길, 그동안 잘못된 게 있으면 함께 고치자고 하셨죠? 우리 팀은 약간 독단적인 면이 있는 거 같아요. 이번에 부를 노래가 교장 선생님이 좋아하는 곡이라는 얘기가 있던데, 개인적으론 저희 팀 색깔에 맞는 다른 곡을 준비했으면 좋겠네요.

이제 와서 얘기하자면, 진주가 나갔을 때에도 기분이 영 찝찝했어요. 제가 볼 땐 보람이가 먼저 진주 프라이버시를 건드렸거든요. 쌤이 그때 바쁘셔서 그러셨겠지만, 사실 진주를 설득해서 붙잡아주셨으면 어땠을까 싶었어요. 그랬다면 좋았을 텐데요. 지금도요. 이렇게 갑자기 누군가를 빼란 결정을 하라 하시면, 좀 곤란한 면이 있거든요. 소문대로라면 예선 때에도 중창팀 인원은 다섯 명 이내였고, 우리 팀이 규정을 어기고 참가했던 거라던데, 사실인가요? 공문에 적힌 인원수부터 정확히 체크했으면 애초부터 이런 일도 없었을 텐데.

아, 그러니까 제 생각은요. 투표를 하자는 거죠. 민주적이고 합리적인 방법을 제쳐두고 쌤 앞에서 누굴 험담하는 건 의롭지 못한 일 같아요. 쌤도 포함해서 일곱 명이 표결을 하는 거예요. 누가 팀에서 나가야 할지 말이에요. 그전에 진지하게 토론을 해도 좋고요. 선진국이 하는 시스템을 배울 필요가 있어요. 나이스한 방법이니까요. 그런데 선생님, 저 오늘 연습 한 번만 더 빠질게요. 말씀드렸듯이 기획사 사장님과 약속이 잡혀서요. 호텔에서 저녁도 사주신대요. 저 데뷔하게 되면 선생님부터 방송국에 초대할게요. 꼭이요!

*

…… 여보세요. 예, 선생님. 저 민영이 엄마예요. 수업 준비하시느라 많이 바쁘시죠? 다름이 아니라, 이번 본선에서 우리애가 …….

　얘들아, 다 모였니? 나은이는 독감 때문에 입원을 했다는 구나. 혜미랑 장미는 화해했고? 친구끼리 사이좋게 지내야지. 민영이는 오전에 붕대 풀었다며? 다행이다. 오늘은 연습 전에 중요한 공지를 해야 해서 일찍 모이도록 했단다. 너희들도 이미 알고 있겠지만 우리 모두가 이번 대회를 참가할 순 없을 거 같구나. 사실 너희와 얘기하는 동안 선생님은 많이 놀랐어. 우리가 서로에게 느꼈던 감정에 조금 오해가 있었던 것 같기도 하고, 또 선생님이 몰랐던 일들도 새롭게 알게 돼서 말이야. 나는 괜찮아. 오히려 너희와 조금 더 가까워진 기분도 들어. 알지? 선생님은 너희랑 친구처럼 편하게 잘 지내고 싶은 거. 요즘 교육이 엉망이다, 망조다, 이런 말들 많지만 선생님이 먼저 학생들에게 다가가 손을 내밀면 왜 교육이 바로 서지 않겠니? 그러니까 이건 신뢰의 문제인 거야.

　중창 팀을 맡으면서 선생님이 결심한 게 있어. 어른이랍시고 꼰대처럼 모든 일에 참견하지 말자! 교사가 된다면, 적어도 그런 사람은 되고 싶지 않았거든. 그래서 너희들에게 자율성을 준 거야. 일일이 다 간섭하지 않고 너희들 문제는 스스로 해결할 수 있는 기회와 시간을 주었던 거란다. 진주 문제도 그중 하나일 테고, 우리 팀에서 발생한 여러 갈등들도 자연스럽게 아물고 해결되도록 놔둔 거야. 묵인했던 게 아니고, 한 걸음 떨어져서 지켜봤지. 선생님이 보기에 너흰 잘 배우며 성장하는 거 같았어. 그래도 이번에 대화해보니까 앞으론 조금 더 관심을 갖고 적극적으로 지도해볼 참이야. 괜찮지?

그런데 얘들아, 면담을 하다 보니 너희 중에 선생님을 믿지 못하는 학생도 있는 거 같더구나. 방금도 말했지만 우리 사이에는 신뢰가 가장 중요하거든. 선생님을 못 믿으면 어떻게 되겠니? 서로에 대한 믿음이 깨져버리는 거지. 그런 점은 솔직히 실망스럽기도 했어. 신뢰라는 게 쌓이기까지는 어려워도, 깨지는 건 시간문제거든. 깨진 후엔 유리창처럼 복구하기도 힘들고. 자, 그래서 선생님이 생각하기에 오랫동안 고심한 끝에 말이야, 우리 중에 빠져야 할 사람은 …… 바로, 너야! 미안하지만 다음 연습부턴 안 나와도 괜찮아.

저런, 네가 그런 시무룩한 표정으로 울상을 지으니 선생님도 마음이 편치만은 않구나. 규정상 어쩔 수 없는 결정이었으니까 모쪼록 섭섭하게 생각하지 않았으면 좋겠다. 선생님이 얼마나 너를 아끼고 사랑하는지 알지?

오종, 료, 유주

백사장에서 두 남자가 캐치볼을 하고 있었다. 키가 큰 남자와 한 뼘 정도 더 큰 남자. 공을 주고받을 때마다 둘의 간격은 점점 벌어졌다. 둘 사이를 오가며 공을 쫓는 개가 더욱 분주해졌다. 백사장 위에는 그들이 움직일 때마다 생긴 발자국 말고도 누군가 남겨놓은 발자취로 가득했다. 나는 파라솔 아래 간이의자에 기대앉아 주위를 둘러보았다. 두 남자를 주시하고 있었으나 선글라스가 그 사실을 감춰줬다.

글러브 안에 착착 감기던 공이 한 번은 더 큰 남자를 훌쩍 제치고 날아갔다. 떨어진 공을 개가 덥석 물어 백사장 안쪽으로 뛰기 시작한다. 토비! 여자아이의 음성이 들리자, 개가 멈췄다. 개는 꽉 물고 있던 공을 뱉고는 꼬리를 흔들며 아이에게 달려갔다. 침이 잔뜩 묻은 공이 파라솔 쪽으로 천천히, 내 앞까지 굴러왔다. 두 남자는 양팔을 좌우로 흔들며 공을 던져달라는 신호를 보냈다. 옆에 누워 있던 배불뚝이 백인 남자가 노 프라블럼, 이라고 말한 뒤 벌떡 일어나 투수처럼 폼을 취했다. 기합 소리와 함께 던져진 공이 포물선을 그리며 날아갔다. 공을 받은 남자는 아리가또를 외치며 글로브 낀 손을 치켜 올렸다. 길고 매끈한 팔이었다.

어제도 저 둘을 본 적이 있다. 체크인 후, 나는 리조트 호텔 방에 짐을 풀고 석양을 보러 곧장 바닷가로 나섰다. 사람들이 웅성대는 곳에서는 마을 원주민의 공연이 진행 중이었다. 전통 춤이라고 했지만 실상은 불쇼에 가까웠다. 가릴 데만 겨우 가린 복장으로 열과 오를 맞춘 원주민들이 횃불을 뱅그르르 돌리기 시작하자, 객석에서 박수가 터져나왔다. 그 소리를 듣고 해변을 거닐던 이들도 하나둘 모여들었다. 한참 보고 있자니 요의가 느껴졌다. 또 다른 공연이 이어지는 틈을 타 화장실 표지가 있는 쪽으로 걸어가는데 조금 전 끝난 공연에서 추장 역할을 하던 이가 원주민들을 일렬로 집합시켜 호통을 치고 있었다. 그중에는 공연 도중 횃불을 떨어뜨린 청년도 포함되어 있었다. 이들에게 와이셔츠만 입힌다면 여느 회사의 모습과 다르지 않아 보였다. 재밌는 장면이라서 사진으로 남겨둘까 고민하는 사이, 낮고 부드러운 음색의 한국어가 귀를 잡아챘다. 야자수로 빽빽한 숲 안쪽에서 두 남자의 실루엣이 보였다. 묘한 호기심이 들어 딴청을 부리는 척 자리를 뜨지 않고 곁눈질을 계속 했다. 곧 둘의 입술이 포개졌다. 추장의 호통 소리는 더욱 커져갔다.

유주에게 이 상황을 그대로 전해준다면, 별 시답잖은 소리를 한다고 핀잔을 줄 게 틀림없었다. 그녀는 대학에서 사회학을 전공했고, 페미니즘, 인권, 젠더 문제에 관심이 많았다. 그렇다고 유주가 학구적이라거나 딱딱한 사람이란 소리는 아니다. 외려 그녀의 매력은 유머러스함에 있었고, 늘 주위 사람들에게 둘러싸여 있을 정도로 다정다감한 편이었다. 층간소음을 겪고 있는 동료가 울상을 짓고 나타났을 때에는 자신도 이웃집 꼬마가 밤늦게까지 피아노를 치는 바람에 귀가 혹사 중이라며, 하루 빨리 연주 실력이 늘기만을 기다리고 있다고 한숨을 푹푹 쉬었다. 그렇게 유주와 말하다 보면 어느새 고민에서 한 발 비켜서는 기분이 드는 것이었다.

우리가 사내커플이 된 것은 입사동기라는 공통점과 동기 가운데 유일한 남녀 솔로였다는 사실도 한몫했지만 그보다 집 방향이 같았기 때문이었다. 같은 지하철역에 내려 맥주를 마시거나 극장에 가는 식으로 어정쩡한 저녁 시간을 함께 보내는 날이 많았다. 하루는 동네 골목을 걷다가 유주가 핸드백에서 담배를 꺼냈다. 유주는 내게 담배에 관한 농담을 들어본 적이 있느냐고 물었다. 담배를 못 끊는 사람은 우유부단한 거고, 담배를 끊는 사람은 아주 독종이라서 상종도 해서는 안 된다는 그런 얘기였다. 글쎄, 그러니까, 내 말은, 호기심으로라도 절대 담배 피우지 말라고. 그날 밤, 우리는 함께 잤다. 이른 새벽, 그녀는 베란다에 나가 또 담배를 피웠고 그날 이후로 나는 뒷주머니에 라이터를 넣고 다니게 되었다.

회사 이사진이 바뀌며 이런저런 잡무로 정신없이 보내다가 올 여름은 휴가도 없이 지나갔다. 연말이 되자 주요 현안들이 내년으로 자연스럽게 미뤄졌다. 때늦은 휴가를 쓰기로 결심한 무렵, 몇 년 만에 재개봉을 한 〈블루라군〉을 유주와 함께 봤고, 우리는 영화 배경이 된 남태평양의 작은 섬으로 떠나는 항공편을 예약했다. 나는 목요일, 그녀는 토요일. 사내 연애를 감추기 위해 주말 전후로 휴가 계획을 달리 잡은 것이었다. 과장에게는 오랜만에 부모님이 계신 고향에 내려간다는 거짓말까지 하고 말았다.

유주로부터 사진과 함께 메시지가 전송되어왔다.

'서울은 지금 눈이 내려 보고함.'

보고 한다, 는 말은 보고 싶다는 우리만의 암호였다.

사내 연애는 비밀을 유지한 채 반년을 넘겼다. 정말 가까운 동료 한둘에게만 연애 사실을 밝혔고—정확히는 들켰고—어느 자리에서건 혼자가 편하다는 말을 반복하곤 했다. 얼마 전동기 사원들과 점심을 먹고 근처 공원으로 산책을 하던 중, 같이 걷던 친구가 유주에게 로스쿨을 다니는 남자를 소개해주겠다고 제안했다. 눈치 없는 사람들은 어디에나 있었지만, 호기로이 반응하는 유주에게도 서운한 마음이 들어 반쯤 남은 커피를 쓰레기통에 던져버렸다. 교제 사실을 숨기고 있다는 것 말고는 우리는 꽤 이상적인 연인이었다. 나는 남들과 비슷한 연애를 하고 있다는 것과 그 연애 또한 별탈 없이 진행되고 있다는 데에서 종종 안도감을 느꼈다. 면세점에서 산 이백일 기념 귀걸이가 그녀에게 잘 어울렸으면 했다.

스노클링 투어를 떠나는 깃발 앞에서 나는 그들을 세 번째로 보았다. 아마도 호텔 로비에 꽂혀 있던 같은 팸플릿을 본 모양이었다. 가까이서 보니 그들은 생각보다 더 어려 보였고 일본인으로 보이는 이의 뺨에는 아직 여드름이 돋아 있었다.

선장은 나이든 흑인이었다. 다소 왜소한 편이었는데 밧줄을 잡아당길 때에는 오랜 시간 단련된 힘줄이 선명하게 드러났다. 게르만 특유의 억양을 쓰는 독일 대가족 삼대와 미국인 커플이 차례로 요트에 탑승했다. 외국인에게도 서슴없이 말을 건네는 미국인이 우리 셋을 싸잡아 가리키며 차이니즈?하고 물었고 우리는 동시에 노우,라고 대답했다. 처음 안면을 트고 서로 인사도 나눴건만 금세 어색해졌다. 몇 분쯤 지났을까, 요트는 바다 한가운데 도착했다. 상대적으로 얕은 스노클링 지대만 파스텔 색으로 선명히 구분되었다. 바다 위에 등고선을 그린 후 유화물감을 풀어놓은 것 같았다.

처음 해보는 스노클링이었지만 친절한 설명이나 안내는 없었다. 선장은 커다란 박스를 선실 옆 계단 안쪽에서 꺼내더니 오리발과 수경을 알아서 쓰라고 했을 뿐이었다. 다른 사람들이 하는 대로 장비를 꺼내 착용했다. 알 켈리의 〈아이 빌리브 아이 캔 플라이〉 같은 올드 팝송이 흘러나왔다. 독일 청년의 다이빙을 시작으로 하나둘 바다에 뛰어들었다. 오리발과 수경은 물론 구명조끼까지 단단히 맨 뒤, 나도 요트와 연결된 사다리를 붙잡고 물 안에 들어갔다. 수심이 이 미터쯤 되어 두 발이 지면에 닿지 않았다. 문제는 장비였다. 수경이 불량인지 줄을 꽉 조여도 벌어진 틈으로 바닷물이 새어들어왔고, 오리발은 헐렁한 신발처럼 불편했다. 부표처럼 둥둥 제자리만 오르내리다가 결국 오리발 하나가 벗겨졌다. 나는 오리발을 잡으러 요트로부터 몇 걸음 더 움직였다.

파도에 휩쓸린 건 순식간이었다. 짠물을 들이켜 코가 매웠고 다리에 힘이 풀린 사이 다른 한쪽의 오리발까지 벗겨지고 말았다. 수경을 벗자 고인 바닷물이 주르륵 흘렀다. 나는 연신 가래가 섞인 침을 뱉어야 했다. 'I believe I can fly' 알 켈리의 노래가 무심하게 반복되었다. 수경을 고쳐 쓰고 바다 안을 들여다봤지만 오리발은 보이지 않았다. 파도 위에서 허우적댈 뿐, 나는 한 발짝도 나아가지 못했다. 이러다간 어느 시점에 구조 요청을 해야 할지도 모른다는 생각이 들었다. 요트 위 선장은 한가롭게 독일 식구들의 사진을 찍어주고 있었다. 'I believe I can touch the sky' 양팔을 휘저으며 몸부림을 쳐봐도 파도에는 속수무책이었고 점점 스노클링 지대 바깥으로 밀려났다. 종아리에서 쥐가 나는 것 같았다.

그때 누군가의 손이 내 등을 단단히 받쳐주었다. 벽에 기댄 것 같은 편안한 자세로 나는 자연스레 몸을 맡겼다. 자력에 끌

리듯 부드럽게 물살을 헤치며 이동했고, 곧 발이 지면에 닿았다. 뒤돌아보니 그들 중 한국어를 하는 남자였다. 우리는 짧게 눈빛을 교환했다. 수경 안의 눈동자가 선명했다. 그는 다시 유려하게 잠수해 사라졌고 나는 요트까지 천천히 걸어갔다. 선장은 오리발을 잃어버린 일에 관해서는 관심조차 없었다. 대신 내게 가까이 다가와 사진 찍어줄 사람이 필요하느냐고 물었다.

요트는 다시 해안으로 출발했다. 타월을 두른 그에게 고마움을 전했다. 옆에서 머리를 털던 일본인이 무슨 일이 있었느냐고 물었다. 나는 둘에게 칵테일을 사겠다고 제안했다. 오후 3시였다. 언덕 둔치에 위치한 레스토랑에 자리를 잡았다. 물속에 들어갔다 나왔더니 배가 출출해 햄버거와 포테이토를 양껏 시켰다. 둘은 지난주부터 여기에 머물렀으며 내일 이곳을 떠나 섬의 북쪽으로 올라갈 예정이라고 했다. 한국인 이름은 오종, 일본인 이름은 료스케. 친구들은 모두 그를 간단히 료,라고 부른다고 했다. 교환학생으로 한국에 온 료스케가 다큐멘터리 동아리에 들어가면서—동아리 멤버는 기껏해야 대여섯 명이었다—둘은 자연스레 친해졌다. 오종은 연출을, 료는 배우를 맡았지만, 외모는 이목구비가 뚜렷한 오종이 더 나았다.

이해해주면 좋겠지만, 아니어도 상관없어요.

오종이 료스케 어깨에 손을 올리며 말했다. 그의 손가락 마디는 굵고 길었고 손톱은 투명하고 가지런했다. 둘은 주로 한국어로 대화했지만 오종의 입에서도 종종 일본어가 튀어나왔다. 가끔은 둘이서만 꽤 길게 일본어를 주고받을 때도 있었다. 그만큼 오래된 사이 같았다. 스고이! 햄버거를 맛본 료가 호들갑을 떨었다. 오종이 그 모습을 핸드폰으로 촬영했다. 둘은 지금까지도 다큐멘터리를 찍고 있었다.

리처드 링클레이터 감독이 십이 년 동안 〈보이후드〉를 찍었잖아요. 혹시 그 영화 봤어요? 저희 다큐멘터리는 이제 겨우 일 년이 넘었지만 정해진 스토리 같은 건 없어요. 장면 하나하나를 창고에 쌓아둔다는 기분으로 찍는 거죠. 언젠가 이것들을 다 모아서 편집하면 로맨스나 코미디가 될 수도 있겠지요. 뭐, 스릴러는 아니었으면 하고요.

옆에서 듣고 있던 료가 험상궂은 표정으로 나이프를 집으며 포테이토를 잘랐다.

오종은 둘이 찍은 다큐멘터리 클립 하나를 내게 보여주었다. 료가 한국어 연습을 하는 장면이었고, 영상 속의 그는 볼펜을 입에 물고 있었다.

'간장 공장 공장장은 강 공장장이고 된장 공장 공장장은 장 공장장이다.'

간장부터 강짱으로 발음하는 료의 표정이 사뭇 진지해 보였다. 오종과 내가 웃어버리자, 료가 검지를 입에 물고 같은 문장을 제대로 발음하였다.

이제 한국사람 다 됐죠?

클립 몇 개를 연달아 더 보았다. 화면 속 화기애애한 분위기와는 달리 나는 쓸쓸한 기분이 들었다. 평범한 일상이 반복되는 별것 아닌 영상이었다. 둘의 자취방에서, 학생회관 식당에서, 동아리방에서, 서울 남산에서, 교토에서, 삿포로 온천에서. 그렇게 몇 년의 시간이 몇 분 만에 흘러 지나갔다. 그사이 영상 속 료의 발음은 점점 명확하고 단단해졌다.

둘은 내게 이곳 주변에 있는 볼 만한 곳을 몇 군데 알려주었다. 호텔에서 출발하는 시티투어버스를 타면 항구에 갈 수 있는데, 그곳에서 관광객들이 치약이나 화장품 따위의 기념품을 사간다고 했다. 카르스트 지형답게 석회동굴이 여럿 있으며, 오래전 원주민이 깊이 파놓은 우물이 특히 유명하다고. 몇 년 전부터 우물에서 짠맛이 나서 더는 식수로 쓰지 않는다는 말도 덧붙였다.

오늘은 야자수림 안에 있는 등대를 보러 가려고요.

지도를 보니 리조트에서 걸어서 갈 수 있는 거리였다.

등대가 숲 한가운데 있다고?

내가 묻자, 료가 답했다.

예전에는 거기까지가 해안이었는데, 언젠가 지각변동이 일어난 거겠죠.

오종이 갑자기 화제를 바꾸었다.

형은 여기에 혼자 온 거예요?

여름휴가.

다소 엉뚱한 대답이었다.

사귀는 사람은 없어요?

나는 잠시 뜸을 들인 뒤 답했다.

여자친구는 있어.

갈매기가 날아와 주위를 맴돌았다. 료가 포테이토를 바닥에 던져주자 기다렸다는 듯 쪼아 먹었다. 오종이 내 앞에 있는 칵테일 잔을 부딪치며 말했다.

저희랑 같이 가실래요?

그러겠다고 대답하기도 전에, 료가 주머니에서 선크림을 꺼내 손바닥에 짜주었다.

우리는 등대로 향하는 오솔길을 걸었다. 햇빛에 굴절된 오종과 료의 그림자가 바닥에 길게 늬어 있었고 나는 조금 떨어진 채 그들을 뒤따라갔다. 야자수와 덩굴식물로 우거진 이곳이 한때는 깊은 바다였다는 사실이 믿기지 않았다. 앞서가는 둘의 자유분방한 걸음걸이는 서로 닮아 있었다. 저 둘은 연인이다. 타인에게 친밀한 관계라고 밝히는 데 주저함이 없으며, 스킨십도 자연스럽다. 침대에 나란히 누워 같이 잠을 자는 그런 연인 사이. 나와 유주 같은……. 나는 유주와 일주일에 적어도 한 번씩은 관계를 해야 한다고 생각했다. 사우나에 같이 간 친구가 내 얘기를 듣고는 미친 거 아니냐고 했다. 신혼이거나 데이트 초반에나 그렇지, 나는 그렇게 열심히 안 해. 그런 친구의 말이 조금

174

당혹스러웠다. 료가 뒤처진 내게 얼른 오라고 손짓했다.

등대는 생각보다 작고 볼품없었다. 오히려 등대만 한 크기의 무덤들이 등대를 둘러싸고 있었다. 이 섬을 처음 발견한 자의 기념비도 세워져 있었는데, 그러니까 이곳은 등대라기보다 공동묘지라고 부르는 게 더 적절했다. 묘지 주위에는 조약돌로 쌓은 돌탑들이 세워져 있었다. 소원을 들어준다는 전설이 있다고 했다. 나도 납작한 돌멩이를 집어 그 위에 쌓았다. 우리는 등대를 배경으로 사진을 찍었다. 사진을 찍어주는 외국인이 카메라 각을 재며 브라더? 하고 묻자, 우리 모두 천연덕스럽게 예스, 라고 답했다. 근처 상점에서 아이스크림을 사서 벤치에 앉았다. 때마침 유주로부터 전화가 걸려왔다. 나는 일어나 벤치에서 멀리 떨어져서 전화를 받았다. 괜히 목소리가 떨렸다.

여, 여보세요. 어, 그래. 심심해서 혼자 나왔지 뭐. 어. 어. 여긴 완전히 여름이야. 뭐라고? 잘 안 들려. 숲속이라 그런가. 어, 그래. 어. 곧 보자.

통화하는 동안 아이스크림이 전부 녹아 흘러내렸다. 나는 다시 벤치에 앉았다.

오종과 료는 내게 아무것도 묻지 않았다.

빗방울이 툭, 어깨 위로 떨어졌다. 불과 몇 분 사이에 하늘에 먹구름이 잔뜩 끼었다. 이내 스콜이 쏟아져 다시 상점 안에 들어갔다. 이곳 사람들은 비를 맞는 게 익숙하다고 했다. 금방 그칠 것 같던 비는 쉬이 그치지 않았다. 아이스크림을 사먹는 바람에 현지 화폐도 얼마 없었다. 우리는 겨우 우산 하나를 사서 함께 쓰기로 했다. 거센 빗줄기가 탄알처럼 투두두둑 쏟아졌다. 우산 끝에 매달린 물방울, 비와 섞인 땀 냄새, 료의 붉은 입술, 슬리퍼 안의 까끌까끌한 모래, 오종의 구레나룻, 요란한 천둥 소리. 눈을 깜빡일 때마다 슬로모션처럼 장면들이 스쳐지나갔다.

이윽고 호텔에 도착했다.

오늘 즐거웠어요. 밤에 심심하면 놀러 오세요.

빗줄기가 한풀 꺾였다. 각자의 숙소로 돌아갈 시간이었다. 우산에서 빠져나간 두 사람의 자리가 텅 비어 보였다. 1102호. 료의 웃음소리를 따라 연달아 켜지는 주황빛 조명들을 눈으로 지켜보았다. 나는 1102호가 있는 리조트 건물 조명이 전부 꺼질 때까지 기다렸다가 비로소 자리를 떠났다.

습기 탓에 방 안이 후덥지근했다. 호주머니에서 모래가 쏟아졌다. 입안이 텁텁해 냉장고에서 생수 한 병을 꺼내 통째로 들이켰다. 곧장 샤워실로 들어갔다. 정신을 딴 데 두었는지 머리를 두 번이나 감았다. 물이 뜨거워진 줄도 모르고 샤워기 밑에서 한참을 멍하니 있는 바람에 몸이 벌게졌다. 방 안에서는 에어컨이 천천히 작동하기 시작했다. 텔레비전에서는 뉴질랜드와 파라과이의 축구 경기를 중계하고 있었다. 문득 그런 장면을 떠올렸다. 한일 축구전이 열리고, 오종은 한국을, 료는 일본을 응원하는 모습을. 어쩌면 선수들의 허벅지 품평을 늘어놓는 데만 열을 올릴지도 모르지.

유주에게 전화를 걸었지만 전화기는 꺼져 있었다.

잠시 졸다가 눈을 떴다. 땀이 밴 베개가 축축했고 몸이 가려웠다. 겨드랑이에서 배꼽 쪽으로 뭔가 기어가는 느낌이 들었다. 땀인가보다고 생각했다. 그러나 그것은 허벅지 아래로 재빠르게 이동했다. 불쾌한 촉감에 몸에 닭살이 돋았다. 나는 티셔츠와 바지를 몽땅 벗어 옷을 털었다. 옷장 밑으로 다리가 많이 달린 벌레가 기어가는 것이 보였다. 방 안에 살충제 따위가 있을 리 없었다. 혹시나 싶은 마음에 화장대 서랍을 살피던 중, 거울에 비친 나체를 보았다. 나는 가까이 다가가 발가벗은 내 몸을 천천히 훑어보았다. 이완된 신체는 긴장이 풀려 있었다. 거울 속의 나는 분명 나였지만 어쩐지 낯설게 느껴졌다. 내 코가 원래부터 약간 휘었었나? 옆구리 아래 언제 이렇게 눈에 띄는 점이 생겼지? 갑자기 머리가 어지러웠다. 더위 탓인가, 나는 에어컨 온도를 더 낮추었다.

비는 완전히 그쳐서 우산을 들고 나올 필요가 없었다. 대부분의 상점이 영업을 마쳐 문을 닫았다. 살충제를 구하기는 어려워 보였다. 걷다 보니 그들 숙소 근처까지 왔다. 터무니없다는 생각이 들었다. 무턱대고 방문하여 살충제를 빌린다는 것이 좀 그랬지만 그럼에도 나는 계단을 올라 그들 방으로 향했다. 같은 층에 있는 화장실에 들러 얼굴을 확인했다. 눈곱을 떼고 삐져나온 코털은 없는지 살폈다. 손으로 머리칼을 빗고 옷매무새를 가다듬었다. 슬쩍 미소도 지어보았다. 그런 뒤에야 1102호의 초인종을 눌렀다.

열려 있어.

얼떨떨한 기분으로 조심스레 문을 열었다. 강한 비트의 록음악이 바늘처럼 내 귀를 찔렀다. 침대 위에 오종이 벗은 채로 엎드려 누워 잡지를 읽고 있었다. 앞표지에는 유명한 할리우드 배우가 가슴 근육을 뽐내는 포즈를 취한 사진이 있었다. 햇볕에 탄 오종의 몸은 전체적으로 까무잡잡했고 엉덩이 부분만 유독 희었다. 오종은 나를 보고도 크게 놀라지 않고, 진짜 오셨네요, 라고 말했다.

료는 담배를 사러 갔어요.

방금 전의 열려 있다는 말은 그러니까, 료를 향한 것이었다.

그것 좀 던져주실래요?

바닥에는 아무렇게나 구겨진 드로즈 팬티가 있었다. 팬티를 던져주고는 뒤로 돌았다. 나는 고개를 숙인 채 멋쩍게 발가락을 조몰락거렸다.

곧 료가 문을 열고 들어왔다. 양손에는 맥주와 담배를 든 봉지가 들려 있었다.

어, 진짜 오셨네요.

료도 오종과 똑같이 말했다.

우리는 탁자 위에 맥주 캔과 과자 한 봉지를 올려두고 둥그렇게 모여 앉았다. 오종은 침대에 걸터앉았다. 료가 블루투스 스피커의 볼륨을 좀 더 키우자, 밴드 보컬까지 더해 방 안에 넷이 있는 것 같은 착각이 들었다.

실은 형이 올 것인지를 두고 오종과 내기를 했거든요.

료는 사뭇 흥미로운 얘기를 들려주었다.

누가 어떻게 내기를 한 건데?

오종은 온다, 저는 안 온다에 걸었죠.

료가 한 말이 순간 기쁘게 들렸는지도 모른다.

우산도 돌려줄 겸.

문 옆에 둔 우산을 가리키며 말했다. 그 옆에는 알록달록한 우산이 이미 두 개나 더 세워져 있었다.

혹시 말이야, 살충제 같은 게 있을까?

병맥주를 마시던 오종이 대답 대신 내 셔츠의 가장 윗 단추를 풀려고 했다. 나는 오종이 뻗은 손을 반사적으로 저지했다. 내가 할게, 라고 말하며 어색하게 웃었다. 오종은 제법 여유로운 표정으로 내가 해주고 싶은데…… 말하고는 마저 맥주를 마셨다. 분위기를 깨고 싶지 않았다. 나는 아무렇지 않은 듯 환한 미소를 지으며 약간은 과장되게 고개를 끄덕였다. 오종이 다가와 천천히 윗 단추 하나를 풀었다. 이 모습을 료가 의미심장한 눈빛으로 바라보았다.

편하게 있어도 돼요.

침을 삼키는 소리가 크게 들렸다. 오종과 마주친 눈을 피하자 그의 매끈한 종아리 부위에 난 털에 시선이 향했다. 료가 깨끗이 비운 맥주 캔으로 삼층탑을 쌓았다. 또 한번 소원을 빌까 봐요. 캔으로 쌓은 탑이 점점 높아졌고 우리는 소원 대신 각자의 비밀을 털어놓기 시작했다.

사실 전 꽤 부자랍니다.

료의 부모는 일 년 전 교통사고로 돌아가셨다. 어머니의 가장 친한 친구가 보험 판매업을 해서 료의 가족 앞으로 생명보험을 중복해서 들어놓았고, 남은 재산과 보험금은 모두 외동아들인 료의 차지가 되었다. 아버지는 사립대학의 교수였는데 동성애자인 료를 이해하지 못했다. 부모님과 크게 싸운 뒤 료는 교환학생에 지원해서 한국으로 도피를 한 셈이었다. 갑작스런 부고 소식을 들었을 때 료는 부모님께 마지막으로 한 말이 떠올랐다고 한다. 두 번 다시 연락하지 말라는 거였는데 부메랑처럼 돌아왔다고.

료가 눈이 조금 풀린 채로 담배 연기를 후우 뱉었다.

오종은 인터넷에 이름을 검색하면 나오는 여자 아이돌 멤버와 잠깐 사귄 적이 있다고 했다. 료와 사귀게 된 건 료가 너무 철이 없어서라고 덧붙였다.

료가 맥주 한 캔을 깨끗이 비우며 말했다.

저는 가끔 유카타를 입어요. 오종의 취향이 좀 독특해서요.

형은요? 형은 뭐 없어요?

털어놓을 것이 있나. 이상한 기분이었다. 특별한 일이 없다는 게 문제라면 문제였다. 앞으로 큰 변동이 없다면 이삼 년 후에는 유주가 됐든 누군가와 결혼을 하고, 그것은 또래에 비해 늦지 않은 결혼이 될 것이다. 적성에는 안 맞지만, 내년에도 올해와 비슷한 회사생활을 할 테고 조만간 승진도 하겠지. 적금을 붓고, 그 돈으로 차를 사고⋯⋯.

그러나 내 입에서 튀어나온 말은 전혀 달랐다.

고등학교 때 담임이랑 했어.

료가 집어든 과자로 옆구리를 쿡 찌르며 짓궂게 말했다.

나쁜 학생이었군요.

나는 잠시 숨을 골랐다.

정확히는 교생이었고 임시 담임이었지. 나는 지방에 있는 기숙학교를 다녔어.

한번 튀어나온 말은 술술 이야기로 팽창했다.

내가 학교를 다닐 때만 해도 토요일까지 오전 수업을 했었어. 오후에 기숙사 청소를 한 뒤 집으로 돌아갔지. 냄새나는 양말과 속옷을 가방에 잔뜩 넣어가지고 말이야. 근데 그 주가 당번이었던가? 하여튼 난 남았고 삼층이나 되는 기숙사 안에 사감이었던 담임과 단둘이 있어야 했어. 어느 학교에나 운동장에 철봉 하나쯤은 있잖아. 담임은 어렸을 때부터 체조 선수였는데 은퇴한 후에도 습관처럼 철봉에 매달리곤 했어. 저녁을 먹고 난 뒤 철봉으로 운동을 하더라고. 회전해서 착지까지 하더라니까.

나는 가까이 다가가 달밤에 체조라도 하느냐고 물었고, 담임은 착지 후에 포즈를 취했지. 박수를 치거나 점수를 매기거나 해야 할 것 같았어. 체조를 그만둔 이유는 글쎄, 너무 늦게 키가 커버렸대. 희한하지. 체조라는 종목은 다른 운동과는 다르게 몸이 작고 단단할수록 유리하거든. 의지와는 상관없이 왕성하게 자라는 뼈의 발육을 막을 수 없었대.

오종의 손이 내 허벅지와 바지 사이로 천천히 움직였다.

나는 담임과 사감실로 갔어. 문을 잠글 필요도 없었지. 담임은 땀에 흠뻑 젖어 있었고 내 몸이 철봉처럼…….

오종이 내 귓불을 간지럽게 깨물었다. 어느새 유카타로 갈아입은 료도 가까이 다가왔다. 우리는 침대에 나란히 누웠다. 그들이 나를 원한다는 것을 알았다. 이렇게 될 줄 미리 알았다고 생각하면 불편한 마음이 약간 누그러졌다. 나는 밀린 빨랫감이든 애국가든 다른 생각을 시도하였으나 그들의 손이 내 몸에 닿자 놀라 벌떡 일어섰다.

아무래도 이건 아닌 거 같아.

괜찮지 않나요? 어차피 우리는 내일 떠나는데.

료가 피우던 담배를 건네며 말했다.

이게 도움이 될 거예요.

있는 힘껏 담배를 빨았다. 독하고 매웠다. 콜록 콜록, 기침을 해대는 나를 보고 둘이 깔깔대며 웃었다. 친절하게도 오종과 료는 담임이 여자인지 남자인지 묻지 않았다. 나 역시 중요하다고 생각하지 않았다. 그건 그냥 나만 알고 있으면 되는 것이니까. 이야기라면 얼마든지 지어낼 수 있었다. 료가 흘러나오는 음악에 맞춰 춤을 추기 시작했다. 춤은 전화벨이 시끄럽게 울릴 때까지 계속되었다.

다음날, 공항에서 유주를 기다렸다. 유주는 두꺼운 외투를 입고 나타났다. 기내에서 컵라면을 먹는 인간들 때문에 오는 내내 짜증이 났다고 했다. 툴툴거리면서도 그녀는 조금 들떠 보였다. 라면 냄새 때문에 잠이 안 와서 영화를 봤다고, 불치병에 걸린 주인공이 죽는 장면에서 그만 울어버렸는데, 하필 그때가 식사 시간이라서 승무원에게 울먹이듯 비빔밥을 달라고 하는데 창피해서 혼났다고. 그 말에 나는 잠시 멈추었다. 같았구나! 그녀와 나는 그 많은 리스트에서 같은 영화를 봤다. 그런 합리화라도 필요했는지 모른다.

유주가 체크인을 하는 동안 리조트 밖을 둘러보았다. 그들이 이곳을 떠났으면 했다. 방에 도착하자 그녀는 편한 옷으로 갈아입었다. 나는 등 뒤에서 그녀를 껴안았다.

뭐가 예쁘다고 이러실까?

얼른 씻고 나가자.

내가 많이 보고 싶었구나.

유주는 내 팔짱을 끼고 즐거워했다. 바다가 보이는 레스토랑에서 피자와 해산물 스파게티를 주문했다. 우리는 회사 얘기부터 나눴다. 과장은 연말에도 여전히 야근을 했고, 올해 초에 론칭한 제품 판매량은 전 분기 수준으로 회복되었고, 계약직 직원은 결국 연장을 하지 못할 것 같다는 그런 얘기들. 평범하고 조금 슬픈 이야기들.

네가 오니까 좋다.

응, 뭐가?

그녀는 포크로 스파게티 면발을 야무지게 말아 입 속에 넣으며 물었다.

네가 와서 좋다고.

응, 나도.

휴양지에서의 일정은 비슷해지기 마련이었다. 이틀 먼저 온 내가 가이드처럼 그녀를 끌고 다녔다. 호텔에서 출발하는 시티투어버스를 타고 항구에 가서 치약과 화장품을 종류별로 샀다. 일 킬로미터 길이의 석회동굴은 캄캄하기만 해서 중간 지점에서 도로 돌아 나왔다. 유명 관광지였던 우물은 수질오염 문제로 더 이상 관광객에게 공개하지 않는다고 했다. 유주는 물 공포증이 있어서 스노클링 같은 건 생각지도 않았다. 발목까지만 담그면 충분하다며 우리는 파도가 닿는 백사장을 나란히 걸었다. 걷는 도중 백사장까지 떠밀려온 물고기 한 마리를 보았다. 가까이 다가가서 보니 아가미가 움직이지 않았다.

유주는 게으른 녀석이 틀림없다고 웃어넘겼다.

나는 바다 안이 갑갑했던 게 아닐까 생각했다.

일몰 시간에는 또다시 원주민의 불쇼가 시작되었다. 횃불을 떨어뜨리는 실수도 없었고 객석에서 탄성도 터져나왔지만 어쩐지 시시하다고 생각했다. 그저 한 번 본 공연일 뿐인데…… 그 점이 새삼 놀라웠다. 손을 잡고 있는 그녀와 노부부가 되어 함께 산책하는 모습을 상상해보았다. 오종과 료는 북쪽으로 떠난 것이 분명했다.

어젯밤을 떠올리자면 시종 소란스러운 소음에 대한 기억뿐이다. 록 음악보다 더 시끄러운 전화벨만 해도 그랬다.

받아봐.

오종이 잠시 음악을 껐다.

카운터야. 조용히 좀 해달래. 항의가 들어왔다나봐.

오종은 다짜고짜 화부터 냈다. 또 옆방 놈인가. 어제는 호텔 직원이 왔다고 했다. 무시해버리자는 오종의 생각은 별로 좋은 생각 같지 않았다. 곧 벽 사이로 쿵쿵쿵, 두드리는 소리가 들려왔으므로. 그것은 결코 정중한 노크가 아니었다.

무식한 놈 같으니. 이게 다 동양인을 깔보기 때문이라고.

료가 화답하듯 주먹으로 벽을 쳤다.

잠깐만.

나는 말려야 할 것 같았다.

벽 너머에서 조금 더 크게 쿵쿵쿵, 하는 경고가 되돌아왔다.

개새끼들.

오종이 욕을 하는 순간, 나는 노래 볼륨을 줄였다. 료가 의아하다는 제스처를 취했다.

사실 더 줄여도 되잖아.

그러자 오종은 콧방귀를 뀌었다. 불만스러운 내 표정 따윈 살피지 않고 럭비선수인 양 벽에 몸을 들이받았다. 그러고는 웃었다. 다시 쿵쿵쿵, 벽을 세차게 두드리는 소리가 들렸다. 마치 내 가슴에 대고 내리치듯 조마조마했다.

이제 그만해!

마침내 나는 소리쳤고 방 안을 둘러보았다. 담배 연기가 자욱해 창문을 열어 환기부터 하고 싶었다. 바닥에 쏟은 맥주와 과자 부스러기. 그리고 쓰레기통 안의 콘돔. 너부러진 잡지에는 페이지마다 커다란 성기를 드러낸 모델 사진들로 가득했다.

초인종 소리가 울렸다.

금세 방 안이 고요해졌다.

다시 초인종 소리가 울렸다.

반응이 없자, 우리가 겁을 먹었다고 생각했는지 옆방 문이 거칠게 닫혔다. 료는 아무짝에도 쓸모없는 병맥주 손잡이를 거꾸로 쥐고 있었다.

나는 방으로 돌아가기로 했다. 둘은 나를 잡지 않았다. 방문을 열고 나온 뒤에야 우산을 챙겨오지 않았다는 걸 알았다. 계단 통로를 내려가는데 누군가 내 팔을 붙잡았다. 처음 보는 흑인 남성이었다. 순간 옆방인가 싶어 몸을 움츠렸지만, 그는 화난 표정이 아니었다.

　헤이. 미스터 료?

　익숙한 이름이었다. 그는 나와 료를 헷갈리는 듯했다. 예스터데이, 파티, 머니, 어게인. 알아들을 수 있는 단어는 그 정도였다. 어젯밤엔 저 방에 내가 아닌 다른 이가 그들과 함께 있었는지도 모른다. 나는 고개를 좌우로 저었다. 그가 아쉬운 표정을 지었다. 돌아오는 길에 취기가 돌아 헛구역질을 했다. 나오는 것은 없고 속만 더 쓰라렸다.

　숙소 방문을 열자, 매미처럼 커다란 날벌레가 문턱 아래 죽어 있었다. 에어컨을 켜놓고 나간 탓에 방은 냉기로 가득했다. 침대보 위와 탁자 밑에도, 죽기 직전의 벌레들이 느릿느릿 몸을 꿈틀거렸다. 두루마리 휴지를 돌돌 말아 벌레들을 치웠다. 벌레를 모두 쓸어 담은 휴지를 쓰레기통에 넣으며 나는 내일 아침 공항에 가야 한다고 되뇌었다.

　일요일, 유주와 나는 야자수림에 있는 등대를 보러 가기로 했다. 조식으로 먹은 음식이 체했는지 유주는 소화제를 먹고 자주 화장실을 들락거렸다.

　방에서 그냥 쉴까?

　아니야. 오늘이 같이 보내는 마지막 날이잖아.

　나는 내일 귀국이었다.

　지난번과 같이 등대로 향하는 오솔길을 걸었다. 주말이라서 제법 사람들이 몰렸다. 야자수와 덩굴식물로 우거진 이곳이 한때는 아주 깊은 바다였다고 유주에게 말해주었다. 그녀는 출발할 때부터 콜라를 들고 다니며 계속 삼켰다. 얼굴이 점점 노래지는 것 같았다. 나는 괜찮으냐고 물었다. 그녀는 괜찮다고 했지만 하나도 안 괜찮아 보였다. 등대를 본 유주는 곧 실망한 표정을 지었다. 등대가 생각보다 작고 볼품없기 때문일까? 어쩌면 등대보다 묘지가 더 눈에 띄어서일지도 몰랐다. 유주는 묘지를 보러 온 게 아니었으니까. 나는 보란 듯이 돌탑 위에 돌을 얹으며 말했다. 이렇게 돌을 올린 후에 비밀을 털어놓으면 어떤 나쁜 비밀도 이곳 수호신이 다 용서해준대. 그렇게 거짓말을 했다. 그녀가 재미있다는 듯이 탑에 돌을 두 개나 얹으며 뭐라고 속삭였다.

비슷한 시간에 또다시 스콜이 쏟아졌다. 나는 준비한 우산 두 개를 가방에서 꺼냈다. 우산을 받은 유주는 택시를 타자고 했다. 상점에 들어가 주인에게 택시를 불러달라 요청했고, 주인이 어딘가로 전화를 걸자 오 분도 안 돼 택시가 도착했다.

탁자 위에 노트북을 올려두고 우리는 침대에 비스듬히 누워 한국에서 다운받아 온 예능 프로그램을 보았다. 예능에 출현한 개그맨은 자학적인 행동으로 실소를 유도했다. 유주가 내 얼굴도 햇볕에 탔다며 황토 머드를 발라줬다. 머드를 바른 우리 둘의 얼굴이 서서히 굳어갔다. 옆에서 유주의 웃음소리가 전혀 들리지 않아 돌아보니, 그녀의 얼굴에서 황토 빛깔의 눈물이 흐르고 있었다.

유주야. 왜 그래?

아무것도 아니야.

유주는 흘러내리는 눈물을 연신 손으로 닦아냈다.

무슨 일인지 말을 해야 알지.

어쩌선지 차가운 말투였다.

여태 속이 안 좋은 거야? 화내서 미안해. 놀랐지.

유주는 어처구니없다는 표정을 지으며, 무슨 일이 있는 사람은 자신이 아니라 내가 아니냐고 물었다. 그녀는 오른손을 오리발처럼 폈다. 그녀의 네 번째 손가락에 반지가 끼워져 있었다. 등대 앞에서 자신이 무슨 비밀을 털어놓았는지 궁금하지 않냐고 물었다. 공항에 나왔을 때부터 내가 침울해 보였다고 했다. 유주는 커플링으로 준비한 반지를 강제로 빼려다 이내 관두었다. 그녀 입술이 작게 떨리고 있었다. 나는 뒤늦게 면세점에서 산 귀걸이를 꺼냈다. 반지와 귀걸이는 제자리가 아닌 각자의 손바닥 위에 올려 있을 뿐이었다.

굳어버린 머드 위로 생긴 금이 보였다. 진작 마주했어야 할 무언가와 맞닿은 기분이 들었다. 그녀는 감정이 격해진 일에 대해 사과했다. 우리는 서로를 껴안은 채 오랫동안 그대로 있었다. 잠이 들기 전, 나는 내일 아침에 떠날 짐을 챙겼다. 공항은 한산했다. 게이트 앞에서야 이곳에 한국인들이 꽤 많이 있다는 걸 깨달았다.

이틀 후, 인천 공항으로 유주를 마중하러 갔다. 한 시간 일찍 조퇴를 했다. 일교차가 커 날씨가 쌀쌀했다. 그녀가 타고 올 비행기는 연착되어 예상보다 두 시간을 넘게 기다려야 했다. 캐리어를 끌고 나오는 유주는 조금 야위어 보였다. 그녀의 첫마디는 미안해, 였다. 사실 비행기 연착은 그녀의 잘못도 아니었다. 유주는 다래끼가 생겼다며 선글라스를 끼고 있었다. 그녀는 피곤해 보이는 얼굴로 커피를 마시자고 했다. 조금 더 공항에 있고 싶다며. 커피가 다 식을 때까지 유주는 차창 밖을 멍하니 바라보았고 그곳에는 이륙을 앞둔 비행기가 나란히 세워져 있을 뿐이었다.

지하철 안은 귀국한 사람들로 가득 찼다. 좌석 끝에 한 자리가 남아 있어 얼른 유주를 앉혔다. 그녀 옆으로 남자 둘이 앉아 있었다. 커다란 손으로 꼬인 이어폰을 풀고 있는 남자와 불어로 쓰여 있어 제목조차 유추할 수 없는 책을 읽는 남자. 둘은 친구 같기도 형제 같기도 했다. 졸기 시작한 유주가 책을 읽는 남자 어깨에 자꾸 머리를 부딪쳤다. 나는 대신 사과하며, 그녀의 머리를 곧게 받쳐주었다. 유주의 셔츠 주머니에 꽂혀 있는 선글라스를 꺼내 써보았다. 지하철 안이 금세 어두워졌다. 음악 리듬에 맞춰 들썩이는 운동화. 페이지를 넘길 때마다 번지는 남자의 옅은 미소. 동면을 취하듯 깊이 잠든 유주, 그사이 지하철이 긴 교각 위를 건너고 있었다.

역에서 나와 집까지 바래다주는 동안 우리는 계속 걷기만

190

했다. 캐리어 바퀴 소리만이 골목의 정적을 깨웠다. 그녀가 가로등 아래서 캐리어를 받으며 말했다.

데려다줘서 고마워.

얼른 들어가.

저기, 우리 말이야.

나는 유주의 말에 호응하듯 고개를 가볍게 끄덕였다.

아니다.

그녀가 괜히 말한 것 같은 표정을 지었다.

피곤할 텐데 들어가서 푹 쉬어.

옆집에서 잔잔한 피아노 소리가 들렸다. 캐럴이었다. 며칠 후면 크리스마스였다. 우리는 그제야 자연스럽게 웃었다.

이젠 제법 들어줄 만하지?

유주가 담배를 피웠다.

나도 주머니에서 담배를 꺼냈다.

유주가 놀란 눈으로 나를 쳐다보았다.

혼자 담배를 피울 때마다 같이 피워줬으면 좋겠다고 생각했는데, 정말 그렇게 되니까 기분이 썩 좋지만은 않네. 담배는 건강에 해로우니까.

노란 불빛 사이로 진눈깨비가 흩날리기 시작했다.

'내일 회사에서 봐. 아참, 담배는 자기랑 안 어울려. 같이 끊자.'

헤어진 뒤 일 분도 안 돼서 온 문자는 평소의 유주 같지 않았다. 그녀가 내게 하고 싶은 말은 무엇이었을까, 우리가 같은 일정으로 여행을 했다면 아무것도 달라지지 않았을까. 그랬다면 우리가 더 오래 만날 수 있었을까, 분명히 답할 수는 없다. 단지 나는 그후로 어디론가 불쑥 떠나고 싶은 충동을 느꼈고, 그것에 대해서라면 굳이 변명하지 않았다. 결국에는 떠나지 못하리란 걸 알았다. 진눈깨비가 쏟아지는 밤하늘을 올려다보았다. 작고 흰 눈이 내게 수없이 부딪치며 순식간에 녹아 사라졌다. 나는 지구 반대편의 여름을 떠올렸다.

일과 이분의 일

과장님, 이른 아침부터 외람되오나 제가 어젯밤을 꼬박 새웠답니다. 닭장에서 알이 부화했는데 기형 병아리가 태어난 거예요. 다리가 셋이었죠. 부러진 성냥개비처럼 똥구멍 옆에 다리 하나가 더 달려서는 몸의 중심을 못 잡고 비틀거리더라고요. 아버지가 그런 놈은 어차피 얼마 못 살거나 다른 닭들이 부리로 쪼아 죽인다고 한쪽으로 빼놓으라 하대요. 닭장으로 돌아가니 글쎄 녀석이 무리에 섞여서 도무지 찾을 수가 없는 겁니다. 일일이 병아리 다리 개수를 확인하다가 에라, 모르겠다 하고 방에 돌아왔는데 어쩐지 마음이 쓰이더군요. 누워도 잠도 안 오고, 도대체 어떤 닭이 낳은 건지 혹 몹쓸 전염병에 걸린 건 아닌지 걱정이 됐죠. 평소 같으면 이미 자고 있을 시간인데 이게 또 때를 놓치니까 죽어도 잠이 안 오더라고요. 아시다시피 저는 통근 시간만 한 시간이라 꼭두새벽에 출근하거든요. 계속 하품을 하는 게 졸음운전이 걱정스럽고, 그래서 말인데…….

휴가 신청 한번 장황하구나 싶었다. 눈 뜨자마자 와 있는 메시지를 읽는 동안 잠만 달아났다. 하루 쉬겠다는 노세영 팀장의 문자에 그러세요,라고 짧게 회신했다. 창문 커튼을 젖히자 바깥에 눈이 얇게 쌓여 있었다. 곧장 주방으로 가 아침을 준비했다. 칫솔을 입에 문 채 냉장고에서 먹다 남은 참치와 콩자반을 꺼냈다. 프라이도 할 겸 수납 칸에서 달걀을 집으려다가 멈칫했다. 오돌토돌한 표면과 점박이 문양이 어쩐지 수상하게 보였다. 나는 껍데기 안에 웅크리고 있을지도 모를 작은 생명체가 떠올라 도로 달걀을 내려놓았다. 아침을 먹고 그릇을 치울 때에는 처음과 다른 생각을 하고 있었다. 아직도 눈치를 보며 휴가를 쓰는 직원이 있다니. 지금이 어떤 시대인데 상사 눈치를 본단 말인가. 출근하면 당장 이런 보고는 생략해도 된다고 말해줄 참이었다. 휴가 사용은 여러분의 권리라고 말하면 썩 괜찮은 과장처럼 보일는지도 몰랐다.

관사에서 고용센터까지는 대략 팔백 미터 거리로 운동 삼아 걷기 좋았다. 해발고도가 높은 W시는 겨울 관광지로 유명했고 4월까지 눈이 내린다고 했다. 벌써 이곳 날씨에 적응한 건지 영하 안팎의 기온에도 별로 춥게 느껴지지 않았다. 첫 출근 날에는 구글 맵을 켜고도 길을 헤맸지만, 지금은 교회 주차장 샛길 같은 지도에 표기되지 않은 지름길을 이용했다. 눈이 쌓인 대로를 건너자 목적지인 센터가 보였다. 입구 앞에 민원인이 삼삼오오 모여 있었다. 내가 본부에서 W시로 온 지도 한 달하고 열흘쯤 지났다. 코로나 때문에 모두 마스크를 착용해 지금까지 직원들 얼굴을 제대로 본 적이 없었다. 과장으로 발령받아 제일 먼저 받은 보고는 관할구역의 실업자 수였다. 2,547명. 고용의 세계에서는 모든 사람을 취업자, 실업자, 비경제활동인구 중 하나로 분류했다. 은행에서 매일 입출금을 정산하듯 우리 센터도 그날그날 취업 현황을 업데이트했다. 오늘은 기어코 삼천 명을 넘어섰다. 오후부터 슬슬 흩날리던 눈발이 퇴근 즈음에는 시야를 가릴 만큼 무자비하게 쏟아졌다.

밤새도록 눈이 온 다음날, W시는 디즈니 영화 속 겨울왕국처럼 변했다. 종아리까지 수북하게 쌓인 눈길을 헤치느라 출근 시간이 평소의 두 배가 걸렸다. 먼저 온 직원들은 주차장에 나와서 눈을 쓰는 중이었다. 마스크를 낀데다 외투도 하나같이 검정 패딩이라서 누가 누군지 분간하기 어려웠다. 다들 눈 치우기에 익숙한 듯 몸놀림이 가볍고 빨랐다. 자리에 앉았을 때는 8시 50분으로 사무실 안이 텅 비어 있었다. 벌써 대기표를 뽑고 실업팀 창구에서 기다리는 민원인이 보였다. 이렇게 전부 자리를 비우면 어떡하나, 민원인과 눈이 마주친 후 쭈뼛하게 앉아 있을 수만은 없어 나는 다시 사무실 밖으로 나갔다. 담당자인 노세영 팀장을 찾자, 취업팀장이 가까이 다가와 노 팀장은 아침 일찍 휴가를 냈다고 말했다. 휴가를…… 또?

"걔는 눈 오면 자주 그래요."

그러고 보니 대형차 전용 구역에 노 팀장의 용달차가 보이지 않았다. 사실상 부모님 양계장 관리를 도맡고 있는 노 팀장은 오늘같이 폭설이 내리는 날이면 지붕이 무너지거나 물탱크가 더러 터지는 경우가 있어 꼼짝 못한 채 집을 지킨다고 했다. 아버지가 다리 골절상을 입은 뒤로 더더욱. 한번은 눈길에 차가 미끄러져 논두렁 아래로 곤두박질친 적도 있다고. 그때부터 노 팀장은 일 년 치 휴가를 겨울에 다 몰아 쓰고 있었다. 그래도 그렇지, 어제 병아리 때문에 이른 아침부터 메시지를 보낸 것과는 달리 이번에는 아무런 설명도 없었다. 심지어 이틀 연속 휴가였다. 결국, 옆자리인 신원효 주무관에게 민원 업무를 맡긴 뒤 사무실 밖에서 한참을 뻘쭘하게 서성거렸다.

눈 치우기를 끝낸 직원들이 센터 입구에서 눈사람을 만들고 있었다. 큰 눈덩이에 작은 눈덩이를 올리자, 웬만한 어린애들보다 키가 컸다. 재활용 쓰레기 수거함에서 가져온 병뚜껑으로 눈을 붙이고, 부러진 나뭇가지로 양팔을 만들었다. 누군가 탕비실에서 당근 하나를 가져와 코 위치에 꽂았다. 완성된 눈사람은 겨울왕국에 등장한 올라프처럼 보였다. 내가 우리 센터의 경비원으로 취직시키자고 농담을 하자 다들 웃었다.

"또 한 명 취업 성공이네요. 악성 민원인이 오거든 내쫓아 버려라, 알겠지?"

엄밀히 말하면 눈사람 경비원은 계약직에 가까웠다. 녹는 순간 해고였으니까.

이튿날 눈이 그쳤다. 날이 좀 풀리자 기다렸다는 듯 실업자들이 센터로 몰려왔다. 몇몇은 입구에서 눈사람과 함께 사진을 찍었다. 아무래도 올라프는 경비원보다 마스코트 역할에 제격인 듯 보였다. 자리에 도착하자 책상 위에 달걀 하나가 놓여 있었다. 내 자리뿐 아니라 다른 직원들 책상에도 하나씩 공평하게. 전에도 노세영 팀장이 직원들에게 삶은 달걀을 나눠준 적이 있어 누가 갖다 놓은 것인지 짐작할 수 있었다. 삼 일만에 출근한 노 팀장은 달걀로 인사를 대신하듯 말없이 자리에 앉아 민원업무를 보는 중이었다. 나는 책상에 놓인 달걀을 물끄러미 내려다보았다. 푸르스름한 색을 띤 달걀은 꼭 탁구공처럼 생겨 바닥에 떨어져도 금세 튀어 오를 것 같았다. 언젠가 들었던, 청계가 낳은 알은 일반 달걀보다 콜레스테롤이 낮아 단골손님이 부쩍 늘었다는 노 팀장의 설명이 떠올랐다. 나는 달걀 껍데기를 야무지게 벗겨 입에 쏙 집어넣었다. 달걀을 꼭꼭 씹으며 창구에서 부산히 일하는 직원들을 느긋하게 바라보았다.

센터에서 직급이 가장 분명하게 나뉠 때는 점심시간이었다. 소장과 같이 식사를 하는 직원은 과장급 이상으로 맨 안쪽에 소장이 앉으면 식판을 들고 테이블에 온 차례로 둘러앉았다. 고용과장인 나를 포함해 복지과장, 총무과장이 고정 멤버였다. 그중에서 내가 제일 어렸다. 구내식당을 나오며 소장이 가볍게 근린공원을 돌자고 하자 세 직원이 뒤따랐다. 소장은 한때 장관실 오른팔로 불릴 만큼 촉망받는 직원이었으나 췌장염 진단을 받아 위 절반을 절제한 후 지방 근무를 전전했다. 앞으로 별일이 없다면 이곳 센터에서 공직생활을 마칠 가능성이 컸다. 건강에 관심이 높아진 소장은 벽이나 의자에 기대 팔굽혀펴기를 하거나 황금색 지압 볼을 손에 쥐고 항시 주물럭거렸다. 코로나 소식을 주고받던 중 과마다 재택근무는 잘 하고 있느냐고 물어서 나는 민원 업무 특성상 어려움이 있다고 했다. 다른 지역에 사는 직원들 얘기가 나왔을 때는 별생각 없이 최근 노세영 팀장의 휴가 사정을 털어놓았다. 재미 삼아 꺼낸 말인데 복지과장이 내 말을 이어받아 노 팀장에 관한 험담으로 몰고 갔다.

"걔가 좀 제멋대로잖아요. 얼마나 고집불통인데."

문득 엊그제 새벽에 온 장문의 문자 메시지가 떠올랐다. 아마 그런 걸 말하는 건가 싶었다. 평소 상사가 부하 직원을 흉보는 건 자기 얼굴에 침 뱉는 일이라 생각했기 때문에 나는 대수롭지 않게 반응하며 노 팀장을 두둔했다. 실업팀 창구를 찾는 민원이 얼마나 드센지, 그 기세에 밀리지 않고 응대하는 걸 보면 참 대단하다고. 지난달 노 팀장이 관사에서 혼자 밥은 어떻게 해 먹느냐며 김장 김치를 챙겨준 건 비밀이었다. 뒤에서 따라오던 총무과장이 합류하더니 노 팀장이 아주 재밌는 애라며 지난 일화를 들려주었다. 본인이 말하면서도 웃음을 못 참고 연신 피식거렸다.

지난해 겨울, 실업자 대비 취업자 비율이 높아 최우수센터로 선정된 기념으로 열린 회식 자리였다. 치킨집에 직원들이 다

같이 모였고 테이블마다 통닭이 놓여 있었다. 소장이 먼저 건배사를 했다. 한 손에는 맥주잔, 다른 손에는 튀긴 날개 부위를 집어 들고는 새라고 다 똑같은 새가 아니다, 날개가 있어도 제대로 안 쓰면 닭처럼 무용지물이 되고 만다, 우리는 실업자에게 새로운 날개를 달아주는 역할을 하는 거라며 직원들의 수고와 노력을 치하하던 중이었다.

"······닭도 나는데요."

닭고기는 질렸다며 식당 모퉁이에서 홀로 골뱅이 무침을 시켜 먹고 있는, 노 팀장의 중얼대는 소리가 들렸다.

"닭이 어떻게 날아? 그저 뛰어오를 뿐이지."

"아닌데. 저희 닭은 잘만 날아다녀요."

쓸데없이 얘기가 길어지자, 직원들은 건배하려고 들고 있던 잔을 그대로 내렸다.

"노 팀장, 잠깐 이리 와 보지."

소장이 앞자리에 노 팀장을 앉혔다. 이후 축하 회식은 닭이 날 수 있는지 없는지를 다투는 논쟁의 장이 되어버렸다. 가축으로 기르면서 닭은 날 필요가 없어졌고 날개 근육이 약해지는 동시에 몸이 무거워져 날지 못한다는 인터넷 기사를 보여줘도 노 팀장은 주장을 굽히지 않았다. 분위기가 점점 험악해졌다.

"닭 얘기 좀 그만 닥쳐!"

소장이 잠깐 자리를 비운 사이, 거나하게 취한 복지과장의 욕지거리를 듣고 나서야 노 팀장은 제자리로 돌아갔다. 총무과장은 여기서부터가 압권이라며 이야기를 한 템포 늦췄다가 마무리를 지었다. 닭 뼈가 지저분하게 쌓인 테이블을 뒤로하며 노 팀장이 나지막하게 남긴 말. ……그래도, 닭은 난다.

"과장님도 조심하는 게 좋을걸요. 저는 걔랑은 일 같이 못 해요."

사람에 대한 호오는 상대적이며 주관적이다. 이때만 해도 나는 직원들에 대한 불필요한 선입관을 갖지 않으려고 노력했다. 그날 저녁, 노 팀장으로부터 전화가 걸려오기 전까지는.

간단히 말해 자기 업무가 '이분의 일'이 더 많다고 했다.

수화기 너머 노 팀장의 음성을 들으며 나는 조금 전 퇴근하던 순간을 머릿속에 떠올렸다. 문을 열고 나가는데 신원효 주무관이 내일 재택근무라며 인사를 했고, 옆에서 노 팀장은 모니터만 뚫어져라 보고 있었다. 좀 의아하다 싶었는데 관사에 도착하자마자, 전화가 온 것이었다.

"과장님! 원효 씨가 평퐁으로 재택근무를 하는데 말이 되냐고요?"

다짜고짜 역정부터 냈다. 본인이 실업팀 업무를 더 많이 부담하는 상황에서 경우가 아니란 뜻이었다. 노 팀장은 그동안 마음에 담아둔 이야기를 토로했다. 지난번 휴가 신청 때처럼 장황하고 앞뒤도 안 맞았다. 기억할 만한 건 신 주무관이 신입이라 일 처리가 더딘데 가끔은 일부러 서툰 척하는 것 같다는 정도였다. 일을 조금씩 떼서 도와주던 게 반복되다 보니 어느새 나눠서 하던 일도 몽땅 자기 업무가 돼버렸다고. 통화시간이 삼십 분을 넘어가고 있었다. 내일 다시 얘기하기로 하고 겨우 전화를 끊었다. 이번 주에 이틀 연속 휴가를 낸 사람이 누구냐고 되묻고 싶었으나 꾹 참았다.

다음날 확인해보니 노 팀장 말에 일리가 있긴 했다. 다른 고용센터와 비교했을 때, 실업팀 운영에 차이가 있었는데 보통은 세 직원이 실업수당 지급, 교육시간 인정, 이직확인서 처리 업무를 분담하는 반면 우리 센터는 둘뿐이었다. 처음에는 함께 하던 실업수당 업무를 언제부턴가 노 팀장이 일임하고 있었다. 문제의 이분의 일은 바로 이 지점에서 발생하였다. 노 팀장을 따로 불러 얘기하려는데 실업 창구에 대기자가 밀려 있었다. 오후에는 민원인과 고성이 오가더니 말다툼까지 벌어졌다.

군복을 입은 남자가 갑자기 웃통을 벗었다. 몸에 문신이 가득했다. 진경산수화를 그린 듯 쇄골 아래에서부터 시작된 계곡이 옆구리로 흐르고, 불룩 튀어나온 뱃살은 산맥의 입체감을 더하였다. 남자는 실업자에게 실업수당을 못 주는 게 말이 되느냐고 따졌고, 노 팀장은 자발적 퇴사자는 지급 대상자가 아니라는 말을 되풀이했다.

"아줌마, 내가 미쳤다고 제 발로 회사를 나가?"

맨몸으로 들이대도 눈썹 하나 꿈쩍하지 않던 노 팀장이 아줌마라는 말에 정색했다. 노세영 팀장이 미혼인 건 직원들 모두가 아는 사실이었다.

"선생님이 사직서 직접 내셨다면서요. 그리고 아줌마라니요? 함부로 말하지 마세요. 제가 선생님을 군바리라고 부르면 기분 좋겠어요?"

그 말에 더 약이 오른 남자는 근무 태도가 불손하다며 당장 높은 사람 불러오라고 노발대발했다. 직원들을 향해 나 같은 사람 때문에 월급 받는 줄 알라고 윽박질렀다. 남자가 돌아간 뒤, 노 팀장을 잠깐 복도로 불러냈다.

"뭐 하러 일일이 대꾸하고 그래요? 서로 기분만 상하게."

호칭 문제도 그렇고 완고하게 맞서며 실랑이가 벌어진 게 사실이었다.

"과장님, 위장 퇴사해서 수당만 슬쩍 하는 나이롱 실업자가 얼마나 많은데요."

"그렇다고 우리가 형사는 아니잖아요?"

내 말은 요건만 간단히 확인하자는 거였다. 조금 전 민원인도 이직확인서를 제대로 받아오라고 돌려보내면 그만이었다.

"저런 몰상식한 놈은요. 인간답게 대해주면 더 깽판 쳐요."

"그래도 민원인 입장에서 생각해야죠. 눈높이를 맞춰야 하지 않겠어요?"

눈높이라는 말에 노 팀장이 입술을 삐죽 내밀며 퉁명스럽게 답했다.

"가끔은 저희 닭이랑 얘기하는 기분이 든다니까요."

다음부터 잘 하겠다고 하면 끝날 일을 노 팀장과 대화하다 보면 이상하게 길어졌다. 마무리도 항상 내 몫이었다.

"그러면……팀장님도 닭이 되세요!"

자리에 돌아온 나는 책상 모서리에 놔둔 달걀을 책상에 내리쳤다. 제멋대로라더니 정말 그런 게 아닌가 싶었다. 휴가 씀씀이도, 민원 응대도, 그간 잘만 해오던 업무가 많다고 투덜대는 것도 전부 다……. 과장인 내가 어리고 만만해서 그런 건지, 지나치게 호의를 베풀고 있다는 생각마저 들었다. 그러나 이후로도 실업 창구에 고질 민원이 계속 들이닥쳤고, 노 팀장을 향한 화는 점차 누그러졌다. 나중에는 민원에 시달리는 직원을 독려하자는 마음으로 바뀌었다. 퇴근 무렵, 나는 노 팀장에게 사내 메신저를 통해 늦게나마 의사를 전했다. 팀장님 말대로 실업팀 업무는 조정이 필요해 보인다고. 조만간 회의를 열 테니 다른 팀장들을 설득할 수 있게 준비하라고 메시지를 보냈다. 그러자 네! 하고 노 팀장이 자리에서 큰소리로 외쳤다. 어휴, 저 화상!

*

한파가 이어졌다. 크리스마스 시즌이 오자 맞은편 교회 십자가에 불이 켜지고 경쾌한 캐럴이 울려 퍼졌다. 하지만 사무실은 긴장이 감돌았다. 다른 지역 고용센터에서 코로나 확진자가 나와 전 직원이 격리에 들어가는 일이 발생했다. 방문한 민원인도 검사 대상이라 오백 명에 육박한 사람들이 검사를 받았다고. 해당 센터를 임시 폐쇄하고, 인근 센터의 직원들을 보내 업무를 맡긴다는 방침이 내려왔다.

"우리 센터는 코로나 검사 안 하나? 바빠 죽겠는데……."

실업 창구에서 구시렁대는 소리가 들렸다. 농담이라도 말을 가려서 해야지, 나는 직원별 업무량과 근무 연차 등을 정리한 자료를 살펴보며 노세영 팀장의 이름 아래 빨간 줄을 죽죽 그었다.

7급 이하 팀장들을 취업 세미나실로 소집했다. 아크릴판이 설치된 책상 모서리에 네 사람이 각각 앉았다. 유년시절에 했던 땅따먹기 놀이가 생각나는 자리 배치였다. 간단히 팀별 업무 보고를 마친 후 애로사항이 있으면 말해보라고 하자, 노 팀장이 실업팀의 업무 조정을 건의했다. 자신의 영역을 넓히기 위해 땅 한가운데로 돌진하는 돌멩이 하나가 눈앞에 그려졌다. 최근 실업자가 급속도로 느는 데다 업무가 자신에게 쏠려 힘이 부치니 다른 팀과 인원 조율이 시급하다고 했다.

"센터에서 너 혼자 일해? 네 눈에는 실업팀만 바쁘지?"

취업팀장은 곧장 반발했다. 연말에 해고되는 사람이 많아 일시적으로 일이 몰리는 건데, 그걸 못 참고 유난을 떤다고 힐난했다. 조금 전 코로나 때문에 취업박람회를 비롯해 각종 행사를 모두 하반기로 연기하자던 모습과는 사뭇 달랐다. 기업팀장도 거들었다. 팀원 관리도 팀장의 소임이라며 직원 교육을 똑바로 하든지 실업팀 내에서 해결하라고 못을 박았다. 요즘 젊은 애들이 대체로 그런 성향이 있다며 신 주무관은 그래도 싹싹한 편이라고 치켜세웠다. 그렇게 입장 차만 확인한 채 회의는 끝이 났다.

사무실로 돌아와 자리에 앉았다. 원원의 반대말이 있다면 바로 그런 상황이었다. 노 팀장은 억울해하고 다른 팀장들은 어이없어 하는……. 분위기를 바꿀 겸 나는 간식을 사기로 했다. 서무가 제자리에서 손만 높이 들라고 했다. 피자, 치킨, 샌드위치. 순서대로 거수를 마친 뒤, 메뉴는 피자로 결정되었다. 방금 전 회의도 이렇게 손쉽게 해결되면 좋으련만. 자리에서 일어나 고용과 전체를 둘러보았다. 세미나실이 네모난 땅바닥이라면 사무실은 뭐랄까, 각자의 구역이 다닥다닥 붙어 있는 닭장처럼 보였다. 입구 맨 안쪽에 마련된 내 자리는 그중에서 가장 넓고 가림막이 삼면에 세워져 있었다. 외투를 거는 개인 옷걸이가 있으며 휴지통과 프린터가 별도로 존재했다. 또 유일하게 목 받침대가 달린 삼단 의자를 썼다. 그리고 여기에서는 직원들의 뒤통수가 보였다. 모니터 앞에서 직원들은 각자에게 주어진 업무를 하고 있었다. 그것은 박스 안에 담긴 피자처럼 균일할 수 없었다. 자세히 보면 피자 한 조각도 토핑이나 사이즈가 약간씩 다른 것처럼. 그런 마음으로 직원들 한 명 한 명의 뒷모습을 오래도록 바라봤다.

관사에 도착하자마자 이번에도 노 팀장으로부터 전화가 걸려왔다.

"그거 보세요. 과장님! 다들 제 일이 많은 걸 알면서도 쉬쉬 한다니까요."

노 팀장은 본인이 겪은 억울한 일을 홀로 떠들어대기 시작했다. 대학을 제대로 못 나와서 다른 팀장들이 자신을 업신여기는 것 같다고 하소연하는데 어째서 이런 얘기를 듣고 있어야 하는지 몰랐다. 이럴 때는 정말 노 팀장이 말한 나이롱 실업자를 상대하는 기분이었다. 나는 닭을 떠올렸다. 그러자 수화기에서 꼬끼오 꼬꼬오, 같은 소리가 환청처럼 들리는 듯했다.

"팀장님 능력이 출중해서 일을 더 한다고 생각하면 어떨까요?"

그렇게 입바른 소리도 해보았다.

"그건 아니죠. 저도 벅차다고요."

"다음 성과평가 때 반영할게요. 일한 만큼 승진 심사에서 유리하게."

현실적인 인센티브를 제시하여도 소용없었다.

"입사가 늦어서 어차피 승진 순서는 꼴찌예요."

더는 할 말이 없었다. 약간의 침묵이 흐르자 노 팀장이 입을 열었다.

"과장님은 회사에서 도망치고 싶었던 적 없죠. 우리 센터 꼭대기 층에 가보셨어요? 아무도 안 쓰는 화장실이 있는데 저는 거기 숨기도 했어요. 취업 상담을 하던 때인데, 구린 회사를 가보랬다고 펄펄 뛰더니 망할 놈이 매일 찾아와서 욕을 해대잖아요. 한 번은 그냥 뛰쳐 나가버렸어요. 그렇게 일해온 사람이에요. 민원 응대하느라 종일 쉬지 않고 말하다 보면 입이 말라서 침도 못 삼켜요."

"무슨 말인지 알아들었고요. 업무를 못 옮기면 사람을 바꾸든지 해야죠."

자연스럽게 나온 말인데 갑자기 수화기가 고요해졌다.

"저는 안 바꿀래요!"

노 팀장이 퉁명스럽게 대꾸했다. 노 팀장이 다른 과장한테 미움을 받고 있어 나온 반응이라는 짐작이 갔다. 왠지 고소한 기분이 들었다. 앞으로 속수무책 당하고만 있지는 않을 거란 느낌과 함께.

예감은 틀리지 않았다. 크리스마스 다음날이었다. 지난번 민원인이 다시 찾아왔다. 이번에는 웃통을 벗는 대신 노 팀장과 말다툼을 벌이다 말고는 사무실 밖으로 나가 주차장 바닥에 드러누웠다. 실업수당을 줄 때까지 버티겠다며 돈을 주든지 얼어 죽게 놔두든지 마음대로 하라는 것이었다.

"저거 다 쇼예요. 쇼! 죽고 싶다는 인간이 깔깔이를 왜 껴입었대요."

노 팀장은 이참에 본때를 보여주겠다고 했다.

제풀에 지쳐 곧 일어나겠지 싶어 일단 반응하지 않았다. 한 시간쯤 지났을까. 남자가 여전히 그대로 누워 있었다. 저러다 사람 하나 잡는다며 보다 못한 취업팀장이 나가서 회유를 해봐도 들은 체도 안 했다.

"전우의 시체를 넘고 넘어 앞으로 앞으로."

남자가 느닷없이 군가를 부르기 시작했다. 추위를 견디기 위해서인지 목청껏.

"낙동강아 잘 있거라 우리는 전진한다아아."

사무실 안에 있던 민원인들이 웅성거렸다. 이 층 사무실에 있던 소장이 창구로 내려와 눈치를 주었다. 그 순간에도 노 팀장은 콧방귀만 꼈다. 나는 신원효 주무관에게 얼른 민원인 가족한테 전화해서 알리도록 했다. 첫째 아들은 아버지와 연을 끊고 산다며 자신에게 연락하지 말라고 되려 신신당부했고, 둘째 딸은 얘기 도중에 전화를 끊어버렸다. 다시 걸었을 때는 전화기가 꺼져 있다는 자동 수신음이 들렸다. 경찰에 신고하는 게 어떻냐고 신 주무관이 묻자, 노세영 팀장이 바닥을 쿵 차며 뛰어나갔다. 돌발상황을 막기 위해 나도 뒤따랐다.

"선생님이 무슨 짓을 하셔도 수당은 못 드려요. 얼른 일어나세요."

그리고는 노 팀장이 남자의 맞은편에 보란 듯이 드러누웠다. 군가를 부르는 남자와 호통치는 노 팀장 사이에서 이러지도 저러지도 못하고 나는 다시 사무실로 돌아왔다. 남자가 가져온 서류에 적힌 회사에 직접 전화를 걸었다. 얼마나 지났을까, 주차장에 2인용 자전거를 타고 오는 이가 나타났다. 그도 군복을 입고 있었는데 차이가 있다면 형형색색의 견장과 마크가 잔뜩 달려있어 굉장히 화려했다.

"야, 인마! 여기서 뭐 하냐? 다 제 불찰입니다"

회사 대표라는 이가 고개를 숙이자, 누워있던 남자가 그제야 일어섰다. 유원지에서 자전거 대여업을 하는데 코로나 때문에 W시 관광객이 줄어들어 직원들에게 이번 달 월급을 못 준 상태라고 했다. 어느새 두 남자는 서로 부둥켜안고 한참을 울었다.

"다시는 이런 일 없도록 하겠습니다."

커플처럼 2인용 자전거를 타고 두 남자는 돌아갔다. 그 모습을 함께 지켜본 노 팀장이 당당하게 말했다.

"거보세요. 나이롱 맞죠?"

사무실 안에서 직원 모두가 우리 쪽을 보았다. 그중에는 소장도 있었다. 그들에게서 밝고 편안한 표정은 찾아볼 수 없었다.

"팀장님, 적당히 좀 하면 안 돼요? 저 사람도 오죽 힘들면 저래요."

좋은 말로 돌려보낼 수는 없었을까. 이 사달이 난 데에는 노 팀장 책임이 크다고 생각했다.

"과장님! 저도 더 잘하고 싶은데요. 그러기에는 제 업무가 너무 많아요."

"아니, 갑자기 여기서 업무 분담 얘기가 왜 나와요?"

이런 흥분 상태의 모습을 다른 직원들에게 보이고 싶지 않았다.

"저 좀 따라오세요. 지금 당장!"

고용센터 뒤편으로 자리를 옮긴 우리는 나란히 걷기 시작했다. 아무 말 없이 한 바퀴, 두 바퀴, 계속해서 센터 건물을 빙빙 돌았다. 직원들이 창밖을 내다보고 있을지도 모른다. 풋내기 과장이 어떻게 노 팀장을 훈계할지. 제대로 꾸짖을 수나 있을지.

"제가 눈높이를 맞추라고 했잖아요!"

벌써 일곱 바퀴째였다. 고개를 반쯤 숙인 노 팀장의 시선은 한참 밑을 향하였다.

"그런 분은 닭이라니까요. 앞에 닭이 있다고 생각하면 굳이 싸울 필요 없잖아요. 안 그래요? 닭도 키우는 분이 왜 이렇게 말귀를 못 알아듣는 건데요."

열 바퀴, 열한 바퀴…… 노 팀장의 얼굴이 점점 더 굳어졌다. 입구 앞을 돌 때마다 나는 눈사람 몸통에 손을 뻗었다. 생채기 자국을 남기며 눈덩이가 조금씩 부서졌다. 마침내 노 팀장이 입을 열었다.

"……과장님도 제 입장이 한번 돼보세요."

"그게 무슨 말이에요?"

"저를 상대할 때는 제가 돼보시라고요. 그럼 제 심정을 이해할 텐데요."

그 말을 내뱉는 노 팀장의 입이 순간 닭의 부리처럼 보였다.

'이런 씨발 닭대가리……'

나는 끓어오르는 욕지거리를 간신히 누그러뜨렸다.

"먼저 안에 들어가세요. 저는 몇 바퀴 더 돌아야겠네요."

노 팀장이 어깨를 으쓱하며 사무실로 돌아갔다. 주먹을 쥔 손이 부르르 떨려 뭐라도 움켜쥐어야 했다. 옆에 있던 올라프 멱살을 잡자, 얼굴이 통째로 떨어져 바닥에 나동그라졌다. 혹시 누가 보지는 않았을까, 깜짝 놀란 나는 눈덩이에 달라붙은 흙을 홀홀 털어내고 올라프 얼굴을 급히 제자리에 올렸다.

회사에서 도망치고 싶었던 적이 내게도 있었다.

인사팀에 있던 학교 선배가 직장 생활은 결혼처럼 삼 년 차와 십 년 차를 잘 넘겨야 한다고 했다. 퇴사 생각이 간절해지는 때라며. 왜 두 번뿐이냐고 묻자, 십 년이 지나면 나이도 그렇고 딸린 식구가 많아져서 이직은 생각조차 할 수 없다고.

삼 년 차가 되었을 때, 나는 조직에서 제법 유능하다는 평판을 듣고 있었다. 분기별로 고용 전략을 발표하고 최저임금 인상을 위해서 밤샘 국회 대기도 마다하지 않았다. 삼 년 말쯤이었나, 미래 산업 변화에 따른 고용 대책을 브리핑한 적이 있었다. 인공지능 활용이 높아지며 기존 고용시장이 불안정해지는 대신 새로운 산업의 일자리가 다수 창출할 거라는 내용이 골자였다. 발표를 순조롭게 마쳤다고 생각한 그날 저녁, 예상과는 전혀 다른 뉴스가 보도되었다. 브리핑 참고 자료에 포함된 미래 소멸 직종 1위가 콜센터 상담원이라는 정보만 부풀려 자극적인 기사가 쏟아졌다. 정부의 어처구니없는 실언이라며 전국콜센터협회에서 담당자 문책을 포함한 공익감사를 제기했다. 연일 콜센터 직원들로부터 항의 전화가 걸려왔다. 통화 상대는 무엇을 도와드릴까요,라고 상냥하게 말하던 평소의 상담원들이 아니었다. 죄송하다,는 말을 너무 많이 해서 가끔 여보세요, 대신 튀어나오기도 했다. 평생 할 법한 사과를 며칠 동안 다한 듯했다. 도마뱀 꼬리처럼 전화선을 자르고 달아나고 싶었다. 정기인사를 앞두고 인사팀으로부터 전화가 걸려왔다. 선배는 별말 없이 이곳 고용센터로 발령을 내주었다.

12월 30일, 나는 팀장들을 다시 세미나실로 소집했다. 본부에서 지시가 떨어졌다. 코로나가 길어지고 고용 상황이 나아질 기미를 보이지 않자, 남부와 중부 지역에 고용센터를 추가설치하기로 한 것이다. 민간 임대 건물을 빌려 서둘러 개소를 추진하는 탓에 다른 고용센터에서 한 명씩 직원을 차출한다는 공문도 함께였다. 선택사항이 아닌 의무할당이었다.

"공문 다들 보셨죠. 누굴 추천하면 좋을지 의견 좀 나누자고요."

새로운 곳으로 파견을 희망하는 직원은 없었다. 누군가는 그것을 파견이 아니라 유배나 도박이라고 칭했다. 센터 소장이

나 과장 같은 윗선이 정해지지 않은 상태에서 섣불리 옮기는 일은 리스크가 컸다.

"이참에 노 팀장이 센터를 옮겨보는 건 어때요?"

취업팀장이 작심하고 운을 떼자, 노 팀장이 발끈했다.

"안 돼요. 거긴 집에서 훨씬 멀기도 하고……."

기업팀장이 말을 끊고 덧붙였다.

"방향이 반대라서 그렇지, 거리만 보면 여기랑 얼추 비슷할걸?"

나도 이때다 싶어 말했다.

"업무량도 줄고요."

노 팀장이 씩씩대며 못마땅한 기색을 내비쳤다.

"제가 일을 줄여달라고 했지, 언제 자리를 옮겨달래요?"

"아니, 제 말은 꼭 가라는 뜻이 아니라 거기서는 한 사람 몫만 하면 되니까요. 지금처럼 이분의 일을 더 하지는 않잖아요. 팀장님도 그걸 원하시고."

기업팀장이 다시 거들었다.

"승진만 생각해도 거기가 훨씬 낫지."

노 팀장이 자리에서 펄쩍 뛰었다.

"아니요, 전 싫어요!"

솔직히 말하면 이날 점심시간에 나는 다른 팀장들과 함께 중화 요릿집에 갔었다. 노 팀장은 닭 사료를 사러 가야 한다며 용달차를 몰고 자리를 비운 상태였다. 둥그런 회전 테이블에 세

사람이 삼각형 꼴로 앉았다. 우리는 깐풍기와 유산슬을 서로의 접시에 사이좋게 나누며 오후에 있을 회의 안건에 대해 미리 의논했다. 결과는 만장일치였다. 오늘 회의는 노 팀장의 거부 의사를 확인하는 선에서 중단되었으나 급할 건 없었다. 한 달 이내로 추천자를 정하면 됐다. 노 팀장과 마찰이 불가피하겠지만, 어쩔 수 없지 싶었다. 그때는 그것이 최선이라고 생각했다.

*

과장님, 안녕하세요. 신원효 주무관입니다. 긴급하게 말씀드릴 게 있어 연락드립니다. 보건소에서 방금 연락이 왔는데…….

새해 첫날부터 비상이 터졌다. 신 주무관의 여자친구 직장에서 코로나 확진자가 나왔다. 간밤에 보건소에서 연락이 왔는데 밀접 접촉자로 분류되어 코로나 검사와 함께 14일 자가격리 통보를 받았다고 했다. 검사 결과는 오후 늦게야 나온다고. 출근해서 알리자 다들 술렁거렸다. 신 주무관과 함께 점심을 먹은 직원들이 크게 동요했다. 다행히도 오후에 연락이 왔을 때 신 주무관은 음성이었다. 하지만 격리 중 한 번 더 검사를 받는다며 방역지침에 따라 본인도 당분간 집에 머물러야 한다고 했다.

문제는 노 팀장이었다. 신 주무관의 격리로 당분간 실업팀 업무를 혼자 맡아 해야 하는데 만약 신 주무관이 2차 검사에서

216

확진 판정을 받으면 다른 대책이 필요한 상황이었다. 노 팀장에게 선뜻 양해를 구하지도 못했다. 그날 퇴근하며 뒤를 돌아보니 노 팀장이 예전처럼 모니터만 노려보고 있었다. 관사에 도착하면 틀림없이 전화가 오리라 생각했다. 이번엔 뭐라고 설득을 하면 좋을지 난감할 따름이었다. 하지만 저녁을 먹을 때도, 잠이 들 때까지도 이상할 만큼 잠잠했다. 아침에 일어나자마자 핸드폰을 확인했지만 아무런 문자 메시지도 와 있지 않았다.

사무실에 출근하니 달걀 하나가 책상 위에 올려져 있었다. 보온 통에 담아왔는지 손에 쥔 달걀에서 온기가 느껴졌다. 지난번처럼 노 팀장이 직원 모두에게 돌린 것이었다. 책상에 툭 내려치자, 달걀 껍데기가 한꺼번에 싹 벗겨졌다. 그날부터 노 팀장은 두 사람 몫에 해당하는 업무를 혼자서 묵묵히 해냈다. 실업팀 창구에서 고성이 오갈 때는 평소보다 더 조마조마한 기분이 들었고 노 팀장도 그걸 의식한 듯 민원인과 맞서는 걸 자제했다. 정신적 스트레스까지 더하면 두 사람 몫, 그 이상일 수도 있었다. 그런데 노 팀장은 아무 내색을 하지 않았다. 며칠 야근까지 하면서도 그랬다.

W시에 기록적인 폭설이 내린 다음날이었다. 도시 전체가 눈더미로 변해 걸음을 떼도 진전이 없고 거의 기어가듯 출근했다. 눈앞에서 마을버스가 빙판길에 미끄러져 가로수를 들이받았다. 한파의 날씨인데도 사무실에 도착하니 등에서 진땀이 흘렀다. 아침에 노 팀장한테서 연락이 오진 않았지만, 이 정도 날씨

면 실업팀 창구는 비워야겠다고 생각하던 차였다. 그런데 9시
가 되기 직전, 용달차가 주차장으로 진입했다. 취업팀장이 제일
놀란 눈치였다.

"웬일이래?"

곧 노 팀장이 문을 열고 들어왔다. "새벽 6시에 출발했는데
하마터면 늦을 뻔했네요." 그러고는 가방에서 달걀을 꺼내 돌
렸다. 노 팀장이 건넨 달걀을 두 손으로 공손히 받았다. 일주일
내내 달걀을 받기가 미안했다. 성실하게 알을 낳는 닭처럼 노 팀
장은 두말없이 제 일을 처리했다. 두 배로 일하면서도 어떠한 불
평 한마디 없이. 그 마음이 고마우면서 무서울 정도였다.

신 주무관은 2차 검사에서도 음성을 받아 9일 만에 사무실
로 복귀했다. 직원들은 그간 안부를 건네며 차분한 분위기 속에
서 일과를 시작했다. 이날 오전에는 신규 고용센터에 보낼 파
견자를 결정하는 회의가 있었다. 소장의 주관하에 과장들이 세
미나실로 모였다. 네 귀퉁이에 점심 멤버들이 앉았다. 두 과장
은 모두 노세영 팀장을 꼽았다. 노 팀장이 가는 것이 본인 승진
에도 유리하고, 고집불통이 빠져야 센터 분위기도 좋아질 거란
이유였다. 계속 듣고 있자니 어쩐지 마음이 복잡했다. 뭔가 잘
못되고 있다는 생각마저 들었다. 본인이 원하지 않는 자리였다.
좀 제멋대로일지언정 노 팀장의 무턱댄 고집이 맞을 때도 있다
는 걸 알게 되었기 때문일까. 어쩌면 정말 그날 목격한 것 때문

인지도 몰랐다.

　지난주 금요일이었다. 직원들과 저녁을 먹었는데 그 자리에 노 팀장도 있었다. 연일 야근으로 피곤할 텐데 굳이 참석한 이유는 분명했다. 노 팀장은 자신을 잘봐달라고 필사적으로 노력하고 있었다. 코로나로 식당 영업시간이 단축된 만큼 직원들은 재빨리 술잔을 비우고 다시 채우길 반복했다. 모임을 파할 때까지 술에 취하지 않은 사람은 원래부터 술을 못 마시는 나뿐이었다.

　대리를 부르려고 했는데 노 팀장이 목적지를 말하면 다들 거절하는 식이었다. 밤중에 홀로 남겨두고 갈 수 없어 결국 내가 직접 노 팀장을 데려다주기로 했다. 가로등이 듬성듬성 놓여 있는 캄캄한 도로 위를 오래도록 달렸다. 노 팀장의 퇴근길도 매번 이랬을 것이다. 끝없이 이어지던 과수원 부지를 지나자 마을 언덕 어귀에 흰 양계용 비닐하우스가 보였다. 골목 끝자락에 있는 노 팀장의 집은 담장이 허물어져 안으로 단숨에 들어갈 수 있었다. 헤드라이트가 하우스 쪽을 비추자, 내복을 입은 노인이 빼꼼 고개를 내밀었다. 한 눈에도 병약해 보이는 노인이 다리를 절며 차 쪽으로 다가왔다.

　"달걀 주문이 밀렸는데 뭐 한다고 이렇게 늦냐? 싸게싸게 오지 않고."

　차에서 바삐 내린 노 팀장이 노인을 부축했다.

　"아버지, 추워요. 얼른 방에 들어가세요."

덩달아 나도 노세영 팀장의 아버지께 인사를 드렸다. 노 팀장이 그새 분주하게 움직였다. 창고에 들어가 소쿠리를 꺼내 오더니 숙련된 자세로 사료를 퍼 담았다. 그러고는 곧장 양계 하우스 안으로 들어갔다. 그런데 술이 아직 덜 깼는지 문을 꽉 닫지 않는 바람에 닭 무리가 밖으로 빠져나와 사방팔방 흩어졌다.

"닭 도망간다. 얼른 잡아라!"

어르신의 포효에 놀라, 엉겁결에 나도 달려나갔다. 담장 가운데 서서 골키퍼처럼 양팔을 벌려 닭을 막아섰다. 노 팀장이 빠른 걸음으로 닭을 쫓았다. 손을 뻗는 족족, 닭의 날갯죽지를 솜씨 좋게 휘어잡았다. 그런데 한 녀석이 거칠게 날갯짓을 하더니 노 팀장의 손아귀에서 빠져나와 대추나무 위로 올라앉았다. 담장 아래 뉘어 있는 대빗자루를 들어 떨어뜨리려 하자 닭은 그대로 날아올랐다. 정말이었다. 양계장 위를 빙빙 날고 있는 닭은 내려갈 곳을 찾지 못해 공중을 계속 돌았다.

"…… 과장님 생각은 어떠세요?"

결국, 내 차례가 왔다. 나는 입을 작게 벌린 채 아무 말 없이 고개를 끄덕였다. 흔쾌히는 아니었다. 손가락을 잘못 튕겨 금 밖으로 나가버린 돌멩이 하나가 눈앞에 그려졌다. 소장이 지압볼로 내 어깨와 목 뒷부분을 주무르며 말했다.

"과장이 어려운 일을 맡아줘야겠네. 서운하게 생각 말고."

노 팀장과 단둘이 말할 타이밍을 계속 놓쳤다. 점심을 같이 먹으려고 했으나 달걀을 싣고 어디 갈 데가 있는지 오전 근무가 끝나자마자 곧장 용달차를 몰고 나갔다. 민원 대기 줄이 끝나기를 기다렸다가 퇴근 이십 분 전에야 나는 실업팀 창구로 걸어갔다. 창밖에 진눈깨비가 힘없이 흩날리고 있었다.

"이번 파견 자리에 팀장님을 추천하기로 했어요. 좋은 기회라고 생각하시죠."

노 팀장이 자리에서 벌떡 일어섰다.

"과장님, 저는 싫다니까요. 그냥 여기서 일할 거예요."

누가 보면 해고 통보라도 받은 줄 알았을 것이다. 다행히 민원인은 아무도 없었다.

"싫다는 건 이유가 안 돼요. 공무원이 자리도 옮기고 그러는 거지. 원하는 대로만 이뤄지는 인사가 어디 있어요?"

하지만 노 팀장은 완고했다.

"저는 못 가요!"

"……그럼 누가 가요?"

"차라리 원효 씨가 가는 게 이치에 맞죠."

신 주무관이 옆에서 어이없다는 듯 한숨을 쉬었다.

"왜요?"

"지금 제가 누구 때문에 14일을 혼자 일했는데요."

정확히는 9일이었다.

"그건 불가피한 일이었잖아요."

노 팀장은 자리에서 발을 동동 굴렀다.

"실업팀 일은 제가 훨씬 더 하는걸요. 열심히 일하는 사람은 저인데 어째서 제가 불이익을 보는 거죠? 정말 이해가 안 되네요."

퇴근 시간이 가까워지고 있었다. 사무실 분위기가 냉랭했다. 아무래도 내일 다시 얘기해야겠다고 생각하며 자리로 돌아가는데 노 팀장이 나를 불러 세웠다.

"과장님! 차라리 투표를 해주세요. 다른 직원들도 같은 의견인지 묻고 싶네요."

지금 당장 정해야 할 일은 아니었다. 다들 불편한 기색을 보이기도 했고.

"네, 그런 방법도 한번 생각해볼게요."

5시 55분을 넘기고 있었다. 나는 컴퓨터 모니터를 껐다.

"지금 하면 안 될까요? 저는 뒤에서 이말 저말 나오는 건 딱 질색이거든요."

노 팀장이 뭘 믿고 저러는지 알 수 없었다.

"정말 그래도 되겠어요? 진짜 동의하는 거예요?"

"네, 과장님!"

오랜만에 출근한 신 주무관의 표정이 일그러졌다. 노 팀장이 정말 믿는 구석이 있는지도 몰랐다. 고용과에 근무하는 열다섯 명의 직원들 생각을 속속들이 알기는 어려웠으니까. 나는 제안을 받아들이기로 했다. 내 마음속에 있던 일말의 책임감 때문인지도 몰랐다.

"그래요, 그럼! 대신 인간적으로 눈은 감는 게 좋겠네요. 저만 보겠습니다."

지난번 간식을 정할 때와 같이 직원들은 제자리에서 손만 들면 됐다.

"자, 우리는 다른 센터에 한 사람을 추천해야 해요. 다시 말하지만 이건 좋은 기회일 수도 있어요. 먼저, 신원효 주무관을 추천하는 분?"

사무실에서 손을 든 사람은 유일했다.

"……자, 다음. 노세영 팀장을 추천하는 분?"

그때 내 표정은 어땠을까. 도대체 노 팀장은 무슨 생각으로 이런 짓을 벌인 걸까. 살며시 실눈을 뜨는 노 팀장과 눈이 마주쳤다. 주위를 둘러보더니 눈이 휘둥그레졌다. 이내 우당탕 소리를 내며 문을 박차고 뛰어 나가버렸다.

시계가 5시 59분을 가리켰다.

문이 채 닫히기도 전에, 다시 문이 열리며 누군가 안으로 들어왔다. 직원들 시선이 전부 입구 쪽으로 쏠렸다. 외투에 달라붙은 눈을 털어내며 민원인은 웅성대는 우리를 향해 물었다. 늦었지만 실업수당 요건을 확인할 수 있느냐고. 나는 직원들을 쭉 둘러보았다. 신원효 주무관이 알아들었다는 신호로 고개를 끄덕인 후 민원인을 자신의 창구 앞에 앉혔다. 이제 조만간 제대로 된 업무 조정이 필요할 거 같았다. 얼마만큼인지 가늠할 수 없지만 적어도 이분의 일이 아닌 것은 분명했다. 따지고 보면 그게 다 무슨 의미가 있는지 모를 일이었다.

투표 탓에 퇴근 시간이 6시 반을 넘었다. 평소보다 늦은 시각이었다. 센터를 빠져나가는데 누가 뒤에서 쳐다보고 있는 것 같아 돌아보자, 올라프였다. 며칠 날씨가 포근하다 싶더니 왼팔 하나가 바닥에 떨어져 있었다. 나는 나뭇가지를 주워 원래 있던 자리에 깊숙이 꽂아주었다. 점점 굵어지는 눈발 상태가 심상치 않은 게 밤새 또 눈이 쏟아질 것 같았다. 노 팀장은 어디로 간 걸까? 센터 꼭대기 층을 올려다보니 불이 켜져 있었다. 너무 놀라지 않으면 좋을 텐데……. 나는 불이 꺼질 때까지 좀 더 기다렸다가 집으로 돌아갔다.

*

다음날 노세영 팀장은 별말 없이 출근했다. 그다음날은 연가를 썼다. 양계장 지붕이 폭설에 주저앉았다고 했다. 노 팀장이 센터를 떠나기 전까지 서먹서먹한 날들이 이어졌다. 하루는 책상에 놔둔 푸른 달걀 하나가 보였다. 허기진 오후였고 나는 그것을 집어들었다. 책상에 톡 치자, 껍데기가 아주 작은 수십 개의 조각으로 쪼개졌다. 잘못 삶아 그런지 오래 둬서 그런지 달걀이 잘 까지지 않았다. 두툼한 흰자가 껍데기와 함께 훅 떨어져나가기도 했다. 지저분하게 벗겨진 달걀을 통째로 입속에 넣었다. 맛은 그런대로 흡족했다. 한참을 씹는데 혀가 날카로운

224

조각에 찔린 느낌이 스쳤다. 휴지에 먹던 것을 뱉자 붉은 피가 섞여 나왔다. 미세한 달걀 껍데기도 보였다. 치아 사이에 낀 이물질을 손가락으로 끄집어냈다. 뼈나 발톱처럼 단단한 그것은 병아리 다리 같았다. 기이한 형체였다. 혀에서 계속 피가 나서 휴지가 붉게 물들었다. 상처는 쉬이 낫지 않았다. 한동안 말이 어눌했고 맵고 짠 음식은 베인 부위가 아물 때까지 피했다. 혓바닥이 더는 예민하게 반응하지 않을 무렵, 본부로 돌아오라는 연락을 받았다. 정식 인사는 한참 뒤였지만 나는 직원들과 일일이 작별 인사를 나눴다. 인사를 다 돌았는데도 어쩐지 허전한 마음이 들었다. 마스크 때문에 끝까지 직원들 얼굴을 제대로 못 봐서일까? 오랜 시간 고민하다가 퇴근하면서야 깨달았다. 센터를 지키던 눈사람이 녹아 사라졌다는 걸.

구덩이

훗날 안태평은 그날을 이렇게 회고할 것이다. 8월 13일 금요일, 꼭 13일의 금요일이라서가 아니라 꼭두새벽 취급소에서 짐을 실을 때부터 조금 이상한 기분이 들었다고. 배정된 짐들을 화물칸 안쪽부터 차곡차곡 쌓다 보면 테트리스처럼 균일하고 반듯한 벽 모양을 이루기 마련인데 여느 날과는 상황이 달랐다. 사각형 계열의 상자뿐만 아니라 각양각색의 짐들로 가득했다. 말린 고추 보따리부터 중고 에어컨, 대나무 돗자리, 취급주의 딱지가 붙은 도자기 세트, 그리고 통기타와 소파까지. 물건들의 면면만 보면 택배라기보다 어느 가정집의 이삿짐 같았다. 화물칸을 다 채우고도 남아 있는 생수 꾸러미는 조수석에 마저 실었다. 그런 뒤에야 태평은 차의 시동을 걸었다.

'폭탄'이라 불리는 상자가 개중에 포함된 사실은 뒤늦게 알았다. 심장병으로 퇴사한 최 씨의 배송 구역 중 하나인 산비탈을 오르던 중이었다. 갑자기 펑, 하는 소리가 났다. 처음 겪는 일은 아니었다. 김치 같은 발효식품은 압력 탓에 포장 비닐이 터지곤 했는데 여름철에는 더위를 먹어서 그런지 자주 폭발했다. 며칠 동안 차 안에서 쉰내가 나는 걸 막으려면 곧장 조치가 필요했다. 잠시 정차한 뒤 안태평은 화물칸에서 문제의 상자와 김칫국물이 튄 상자들을 추려냈다. 구덩이에 빠진 것은 그로부터 몇 분 후였다. 차에서 내린 태평은 상자를 옮기다가 발을 헛디뎠고, 약한 지반이 함께 내려앉으며 삼 미터 아래로 고꾸라졌다. 처음에는 발목을 약간 삐끗한 정도에 불과하다고 대수롭지 않게 받아들였다. 심각할 필요는 없었다는 건데 살다 보면 누구나, 한 번쯤, 생각지 못한 순간에 미끄러질 수도 있는 것 아니겠는가, 그거였다.

*

마른 체구의 현재 모습과는 달리 안태평은 유년 시절 내내 동네에서 소문난 비만으로 통했다. 그렇다고 아이들에게 놀림을 받진 않았다. 태평과 잘 어울렸기 때문이다. 주유소 사장한테서 휘발유 냄새가 나듯 빵집 아들에게는 도넛 모양의 뱃살이 자연스러워 보인 것이다. 지방 소도시의 중심부에 위치한 서양 제과점은 그 지역을 대표하는 만남의 장소였다. 사람들은 기분 좋은 빵 냄새가 나는 제과점 앞에서 매번 약속을 잡았다. 태평의 아버지는 하나뿐인 아들이 엄마의 빈자리를 느끼지 않도록 끔찍이 아꼈다. 단적인 예로 당일 저녁까지 못 팔고 남은 빵을 절대 먹이지 않았다. 오븐에서 갓 구워 나온 뜨끈뜨끈한 빵만 먹였다. 태평의 옷에서 늘 고소한 버터 냄새가 났기 때문에 친구 녀석들은 그가 다가왔음을 단숨에 알아차렸고 몇몇은 자신도 모르게 꿀꺽 군침을 삼키곤 했다.

구십년대 중반을 넘어서면서 연일 경기 불황이 계속되었다. 태평의 아버지는 제과점 매출 부진을 상쇄하고자 재료비를 줄이는 방안을 찾았고 밀가루 거래업체를 바꿔 단가를 절반으로 낮췄다. 그로부터 몇 개월 뒤 어느 지역신문에 소보로빵에서 구더기 사체가 나왔다는 기사가 실렸다. 주재료인 밀가루가 원인이었으므로 바게트와 단팥빵에서도 똑같은 이물질이 나오는 건 시간문제였다. 잘 알려진 가게였던 만큼 구더기 소문 또한 삽시간에 퍼졌다. 이를테면 제과점 앞에서 만나기로 한 사람들이 만나자마자 하는 얘기가 글쎄 그 소문 들었나, 하며 가게 안을 손가락질하는 식이었다. 그렇게 이십 년을 넘게 쌓아온 명성을 하루아침에 똥칠해버렸다. IMF 이후로 제과점의 채무 상태는 공갈빵처럼 부풀어올랐고 동네에 프랜차이즈 빵집이 하나둘 생기면서 마침내 서양 제과점 앞에서 더는 빵 굽는 냄새가 나지 않게 되었다. 신용불량자가 된 태평의 아버지는 야반도주를 결심했고 어린 태평을 할머니 댁에 맡긴 후 잠적해버렸다.

시골에서 태평은 두 할머니의 보살핌을 받았다. 첫날부터 태평은 이모할머니를 친할머니로 착각했는데 둘의 외모가 닮

왔기 때문이었다. 정말이지 이마와 볼에 잡힌 주름의 깊이나 모양까지 한 쌍의 호두처럼 똑같았다. 하지만 자매는 외모를 제외하곤 비슷한 점이 거의 없었다. 성격부터 취향까지 전부 달랐다. 할머니는 가요무대를 시청하다 눈물을 흘렸다면 이모할머니는 돋보기안경을 끼고 조간신문을 읽으며 혀를 차는 타입이었다. 욕실 천장을 기어오르는 꼽등이를 보고 몸이 굳는 이와 두루마리 휴지부터 찾는 이는 혈액 속 유전자부터 다른 게 분명했다. 그렇게 둘은 다른 만큼 서로의 부족한 부분을 채워주고 있었다. 태평은 할머니가 쪄준 감자 몇 알을 들고 이모할머니의 공방에서 자주 시간을 보냈다. 이모할머니는 도자기 장인이었고 공방은 좋은 놀이터였다. 특히 공방 모퉁이에는 제과점 오븐처럼 따뜻한 아궁이가 있어 길고양이와 함께 바닥에 누워 낮잠을 자곤 했다. 까무룩 잠이 들었다가 아궁이 안에서 깨어난 적도 있었다.

태평은 매일 흙을 가지고 놀았다. 도자기 재료로 사용되는 흙은 밀가루처럼 입자가 곱고 부드러웠다. 곁눈으로 배운 이모할머니 작업 방식을 흉내내며 태평은 비뚤어진 컵과 그릇을 만들었다. 갈고닦은 재주가 무심코 드러난 적도 있었다. 빗물에 젖은 안마당 흙으로 두꺼비집을 만들었는데 기둥의 위치와 구도가 절묘해 며칠이 지나도 부서지지 않고 형태를 유지한 것이었다. 이모할머니의 도움으로 두꺼비집 마당에 미끄럼틀과 예쁜 정원이 생겼다. 태평은 언젠가 이런 집에서 살아봤으면 좋겠다고 생각했다. 하루는 툇마루에서 백자 하나를 발견한 태평이 뚜껑을 열어보았다. 동여맨 한지 속에 흰 가루가 가득했다. 때마침 바람이 불어 가루 일부가 날아가버렸는데 그날은 처음으로 이모할머니께 호된 야단을 맞았다. 그건 누군가의 뼛가루였다. 이모할머니는 한동안 공방에도 나가지 않고 멍하니 먼 산만 바라봤다. 유골함을 땅에 묻던 날, 태평은 이모할머니에게 꽃병을 만들어 선물해주었다. 태평은 흙으로 무언가를 만드는 일이 자신의 적성임을 본능적으로 깨닫고 있었다. 당시 대한민국은 금 모으기 운동이 펼쳐지는 중이었고 마을 이장은 애국정신 운운하며 가가호호 금붙이를 수거해갔다. 태평이 만든 도자기 또한 시장에 내다팔 수 있을 만큼 정교하고 세련된 형태를 갖춰가던 즈음, 연락이 두절됐던 아버지가 돌아왔다.

시골생활을 마치고 태평은 아버지를 따라 서울 인근의 학교로 전학을 갔다. 그리고 다시 평범한 학생이 되었다. 키가 훌쩍 자랐으나 다 닳은 비누처럼 몸이 말라 있었다. 더는 빵 냄새도 나지 않았다. 일 년 이상 학교를 쉰 터라 동급생들보다 나이가 많았지만 별 탈 없이 학창 시절을 마무리했다. 다만 진학 과정에서 실수를 범했는데 희망했던 건축학과가 문과인 줄 착각한 것이었다. 고등학교 졸업을 앞두고 할머니와 이모할머니 모두 흙으로 돌아갔다. 수도권 4년제 대학의 경영학과에 들어간 안태평은 건축학 수업을 청강하며 졸업 학기에는 건축사무소 영업직으로 입사하게 된다. 다행히 적성에는 전문적인 설계보다 영업 업무가 더 잘 맞았다. 대단한 실적은 아니어도 태평이 맡은 고객들 대다수가 단골이 될 만큼 영업 수완이 좋았다.

*

그러던 어느 날 안태평의 삶에 중대한 분기점이 찾아왔다. 돌연 사랑에 빠진 것이다. 그동안 몇 명의 여자친구를 사귀긴 했지만 제대로 된 감정을 느낀 것은 그때가 처음이었다. 공과 사를 엄격히 분리해왔기에 고객이었던 그녀와 그렇게 되리라 곤 예상치 못했다. 첫 만남은 건축사무소에서 이뤄졌다. 영업이 끝난 시각에 캐리어를 끌고 나타난 그녀는 막무가내로 자기 집을 수리해달라고 졸랐다. 이튿날 다시 오라고 했음에도 그녀는 완고하게, 아니 거의 반강제적으로 태평을 집에 끌고 갔다. 사무소에서 오백 미터쯤 떨어진 빨간 벽돌집이었다. 연식이 오래되긴 했지만 혼자 사는 주택치고는 꽤 큰 편이었다. 집을 오래 비워두었는지 방 안에서 특유의 찬기가 느껴졌다. 무엇보다 이국적인 아로마 향기 때문에 후각이 마비된 것 같았다. 가장 먼저 눈에 띄는 건 개조한 주방이었다. 붙박이 싱크대를 서재로 사용 중이었다. 집에서 음식은 일절 안 만들어 먹겠다는 강한 의지를 확인할 수 있었다. 수도꼭지 입구는 마개로 막았고 배수구는 뚜껑을 테이프로 덮은 다음, 선인장 화분을 그 위에 올려놓았다. 곧게 자란 식물의 뾰족뾰족한 가시가 그녀의 라이프 스타일을 대변하는 듯했다.

　그녀는 여행기고가로 유명 잡지부터 낚시나 골프 관련 지면에까지 다양한 종류의 글을 발표했다. 찬장에는 기념품으로 수집한 컵들이 일렬로 세워져 있었고 그 뒤로 각 나라의 고유어로 제목이 적힌 책들이 꽂혀 있었다. 에펠탑과 만리장성 같은 건축물을 축소한 마그네틱이 냉장고 문을 가득 채웠다. 그 옆에는 몇 달 동안 마셔도 끄떡없을 양의 생수통이 쌓여 있었다. 쓰레기통은 배우 김혜자 얼굴 상표가 박혀 있는 일회용 도시락의 무덤이었다. "국민 엄마잖아요. 제 밥을 책임지시죠." 그녀가 내준 마테차는 쓰고 텁텁했지만 태평은 "그래, 바로 이 맛이야"라고 화답했다. 두 사람은 문제의 안방으로 들어갔다. 빈 어항이 침대와 화장대 사이에 놓여 있고 천장 벽지가 누렇게 바랜 것으로 보아 비가 새는 듯했다. 연중 해외에서 체류하는 기간이 더 길다는 그녀는 전 세계의 국가가 몇 개인 줄 아느냐고 태평에게 물었다. 태평이 머뭇대는 사이, 지구본에 표기된 국가는 전부 237개로 가능한 모든 국가를 가보는 게 자신의 버킷리스트라고 밝혔다. 현재까지 대략 80개국을 다녀왔으니 겨우 삼 분의 일을 넘겼다고. 이 집은 한국에 오면 투숙하는 호텔처럼 사용하고 있어서 잠시 머무는 동안 수리를 마쳐야 한다고 덧붙였다.

　다음날 오후, 태평은 다시 그녀의 집에 들렀다. 이번에는 건축설계사와 함께였다. 금이 간 천장은 간단한 시공으로 말끔하게 수리되었다. 어항은 원래 자리로 옮겨졌다. 그다음날에도 태평은 그녀의 집을 방문하였다. 확인차 들렀다고 했지만, 퇴근 이후였고 둘의 시선이 잠시 하나로 겹쳐졌다. 두 사람은 스페인 산 포도주를 나눠 마신 뒤 알파카 털을 깎아 만든 러그 위에서 사랑을 나눴다. 이후에도 태평은 주기적으로 그녀의 집을 찾았 다. 둘이 정식으로 교제를 한 것은 아니었다. 그녀의 귀국 시기 에만 만났으니 보기에 따라서는 이상한 사이였다. 하지만 이런 관계가 각자에게 더 잘 어울린다고 믿었으며, 그러는 동안 태평 은 다른 애인을 만나고 헤어지길 반복했다. 그렇더라도 그녀가 귀국하면 예외 없이 그녀의 집으로 향했다.

하루는 사랑을 나누고 정신을 차려보니 드레스룸 안이었 다. 독특한 전통의상이 몇 벌 걸려 있는 옷장 옆에 비밀스럽게 숨어 있는 물건이 보였다. 금고였다. 그녀는 여행지에서 기록한 노트와 사진을 이곳에 보관한다고 했다. 정말로 금고 안은 독서 실 책상을 옮겨놓은 것처럼 수십 권의 노트가 여행지별로 꽂혀 있었다. 몇 권을 꺼내 읽어보니 완성된 형태의 글이 아니라 현 지에서 순간순간 느낀 소회나 낙서들에 불과했다. 그녀는 자신 의 마음이 가장 솔직하게 표현된 기록이라고 말했다. 바꿔 말하 면 금고에는 여행지 고유의 분위기와 정서는 물론, 그녀가 살면 서 느꼈던 고민과 성찰 모두가 담겨 있는 셈이었다. 금고를 열어 둔 채로 두 사람은 이제껏 누구에게도 해본 적 없는 깊고 내밀한 얘기들을 나눴다. 때때로 얘기 도중 울음이 터져나오기도 했다. 그녀의 귀국이 잦아질수록 둘의 사이는 점점 더 깊어져 갔다.

태평은 그녀가 집을 비운 기간에도 이따금 그녀의 집에 들렀다. 호우경보가 발효되면 혹 창문이 열려 있지는 않나 확인하기 위함이었다. 싱크대 선반에 꽂혀 있는 책 몇 권을 빌려갔다가 제자리에 두고 오기도 했다. 고고한 자태의 선인장 앞에서 태평은 그녀와의 재회를 기다렸다. 지구 반대편에서 텔레파시를 보낸 건 그녀도 마찬가지였다. 그녀는 외국에서 그간 겪어보지 못한 향수병을 앓는 중이었다. 심지어 현지 공항에서 멀미까지 했다. 처음 있는 일이었다. 신비로운 자연의 풍광 앞에서도 사진을 찍을 마음이 들지 않았다. 귀국일만 손꼽아 기다리는 자신이 어리석을 정도였다. 그녀에게 한국은 일을 마치고 휴식할 겸 잠시 머무는 곳이었는데 언제부턴가 그리운 고향처럼 느껴졌다. 머무는 기간도 조금씩 더 길어졌다. 물론 그때마다 태평을 만나며 시간을 보냈다. 태평에게 다른 애인이 생겼다는 사실을 알게 된 날에는 그녀답지 않게 맹렬히 화를 냈다. 태평을 내쫓고 대문 비밀번호까지 바꿔버렸다. 이 일에 대해서라면 출국 전 보건소에서 맞은 예방주사의 부작용 탓이라고 믿고 싶었지만, 미열과 어지러움의 정체를 언제까지 외면할 수는 없었다.

마침내 그녀는 터키의 관광명소인 카파도키아의 열기구 위에서 완전히 승복해버렸다. 이스탄불에 도착한 지 닷새만이었다. 여행 노트에는 며칠째 아무런 기록도 없이 아놀드 J. 토인비가 말한 터키는 인류문명의 옥외 박물관이란 표현만 적혀 있을 뿐이었다. 공중에 떠오른 열기구에서 신혼부부 커플의 사진을 찍어주는 도중 그녀 역시 누군가와 함께 있고 싶다는 강렬한 열망에 사로잡혔다. 멀리 보이는 기암괴석처럼 처절한 고독함을 느꼈다. 만약 이대로 열기구가 사고로 떨어진다면 제일 후회되는 일이 무엇일까, 그녀는 착륙과 동시에 깨달았다. 숙소에 돌아온 그녀는 가장 빠른 항공편을 검색한 뒤 예정에 없던 귀국을 감행했다. 인천공항에 도착했을 때는 이른 아침이었다. 무리한 일정 탓인지 콧물이 나고 감기 증상을 보였다. 핸드폰을 켜자마자 그녀는 태평에게 연락해 저녁에 집에서 보기로 약속을 잡았다. 돌아오는 지하철 안에서 그녀는 태평을 만나 어떻게 고백을 하면 좋을지 고민했다. 왼손에는 캐리어가, 오른손에는 면세점에서 고른 밥솥이 들려 있었다. 집에 도착한 그녀는 싱크대 위의 선인장을 베란다로 치운 다음 주방을 복원하기 시작했다. 수도꼭지를 틀자 녹물이 콸콸 나오더니 곧 투명해졌다. 도시락이 아닌 밥 한 끼를 손수 차려줘야겠다고 결심한 뒤부터는 일사천리였다. 태평이 좋아하는 빵과 쿠키도 구울 생각에 마트에서 재료도 넘치게 사왔다. 밀가루를 양푼에 풀고 곱게 휘저은 달걀 노른자를 섞어 반죽했다. 밥솥이 기차처럼 칙칙 소리를 내며 분주하게 돌아가기 시작했다. 그녀는 몇 년 만에 가스 밸브를 열었다. 감기 때문이었을까, 그녀는 오래전 강풍에 긁혀 벗겨진 호스에서 새어나오는 미세한 기체를 감지하지 못했다. 가스는 아로마 향기에 섞여 좀 더 강한 향취를 낼 뿐이었다. 그녀는 거실 안쪽 어항 위에 걸린 시계를 보았다. 태평이 오기 전까지 요리를 완성하기에 충분한 시간이었다. 그녀는 콧노래까지 흥얼거리며 프라이팬에 기름을 두른 다음 가스레인지의 불을 켰다.

도시 주택가에서 커다란 폭발음이 들렸다. 빨간 벽돌집은 순식간에 잿더미로 변했다. 주방은 완전히 소실되었고 그녀는 형체를 알아볼 수 없는 주검으로 발견되었다. 화재를 진압한 뒤 남아 있는 것은 오직 금고뿐이었다. 사고 소식을 듣고 달려온 그녀의 가족들은 화재사고 전반이 다 의문투성이었다. 터키로 출국한 그녀가 어째서 조기 귀국을 했는지, 요리하는 모습을 한 번도 본 적이 없는데 가스 밸브가 화재 원인이었다는 것도 수상했다. 금고 안의 노트들은 또 뭐란 말인가? 하지만 가족들은 이전에도 그녀를 정확히 이해한 적이 없었던 사실을 인정해야만 했다. 한편, 그녀가 콧노래를 흥얼거리던 그때 태평은 아파트 준공을 앞두고 현장 시찰 중이었다. 동일한 가재 설비가 갖춰진 호실을 수십 번 오가며 무료함을 느끼던 차였다. 어디선가 강한 폭발음이 들려왔다. 태평은 베란다에서 검은 연기가 뿜어져나오는 곳을 확인한 후 그대로 바닥에 주저앉았다. 그녀에게 전화를 걸었지만 연결되지 않았다. 그 자리에서 한동안 일어서지 못했다. 태평의 요청으로 가족들은 그녀를 공항이 내려다보이는 언덕에 묻었다. 태평은 금고 안에 담겨 있던 노트 글귀를 모아 한 권의 책으로 묶었다. 그렇게 그녀 삶의 일부분을 지켜냈음에 안도했다. 하지만 더는 일터로 돌아갈 마음이 들지 않았다.

회사를 관둔 안태평은 저축해둔 목돈에 퇴직금을 더해 전

국각지를 돌아다녔다. 그녀가 세계 일주를 하는 동안 자신은 우리나라 전국을 돌겠다던 어처구니없는 농담을 실천하기로 한 것이다. 하지만 남해 지역을 이동하던 중 태평은 담당의로부터 아버지 병환이 심상치 않다는 전갈을 받았다. 아버지는 병원에 입원한 날부터 장사를 접은 후 쳐다보지도 않던 빵을 내놓으라고 성화였다. 심지어는 빵으로 취급도 안 했던 붕어빵까지 가져오라고 고집을 부렸다. 밀가루 음식이 환자에게 좋을 리 없었다. 합병증이 일었다. 위급한 고비를 넘길 때마다 아버지는 식사를 마치며 유언을 남겼다. 아침을 거르지 말아라. 국은 천천히 식혀 먹어라. 눈물 젖은 빵을 먹어본 사람만이 인생의 기쁨을 안다. 유언은 매일매일 갱신되었고 그날은 잠이 들기 전에 이런 말을 했다. "붕어빵에 붕어가 없구나." 마지막으로 던진 그 말을 끝으로, 칠십 년의 파란만장한 삶을 마쳤다. 이제 태평은 정말 혼자가 되었고 통장 잔액도 얼마 남지 않은 상태였다.

남부지방으로 이사한 태평은 이전 세입자에게 잘못 도착한 택배를 돌려준 일을 계기로 택배 업무를 시작하게 되었다. 일은 생각보다 잘 맞았다. 송장에 적힌 장소에 물건만 전해주면 되니 단순했고 수십 개의 물건을 나르다 보면 하루가 뚝딱 흘러갔다. 마지막 물건을 배송하고 길을 건너던 어느 날이었다. 태평은 횡단보도 위에 길게 늘어진 자신의 그림자를 신기한 듯 바라보았다. 마을버스와 오토바이, 수많은 종류의 차량이 그림자를 밟고 지나갔다. 스스로 수십 번도 넘게 죽었다고 생각하며 건너편으로 뛰어갔다. 이후에도 태평은 종종 그림자의 죽음을 목격하였다. 의도해서 본 게 아니라 우연히 그렇게 보게 되었을 뿐이었다. 그림자는 덤프트럭에 깔려 뭉개지거나 저수지 한가운데 빠져 허우적댔고 고층 빌딩의 옥상에서 뛰어내리기도 했다. 그렇게 태평은 점점 삶에 무덤덤해졌다. 도시 전체가 정전된 어느 밤, 불과 몇 분 만에 다시 불이 켜졌지만, 태평은 자신의 집 전등만이 완전히 꺼졌다는 사실을 알았다. 아침이 될 때까지 촛불도 켜지 않았다. 그때도 그림자는 벽장 뒤에서 태평을 물끄러미 내려다보고 있었다.

*

　구덩이는 미리 준비해 파놓은 것처럼 한 사람이 눕기에 알맞았다. 최초 가벼운 부상으로 추측한 것과는 달리 통증이 계속 심해졌다. 시간이 지나자 눈에 띌 만큼 다리가 퉁퉁 부어올랐다. 마음대로 몸을 움직일 수 없었다. 끈끈이를 밟은 생쥐의 기분이랄까, 답답함과 현기증이 일었다. 태평은 아예 딴생각을 하는 편이 좋겠다 싶어 하늘을 올려다보았다. 파란 하늘에 구름이 제각각의 모양대로 흘러갔다. 하트 모양의 구름이 지나간 자리에 강아지 구름이 나타났고, 꽈배기 구름 위로 새무리가 날아가는 순간에는 눈코입이 달린 피에로 얼굴처럼 보였다. 누워서 하늘을 감상하는 게 얼마만의 일인지 몰랐다. 그 상태로 태평은 선잠에 빠져들었다. 깨어났을 때는 몸이 찰흙처럼 굳어 있었다.

구름 상태가 심상치 않았다. 금방이라도 비가 쏟아질 거 같았다. 그제야 태평은 구조 요청을 시도했다. 여보세요, 는 어쩐지 어색하고, 이때만 해도 살려주세요, 할 만큼 절박하지는 않았다. 습관처럼 택뱁니다, 말하고는 허탈하게 웃었다. 한참 뒤 '카톡' 하고 응답이 왔다. 화물차에 두고 온 핸드폰에서 나는 소리였다. 새끼 짐승의 울음 같은 카톡 소리는 한동안 계속됐다. 몸을 강제로 일으켜세우려고 하자 이쑤시개를 쑤셔넣는 듯 통증이 밀려와 입이 떡 벌어졌다. 태평은 자리에 뻗어버린 채 뒤늦게 신음을 내뱉었다. 뺨에 빗방울 하나가 떨어지더니 정신을 차릴 새도 없이 소낙비가 줄기차게 쏟아졌다. 비를 맞는 태평은 정신이 맑아지는 듯 이상한 환각에 빠져들었다. 빗줄기는 무자비한 폭격 소리를 내며 대지를 마음껏 적셨다. 구덩이 아래로, 토사와 낙엽이 쓸려 내려오기 시작한 때도 그 무렵부터였다.

태평은 본능적으로 팔을 길게 뻗었다. 제일 먼저 닿은 건 구덩이에 함께 떨어진 택배 상자였다. 비에 젖어 물컹해진 상자는 쉽게 구겨졌다. 이 상황에 뭐라도 도움이 될 만한 물건이 나오길 기대하며 태평은 재빨리 상자를 뜯었다. 첫 번째 상자에서는 예상대로 잘 익은 김치와 참기름이 담긴 소주병이 나왔다. 구덩이 모퉁이에 치워둔다는 게 그만 김칫국물을 왕창 쏟고 말았다. 다음 상자를 개봉하자 토익 수험서가 나왔고, 마지막 상자에는 홈쇼핑에서 묶어 파는 여성용 옷 몇 벌이 담겨 있을 뿐이었다. 와중에도 태평은 기지를 발휘해 토익 엘씨와 알씨 책을 얼굴 양옆으로 평행하게 세우고 원피스를 위에 걸쳐 천막을 만들었다. 그 밑에서 잠시나마 비를 피해 거친 숨을 골랐다.

구덩이 밖에서 안으로 흘러 내려오는 물줄기가 바닥에 고이지 않도록, 태평은 땅을 파기 시작했다. 비에 젖어 축축해진 흙은 밀가루 반죽처럼 손쉽게 다룰 수 있었다. 유년 시절 두꺼비집을 만들던 기억이 떠올랐다. 꿈을 꾸고 있는 것 같았지만 손톱 끄트머리에 박힌 흙 알갱이가 선명했다. 같은 자리를 연속해서 파내자 구덩이 바닥에 빗물이 흘러 내려가는 수로가 생겼다. 곧 구덩이 한쪽 벽면에 땅굴 모양의 대피소가 만들어졌다. 태평은 몸을 한 바퀴하고 반을 더 굴려 겨우 땅굴 아래에 들어갔다. 하지만 그것도 잠시뿐, 폭포수처럼 쏟아지는 빗물이 금세 구덩이를 저수지처럼 만들었다. 더는 차오르는 빗물을 감당할 수 없었다. 함께 떠밀려온 모래더미가 수로와 임시 천막을 무너뜨렸고 태평의 비명에도 불구하고 빗물은 무심하게 태평의 입속으로 마구 들어갔다. 땅굴이 푹 꺼지는 소리가 들렸다. 폭우는 좀처럼 그칠 것 같지 않았다.

태평이 다시 깨어났을 때는 몸 위에 토사가 가득히 쌓여 있었다. 처음엔 인견 소재의 모포를 덮은 것처럼 서늘하기만 했는데 이내 한겨울 이불 밑에 눌린 무게감이 느껴졌다. 답답한 마음에 꺼내달라고 소리쳤지만 입이 벌어지지 않았다. 손가락 하나도 까닥할 수 없었다. 생각해보니 의식을 되찾은 후, 눈을 한

번도 깜빡이지 않은 듯했다. 태평은 이 상황이 좀 낯설어서 잠시 그대로 있었다. 조심스레 죽은 건가, 추측했다. 온 힘을 다해 일어서려고 시도해봤지만 아무 일도 일어나지 않았다. 코드가 뽑힌 기기마냥 부팅 자체가 안 된다는 사실만을 분명히 인지할 뿐이었다.

이번에는 힘을 아예 빼보았다. 그러자 신기한 일이 벌어졌다. 태평은 점점 가벼워짐을 느끼며 몸에서 빠져나왔다. 구덩이 위로 그림자가 검은 웅덩이처럼 모습을 드러냈다. 액체가 증발하듯 그림자 형태로 자연스럽게 빠져나온 것이었다. 움직일 수도 있었는데 태평의 의지대로였다. 의식만큼은 여전히 살아 있었다. 사실 이걸 의식이라 부르는 게 맞는지 모르겠지만 태평은 분명히 자신의 존재를 인식하고 있었다. 태평의 그림자가 자리에서 벌떡 일어섰다. 어떤 면에서 움직임은 이전보다 더 자유로웠으나 신체로부터 완전히 분리될 수는 없었다. 고무줄같이 늘어났다가 줄어드는 것만 가능했다. 힘을 주면 앞으로 나아갔고, 힘을 빼면 순식간에 제자리로 돌아왔다. 남은 감각이라곤 오직 보고 듣는 것뿐이었다. 다른 대상이나 물체에 힘을 가할 수도 없었다. 그래서 태평은 땅 아래 파묻힌 자신의 얼굴을 보지 못했다. 어제의 폭우가 무색하리만큼 화창한 날씨였다. 빗물이 마르는 사이 흙도 다시 딱딱해졌다. 구덩이는 사십 도를 웃도는 지열을 받으며 하나의 도자기처럼 굳어가고 있었다.

구덩이에 걸터앉아 태평은 앞으로 펼쳐질 상황을 생각해

보았다. 화물차는 바로 옆에 멈춰 있고 당장 오늘까지 물건을 배송받기로 한 고객들의 항의가 빗발칠 것이다. 그 사실을 알게 된 지점장이 연락해올 테지만 태평이 전화를 받을 수는 없는 일이었다. 그나마 다행인 것은 화물차 내비게이션에 실시간 위치 정보가 포함되어 마음만 먹으면 누구라도 이곳까지 찾아올 수 있다는 것이었다. 회사는 고객들에게 자신의 물건이 어디쯤 와 있는지 지도상에 표기되는 서비스를 제공했다. 결국, 누군가 이곳에 도착해 태평에게 사고가 있었음을 알게 될 테고 블랙박스에는 태평이 추락하는 순간이 생생히 담겨 있을 거였다. 태평은 흘러내린 토사로 단단히 메워진 구덩이를 내려다보며 비로소 죽음을 실감했다.

몇 시간 후, 발걸음 소리와 함께 핸드폰 벨 소리가 울렸다. "꼬불꼬불 꼬불꼬불 맛좋은 라면⋯⋯" 화물차 앞까지 도착한 남자가 다급히 전화를 받았다. 태평은 남자의 주위를 뱅뱅 돌며 '여기요! 여기 사람이 있어요!' 불러봤지만 남자는 조금도 반응하지 않았다. 유쾌한 벨 소리와 달리 남자는 통화 상대에게 연신 고개를 숙이며 죄송하다는 말을 반복했다. "네, 오늘부터 아르바이트를 시작합니다. 라이브 카페에서요. 그러니까 조금만 더 기다려주세요. 부탁드립니다." 그렇게 통화를 마쳤다. 빚을 많이 진 듯 보였다. 태평은 옆에서 대화를 엿들었을 뿐이지만 본인의 잘못처럼 숙연해졌다. 이윽고 남자는 화물차 창문을 두드리며 택배 기사를 찾았다. 아무런 응답이 없자 화물칸으로 성큼 들어가서는 택배 상자를 뒤지기 시작했다. 송장을 일일이 확인하던 중 마침내 자신의 이름이 적힌 물건을 발견하고 꺼냈다. 그 안에는 금빛의 관악기가 들어 있었다.

악기 몸통에 밸브와 피스톤을 끼우자 근사한 트럼펫이 완성됐다. 남자는 직접 악기를 불며 계이름 소리가 정확히 나는지 확인했다. 그리고 다시 어딘가로 전화를 걸었다. "6시까지 가겠습니다. ······ 아모르 파티요? 네, 그럼요. 트로트든 뭐든 연주 가능합니다." 남자가 입은 티셔츠 뒷면에 시립교향악단이라고 적힌 글자가 희미하게 보였다. 태평은 제때 배송하지 못해 남자가 이곳까지 찾아오게 한 것을 마음을 다해 사과했다. 트럼펫 남자가 떠난 뒤, 다시 혼자가 되었다. 태평은 나무에 기대어 후루룩 짭짭 멜로디를 흥얼거렸다. 언젠가 남자의 트럼펫 연주를 직접 들어보고 싶다는 생각과 함께.

땅거미가 질 때까지 구덩이 주변은 고요했다. 토요일에는 회사도 일찍 문을 닫으니 월요일이 돼서야 직원이 찾아오겠구나 싶었다. 이틀 동안 꼼짝없이 묻혀 있는 신세였다. 태평은 나무 꼭대기에 올라가보았다. 몸에서 멀어질수록 그림자 폭이 점점 좁아지더니 정상에서는 나이테 한 줄처럼 보였다. 때마침 구덩이 근처에 짐승 한 마리가 나타났다. 들개였다. 시체 냄새를 맡고 왔는지 코를 쿵쿵거리며 구덩이 가장자리를 맴돌았다. 비쩍 마른 게 몹시 굶주려 보였다. 축 늘어진 젖꼭지를 보니 숲 어딘가에 새끼를 낳은 후인 듯했다. 들개는 구덩이 밑으로 뛰어내

릴까 말까 고민하더니 괜히 앞발로 흙을 파헤쳤다. 그렇게 한참
을 낑낑대다가 돌아갔다. 나무 위를 향해 컹컹 짖어대는 통에
깜짝 놀란 태평이 힘을 빼자 그림자는 순식간에 구덩이 아래로
자취를 감췄다.

땅 밑은 또 다른 밤의 세계였다. 그저 밤일 뿐이라고 생각
하자 그런대로 지낼 만했다. 잠을 자려고 누웠는데 구덩이 밖에
서 삭삭거리는 소리가 들렸다. 들개가 또 왔나, 싶어 올라가보
니 핸드폰 불을 켠 채 멀리서 누군가 다가오고 있었다. 가까이
서 보자 낮에 왔던 트럼펫 남자였다. 모자를 눌러쓰고 마스크로
얼굴을 가려 겨우 알아차렸다. 남자는 주위를 살핀 후 운전석
에 올라가 시동을 켰다. 헤드라이트가 사위를 밝혔다. 화물차가
곧 이동하기 시작했고 태평이 그 뒤를 쫓았다. 차를 따라잡는
건 태평에게 어려운 일이 아니었다. 낚시터가 보이는 호수 근처
에 이르러서야 화물차가 멈춰 섰다. 차에서 내린 남자는 블랙박
스를 바닥에 내동댕이쳤다. 박살이 난 부품들을 호수 멀리 던졌
다. 태평의 작업복과 핸드폰도 마찬가지였다. 어째서 남자는 이
런 일을 벌이는 걸까. 태평은 혼란스러웠다. 이로 인해 구덩이
에서 발견될 가능성이 희박해졌고 심지어는 자살로 추정될 수
도 있었다. 잠깐 딴생각을 하는 사이, 태평은 순간이동 하듯 구
덩이로 되돌아왔다.

시간은 계속 흘렀다. 밤낮이 수십 번 넘게 바뀌는 동안 별

다른 인기척은 없었다. 산짐승들뿐이었다. 까마귀 떼가 구덩이 밑에 내려오면 날아갈 때까지 숨죽이며 지냈다. 놈들한테 잘못 걸렸다간 부리로 온몸을 난자당할지도 몰랐다. 들개는 다음날 인가 한 번 더 어슬렁대더니 처음보다 일찍 포기하고 물러섰다. 들개보다 청설모가 더 위협적이었다. 작고 재빨라 구덩이를 마음껏 오르내릴 수 있었고 녀석의 이빨은 태평의 눈알과 입술을 파먹을 만큼 충분히 날카로웠다. 태평의 바람이 있다면 최대한 빨리 발견되는 것이었다. 그래 봤자 죽은 상태겠지만, 눈앞에서 자신의 뼈와 내장을 보게 되는 상황만은 피하고 싶었다. 며칠이 더 흐르자 마음이 바뀌었다. 시신 수습이 어렵다면 영원히 발견 되지 않는 쪽도 괜찮을 것 같았다. 구덩이에 흙과 낙엽이 점점 더 쌓여갔다. 날짜를 세는 건 진작 관두었다. 가지에 달린 나뭇 잎 수를 헤아리며 가을이 지나가는 걸 알았다.

그날은 아침부터 싱숭생숭한 날이었다. 골프공 하나가 구 덩이에 운석처럼 떨어졌다. 태평은 홀인원! 하고 말한 뒤 누군 가 이 공을 찾으러 오지 않을까 내심 기대하며 구덩이 밖에 머물 렀다. 산비탈 아래까지 나가보았지만 헛수고였다. 밥도 안 먹고 잠도 덜 자니 하루가 참 길었다. 그렇게 또 밤이 되었다. 태평은 밤하늘을 올려다보았다. 멀리 별똥별 하나가 떨어졌다. 수명을 다한 별은 이제 어디로 가는 걸까. 아득한 우주에 흐트러진 별 무리를 바라보며 태평은 문득 북극성을 나침반 삼아 길을 찾았 던 옛 유목인들을 떠올렸다. 자신에게 잘 살아왔는지 묻고 싶었다. 안태평의 삶에는 안태평이 있었나? 아버지의 마지막 유언이 떠오르는 순간이었다. 그때였다. 구덩이 아래로 그림자 하나가 다가온 것은. 바람에 흔들린 나뭇가지거나 야생짐승일지 몰라 태평은 주위를 둘러보았다. 눈에 띄는 것은 없었다. 아주 멀리서 왔는지 실오라기처럼 가느다란 그림자 하나가 태평의 옆에 서 있을 뿐이었다. 나란히 선 그림자로부터 체온이 전해오는 기분이었다. "혹시 당신이 와준 거야? ……그렇지?" 선인장 가시처럼 곧은 그림자는 아무 말 없이 태평의 곁에서 그렇게 한참을 머물다가 사라졌다. 다시 홀로 남겨진 자신의 그림자를 바라보며 태평은 왈칵 눈물을 쏟았다. 보고 싶은 사람들이 떠올랐다.

*

첫눈이 내린 다음날, 두 남자가 구덩이 부근에 찾아왔다. 한 남자의 손에는 택지지 같은 도면이 들려 있었다. "묫자리로 이만한 곳이 없지요. 기업 총수가 명당을 찾아달래서 내가 전국 각지를 돌아다녔다고. 대충 기초 공사도 해뒀지." 좋은 기운이 흐르는 곳이라고 했다. 지금처럼 수맥이 흐르는 자리에 조상을 모시면 관이 시커멓게 썩어서 악재가 겹친다고, 남자는 하루라도 빨리 쾌적한 이곳으로 이장하라 권했다.

며칠 후, 인부 몇 명이 굴삭기를 몰고 왔다. 굴삭기 버킷이 구덩이 가장자리를 허물고 흘러내린 토사를 쓸어 담았다. 흙이 짓눌릴 때마다 태평의 몸도 요동쳤다. 한 번은 태평의 정수리 바로 위까지 버킷이 내려와 흙을 퍼갔고 그 반동으로 오른쪽 신발이 토사 위에 솟아올랐다. 그 모습은 마치 질문이 있어 손을 든 것처럼 보였다. 운전기사가 긴급하게 브레이크를 밟았다. "안에 사람이 있는 거 같은데?" 인부들이 구덩이 아래로 조심스레 내려갔다. 삽으로 땅을 고르자, 소주병과 상자 쪼가리가 하나둘 나오기 시작했다. 누군가 짧은 비명을 질렀는데 지저분한 원피스를 발견한 직후였다. 너부러진 토익책과 함께 태평의 시신도 모습을 드러냈다. 그렇게 태평은 영문도 모른 채 자신을 내려다보는 얼굴들과 마주했다. 악취가 나는지 코를 막고 인상을 찌푸린 이도 있었다. "저건 피 아닌가요?" 토사에 섞인 그것은 김칫국물이었다. 이 상황을 지켜보던 인부 대표가 근심 어린 표정을 지었다. "거참 큰일이로구먼……." 관이 도착하면 곧장 땅에 묻으려 했는데 시신이 나왔다는 걸 알고도 유족이 흔쾌히 응할지 의문이었다. 묫자리에도 다 임자가 있어서 이유를 불문하고 먼저 차지한 이의 자리를 뺏으면 안 된다는 관례가 있기 때문이었다. 소식을 접한 유족은 일단 관할 경찰서에 신고부터 넣었다.

경찰이 현장에 도착했다. 구덩이에서 나온 물건을 바깥에 일렬로 늘어놓았다. 태평의 시신은 크게 훼손되지 않아 보였다. 남자의 말대로 명당은 명당이었다. 인부들 사이에서 태평에 관한 다양한 추측이 오갔다. 소주병을 보고는 알코올 중독자다,

토익책을 근거로 백수거나 실업자다 등등 열띤 설전이 벌어졌다. 찢어진 여성용 옷가지가 상상의 폭을 넓히는 기폭제 역할을 했다. 눈에 띄는 상처는 없었지만 산 채로 매장됐을 가능성도 제기되었다. 때마침 구덩이 아래 있던 경찰이 종이 쪼가리 하나를 줍고는 큰소리로 외쳤다. "저기, 김광찬 씨 신상 조회 좀 해주세요." 토익책이 담긴 상자 송장에 적힌 이름이었다. 당연하게도 김광찬 씨는 멀쩡히 살아 있었고 언젠가 주문한 도서 택배가 제때 오지 않았던 일을 기억해냈다. 그제야 경찰은 택배 회사에 연락을 취했다. 직원 중에 안태평 씨가 오래전에 갑자기 연락이 끊겼다는 점장의 설명을 들을 수 있었다. '8월 13일 배송 예정'으로 표기된 송장이 증거물로 채택되었다. 태평의 사망 추정일도 같은 날짜가 되었다.

경찰은 산비탈 인근 도로에 설치된 CCTV 감식을 통해 화물차를 몰고 간 남자를 긴급 수배했다. 태평은 한동안 경찰의 수사를 따라다녔다. 남자는 라이브 카페에서 트럼펫 연주를 하던 중에 붙잡혔다. 그는 억울해하며 자신이 화물차를 팔아치운 것은 맞지만 누군가를 죽인 적은 결코 없다며 눈물로 호소했다. 경찰 조사 직후 남자는 물품 갈취와 시신 유기로 구속되었다. 블랙박스를 고의로 부수고 호수에 빠뜨린 일이 결정적 증거로 작용했다. 게다가 남자는 그때까지도 신용불량자 상태였다.

이름 안태평, 나이 38세, 무연고사망자. 부모님이 모두 돌아가셨고, 미혼인데다 그와 연락이 닿는 사람은 없었다. 보통 이런 경우에는 시청에서 화장을 대신한 후 시립 납골당에 안치했다. 태평도 예외는 아니었다. 다만, 화장 순서가 밀려 있어 일단은 대기였다. 태평은 자신의 의식이 머물 수 있는 시간이 얼마 남지 않았음을 알았다. 경험하지 않아도 저절로 알게 되는 것들이 있었다. 그전에 태평은 둘러보고 싶은 곳들을 떠올렸다. 먼저 유년 시절을 보낸 빵집부터 가보았다. 실내 골프연습장으로 바뀐 그곳은 성황리에 영업 중이었다. 카운터에 앉아 졸고 있는 주인집 아들의 얼굴이 골프공처럼 동그랬다. 다음으로 할머니와 이모할머니의 묘소로 이동해 차례로 인사를 드렸다. 나란히 있는 봉분 모양이 쌍둥이처럼 똑같았다. 그 가운데에는 태평이 이모할머니께 선물로 준 꽃병이 놓여 있었다. 그녀가 살았던 빨간 벽돌집 자리에는 고층의 숙박업소가 세워졌다. 선인장 모텔,이라고 적힌 간판이 보였다. 태평은 그곳에서 움직이는 그림자가 나타나기를 기다렸다. 그녀를 만나 세계 일주를 떠나고 싶었다. 빛의 속도면 일 초에 지구를 일곱 바퀴 반도 돌 수 있으니까. 하지만 그림자는 좀처럼 눈에 띄지 않았다. 한참을 기다리던 중 그녀가 어디에선가 그림자 여행을 즐기고 있을 거란 생각이 들었다. 곧 다시 만나게 되리란 예감이 들자 아무렇지 않게 되었다. 태평은 가뿐히 제자리로 돌아갔다.

화장터에서 태평의 차례가 왔다. 용광로에 들어갔다 나오면 태평은 이제 새하얀 흙으로 바뀌어 있을 것이다. 납골당 실내에 균일하게 배치된 안치단이 투명한 금고처럼 보였다. 그 안에는 고인의 사진과 추억이 깃든 물건들이 유골함과 나란히 담겨 있었다. 둥그렇게 굴곡이 진 유골함의 형태가 언뜻 구덩이 모양을 닮았다. 태평의 몸이 점점 뜨거워졌다. 열기를 식히고자 태평은 하늘 위로 날아올랐다. 흰 구름을 뚫고 로켓처럼 우주 상공에 진입했다. 뒤로는 달이 보였다. 태평의 몸에서 불꽃이 타올랐다. 몸이 훨씬 더 가벼워짐을 느끼는 순간, 지구 반대편의 어느 작은 마을에서 망원경으로 밤하늘을 올려다보던 꼬마가 큰소리로 외쳤다.

"와! 별똥별이다."

서류를 덮고 잠든 소설가의 몽상

- 서희원(문학평론가)

1. 직업을 가진 소설가

세상에 소설은 많지만 소설가는 소설만큼 그렇게 쉽게 눈에 띄지 않는다. 자신의 얼굴을 타인에게 노출시키는 여타의 직업인과는 달리 소설가는 글이라는 중간 매개를 통해 독자들을 만나기 때문이기도 하고, 글쓰는 작업이 일정한 경제적인 소득을 발생시키지 않는 경우 직업이라고 당당하게 말할 수 없는 돈이 되지 않는 시간의 비실용적 사용이거나 쑥스러운 부업에 속하기 때문이기도 하다.

이런 사정과는 달리 대중들의 상상 속 소설가는 친근하며, 꽤나 낭만적인 모습으로 존재한다. 정시에 출근하는 일군의 직장인들이 거리를 바쁘게 뛰어간 후 상상 속 소설가는 아주 천천히 하루를 시작한다. 늦은 아침식사라고 부르기보다는 브런치라고 호칭해야 잘 어울릴 것 같은 유럽풍의 소박한 식사를 하고 작가는 작업실로 향한다. 헐렁한 낡은 스웨터에 편한 바지를 입은 작가는 오전의 소란이 지나간, 하지만 오후의 허기가 아직 오지 않은, 한적한 거리를 나른하게 걸으며 오랜 시간 산책을 한다. 때론 햇빛 좋은 카페의 야외테이블이 작가의 작업실이 될 때가 있다. 소설가는 지나가는 사람들과 도시의 풍경을 보며 노트에 뭔가를 메모한다. 부지런히 움직이는 펜은 소설가의 느긋한 태도와는 달리 그의 머릿속이 글이 될 수 있는 주제와 단어들을 조합하며 분주하게 움직이고 있다는 것을 보여주는 일종의 시그널이다. 소설가는 다른 근로자들이 성과와 이득을 위해 바쁜 시간을 보낼 때 자아 계발이나 창작열을 촉진하는 문화적 생산과 소비에만 자신의 시간을 사용하는, 자본주의적 타임 테이블의 방외인으로 묘사된다. 약간의 차이는 있겠지만 창의적 작업을 하는 프리랜서 작가들의 모습은 다소 낭만적인 하나의 전형을 가지고 있다고 해도 과언은 아니다. 등장인물을 멋지게 표현해야 하는 대중적 픽션을 통해 만들어진 것이 분명한 이러한 소설가의 이미지는 일종의 신화이다.

출판산업의 번창 이후 등장한 엄청난 숫자의 작가들을 떠올린다면 의외라고 여길 수 있지만 자신이 쓴 글을 팔아 생계를 유지하는 전문 저술가나 전업작가는 아주 소수에 불과하다. 최근 미디어에 자주 등장하는 웹툰이나 웹소설 작가의 놀라운 소득은 아주 예외적인 몇몇 작가의 것이지 모든 작가들의 경제적 상황을 대변해주지 않는다. 작가를 목표로 꾸준히 글을 쓰거나,

작가로 활동하는 모든 사람들 중 자신의 글을 통해 삶을 여유롭게 유지하는 사람들의 숫자는, 약간의 과장을 통해 말하자면, BTS를 알고 있는 한국의 모든 사람 중 BTS와 직접적으로 관계를 맺고 있는 사람들이 차지하는 비율 정도일 것이다. 대부분의 창작자는 우리 주변에서 볼 수 있는 평범한 직업인들처럼 아침이면 출근을 하고 직급으로 분화된 직장에서 고된 일을 한 후 돌아와 모두가 쉬거나 잠든 시간에 묵묵히 작업을 한다. 많은 소설가들은 쪽방에서 쪽잠을 자며 쪽글을 쓰고 있다. 이 고뇌의 조각들이 모여 한 편의 소설이 되고, 책이 된다.

뮤즈는 평등하다고 말을 해야 할지, 아니면 특별한 패턴이 없다고 말해야 할지 모르겠지만, 글쓰기에 사용할 수 있는 시간과 경제의 여유가 많다고 그것이 꼭 좋은 작품으로 탄생하는 것은 아니다. 어떤 경우는 오히려 이것이 반비례할 때 더 좋은 결과를 만들어내는 것처럼 보이기도 한다. 출판이 하나의 산업이 된, 그래서 전업작가라는 직함을 가질 수 있었던, 근대 이후 등장한 작가들의 약력을 통해 문학사를 대략적으로 살펴봐도 위대한 작품을 쓴 대다수의 작가들은 밥벌이를 위한 직업을 가지고 있었으며, 퇴근 후 시간을 쪼개 글을 썼다. 《천로역정》을 쓴 존 번연은 떠돌이 땜장이였고, 브론테 자매(샬럿, 에밀리, 앤)는 가정교사였으며, 시인 T.S. 엘리엇은 은행원, 잭 런던은 부두 노동자, 아서 코난 도일은 내과의사, 조지프 콘래드는 상선 선원, 카프카는 보험국 직원이었다. 《백경》을 쓴 허먼 멜빌은 포경선

일을 그만둔 후, 여러 가지 허드렛일을 전전하다 마흔 일곱에 부두 세관원이 되었고, 그는 그 일을 십구 년 동안 계속하며 직업이 만들어준 약간의 여가 시간에 글을 썼다.* 한국도 사정은 다르지 않다. 이광수와 염상섭, 이태준은 신문기자였고, 이상은 카페를 운영했으며, 채만식은 신문기자를 거쳐 금광 브로커 일을 했다. 전상국은 교사였고, 박상륭은 캐나다로 이민을 떠나 병원 시체실의 경비원 일을 했고, 하성란과 구효서는 출판사에 근무했다. 조현은 사립학교의 교직원이고, 김희선은 약사로 일하고 있다. 지금처럼 많은 소설가들이 대학이나 문학 아카데미에서 글쓰기를 가르치는 일을 할 수 없었다면 대부분의 소설가들은 다른 직업을 전전하며 시간의 빈틈을 찾고 그곳에서 글을 쓰고 있었을 것이다. 마치 〈아침이 있는 삶〉의 주인공 '나'처럼 말이다.

시나리오 작가인 '나'는 "한 번도 회사생활을 해본 적이 없었고 그와 비슷한 직업군을 갖겠다는 생각도 전혀 하지 않"으며, "오직 시나리오 작가만을 바라보고 살아"(79쪽)온 사람이다. 뒤돌아보지 않고 한 길만 걸어왔다는 '나'의 작가적 자부와는 달리 "서른아홉"(77쪽) 살까지 제대로 된 경제활동을 하지 않는 자식을 바라보는 부모의 시선은 걱정으로 가득했다. 부모는

---

* 소설가들의 직업에 대해서는 존 맥스웰 해밀턴, 승영조 옮김, 《카사노바는 책을 더 사랑했다 - 저술 출판 독서의 사회사》, 열린책들, 2005, 48~60쪽에서 발췌 인용하였다.

'나'의 동의도 받지 않고 "국립묘지 직원 채용"(79쪽)에 지원한 후 협박과 회유를 통해 면접까지 보게 하여 기어코 '나'를 그곳에 취직시킨다. "젊은 사람들은 심심해서 여기서 오래 못 버틸 거"라는 나이든 동료들의 말과는 달리 국립묘지 일은 '나'에게 "잘 맞는 편이었다."(80쪽) 성공한 작가가 되고 싶었던 '나'에게 중요한 것은 직장에서의 출세나 높은 급여가 아니라 글을 쓸 수 있는 "개인적인 시간 확보"(80쪽)이기 때문이다. '나'에게 국립묘지의 다소 여유 있는 노동 환경은 "업무를 하면서도 틈틈이, 퇴근 후에는 온전히, 시나리오 작업을 병행할 수 있"(80쪽)는 더할 나위 없는 직업의 조건이 되었던 것이다.

〈아침이 있는 삶〉의 '나'에게 글쓰기의 여유를 만들어주는 공무원이라는 신분은《근로하는 자세》에 수록된 다른 작품의 주인공들이 가진 대부분의 직업―〈함께 일하고 싶습니다〉의 '나'는 시청 공무원이며, 〈근로하는 자세〉의 주인공은 환경부 사무관이고, 〈일과 이분의 일〉의 '나'는 고용센터에서 과장으로 근무하고 있다―이기도 하고 작가 이태승의 실제 직업이기도 하다. 앞에서 길게 서술한 것처럼 직업을 가진 소설가가 세상에 이태승 작가 한 명밖에 없는 것은 아니지만 직업을 가진 소설가라는 상황은, 작가가 노동하며 살아가고 있는 국가 행정조직의 구성원이라는 신분은,《근로하는 자세》를 보다 세밀하게 읽기 위한, 그래서 더욱 흥미롭게 읽을 수 있는, 좋은 시작점이 된다. 대부분의 소설가들이 그랬던 것처럼 자기의 생생한 경험이 뿌리내리고 있는 일상이야말로 그 작가의 개성이 배양되는 풍요로운 토양이기 때문이다. 관료주의사회의 구조적 모순과 갈등에 뿌리를 내리고 살아갈 수밖에 없는 공무원이라는 신분은 학교나 출판사, 사설 아카데미 같은 문학의 재생산 구조에 복무하며 이러한 경험을 반영해 소설을 쓰는 다른 소설가들의 작품과 이태승의 소설이 결정적으로 구분되는 토대가 된다.

2. 극적이지 않은 일상의 재현 : 주인공은 실패하고, 소설가는 완성한다.

소설가 이태승의 직업과 상황이 〈아침이 있는 삶〉에 등장하는 주인공 '나'의 모습과 일정부분 유사하다면, 우리는 주인공의 모습과 서사의 전개에서 작가가 투영하고 있는 어떤 열망이나 좌절, 고민을 읽을 수 있지 않을까. 직접적으로 이 물음은 다음과 같은 질문으로 제시될 수 있을 것이다. 시나리오를 계속 쓸 시간적 여유를 갖기 위해 국립묘지를 관리하는 공무원으로서의 삶을 선택한 '나'는 바라던 것처럼 원하던 작품을 완성하여 작가로 성공했을까? 서사는 이렇게 전개된다. 처음으로 정시에 출근하는 직업을 갖게 된 '나'는 새로운 문제에 직면한다. 일정한 시간의 노동이 비로소 아침이 있는 삶을 가능하게 한 것이 아니라 노동하는 육체가 아침 몫의 칼로리를 요구하기 시작한 것이다. "오히려 이 일을 시작하고 문제라 할 것은 밥이었다. 정확히는 아침! (……) 아침을 못 먹으면, 커피도 못 마셨다. 여기서 구태여 내 만성질환인 과민성대장증후군까지 설명할 필요는 없겠다. 굶은 상태로 카페인부터 들어가면 필히 배탈이 났다. 그렇다고 커피를 안 마시자니 두통에 시달려 일은커녕 하루 종일 아무것도 못했다. 문제의 발단은 결국 아침에 있었다."(81쪽)

국립묘지를 관리하는 일의 노동 강도가 다른 직업에 비해 세지 않더라도 공무원의 육체는 관료제가 만들어낸 타임테이블을 따라 작동하는 법이다. '나'는 '아침이 있는 삶'을 위해 매주 일요일 부모의 집으로 찾아가 반찬을 챙겨가기 시작한다. "엄마의 반찬과 만나게 된 것"은 "유년 시절 짝과 재회한 것처럼 반갑고 새삼스러"(82쪽)운 일이었지만 사회생활을 통해 한층 발달한 '나'의 미각은 학창 시절에도 만족하지 못했던 엄마의 요리 실력에 쉽게 적응할 수 없었다. '나'는 잘 풀리지 않는 시나리오 작업과 신인의 작품을 유령작가 신분으로 각색해야 하는 자존심 상하는 상황에 스트레스를 받자 이를 반찬에 대한 불평으로 쏟아낸다. 감정싸움이 있었지만 결국 "미식가"(89쪽)처럼 품평을 하던 '나'의 요구를 받아들인 엄마는 이전과는 격이 다른 정갈하고 맛있는 반찬을 만들기 시작한다. 하지만 엄마는 이에 대한 대가로 "앞으로 집에 올 때는 매주 쓴 시나리오를 가져"(92쪽)올 것을 지시한다. 평생 드라마를 보고 살았던 "왕년에 문학소녀"(92쪽) 엄마와 "미식가" 아들은 마치 한석봉과 그의 어머니가 불 꺼진 방에서 글을 쓰고 떡을 썰었던 것처럼 서로의 작업을 비교하고 독려하는 처지가 된 것이다.

　자식을 위한 어머니의 정성과 어머니를 만족시키려는 자식의 성의가 만나 그 옛날의 감동적 설화처럼 극적인 성장을 이루는 결말로 아름답게 완성될 수 있을까? 소설의 서사는 실화의 기록이 아니기에 작가는 상황을 만든 후 자신이 의미 있다고 판단되는 결말을 선택한다. 이태승의 선택은 이렇다. 엄마의 반찬이 상업적 경쟁을 견딘 식당의 요리처럼 맛깔스럽게 변모해 가는 것과 달리 '나'의 창작은 대중매체의 다양한 작품을 보고 살아온 엄마의 눈에는 재미없고 이해가 안 가는 습작에 불과했다. "아이디어는 고갈됐고 아무것도 쓰지 못했다. 그렇게 한 주가 또 흘렀다."(95쪽) '나'는 순간의 고통을 모면하기 위해 각색하던 신인의 시나리오를 가져가게 되고, 이 작품에 엄마는 처음으로 칭찬을 쏟아놓는다. 다른 작가의 작품 일부를 허락받지 않고 가져오는 것도 충분히 비난받을 만한 일이지만 작품 전체를 자신이 쓴 것처럼 속이는 행위는 이미 작가라고 부를 수 없는 처신이다. '나'의 선택은 창작의 고뇌를 모면하기 위한 궁여지책에서 출발하였지만 이 순간 '나'는 자신이 그토록 원하던 작가의 삶에서 스스로를 탈락시킨 것이다. 자괴감과 죄책감에 시달리던 '나'는 월급으로 부모의 선물을 사서 연락도 없이 집을 방문하게 되고, 엄마의 양손이 "볼펜 하나 손에 쥘 수 없을 만큼 안 좋아졌"(99쪽)고 곧 수술해야 한다는 사실을 알게 된다. '나'

가 맛있게 먹었던 반찬은 손을 쓸 수 없는 엄마를 대신해 이혼한 이모가 만들어놓은 것이었다. 유령작가가 도용한 작품에 엄마가 감탄했던 것처럼 '나'는 유령셰프의 반찬에 감격하고 있었던 것이다. 더 이상을 기대하고 있던 독자에겐 아쉽겠지만 서사에서 중요한 사건은 이것이 마지막이다. 더 이상 극적인 깨달음이나 반전은 없다. 엄마는 수술을 받고 세월의 흐름에 더욱 쉽게 노화되며 마침내 죽음으로 사라지고, '나'의 삶은 작가가 아닌 공무원으로 귀착된다. "언제부턴가 더는 시나리오를 쓰지 않았다."(106쪽) '나'의 담담한 말처럼 아침이 있는 삶은 창작의 고뇌가 없는 삶으로, 하지만 내 몫의 가정이 있는 안온한 일상으로 변모된 것이다.

우린 흔히 '극적(劇的)'이라는 단어를 통해 일상에서 경험하게 되는 놀라운 반전이나 충격, 변화 등을 표현한다. 이때 '극적'이라는 수식어는 그것이 현실이 아닌 극(drama)에서 경험한 것과 같은 긴장이나 감동이 일상에서 발생했을 때를 말하며, 경험의 차원에서 극과 삶이 얼마나 다른지를 알려준다. 대개의 소설가는 우리의 지리멸렬하고 반복적인 삶을 재현하지만 그것이 어떤 사건이나 깨달음을 계기로 계란의 껍질과 같은 단단한 일상의 벽을 깨고 나아가는 순간을 서사의 핵심에 배치하며 이를 통해 '극적'이라고 표현하는 미적인 경험을 독자에게 제공한다. 하지만 이태승의 서사적 전략은 〈아침이 있는 삶〉에서도 읽어낼 수 있는 것처럼 극적인 순간이 삶의 상례가 아니라 예외에 불과하다는 것을 알려주는 것에 있다. 다르게 말하자면 이태승은 극적인 순간의 폭발보다는 이 모든 감동과 놀라움도 결국엔 다 지나가버리게 만드는 일상의 강력한 관성에 보다 많은 관심을 가지고 있는 것이다.

이러한 서사 전략을 확인할 수 있는 다른 작품은 〈오종, 료, 유주〉이다. 작품의 제목을 이루고 있는 단어는 등장인물들의 이름으로, 주인공인 '나'와 오랫동안 연인으로 지내고 있거나 낯선 여행지에서 우연히 만나 격정적이라고 표현할 수 있는 감정의 돌출을 선사해주는 인물들이다. '나'와 유주는 흔히 말하는 사내커플이다. 둘은 "입사 동기라는 공통점과 동기 가운데 유일한 남녀 솔로"(167쪽)라는 접점을 가지고 있었지만, "그보다 집 방향이 같았"(167쪽)다는 인연으로 인해 가까워지기 시작하였다. 흡연을 하는 유주와 담배를 피우진 않지만 그녀를 위해 "뒷주머니에 라이터를 넣고 다니"(167쪽)는 친절함과 센스를 가진 '나'는 곧 연인이 되지만 그들은 사내 연애를 달가워하지 않는 조직문화 때문에 이를 비밀에 붙인다. 약간의 조심이 동반된 그들의 연애는 이런 식이었다. "때늦은 휴가를 쓰기로 결심한 무렵, 몇 년 만에 재개봉한 〈블루라군〉을 유주와 함께 봤고, 우리는 영화 배경이 된 남태평양의 작은 섬으로 떠나는 항공편을 예약했다. 나는 목요일, 그녀는 토요일. 사내 연애를 감추기 위해 주말 전후로 휴가 계획을 달리 잡은 것이었다."(168쪽)

영화의 배경지로 떠나는 사람의 기분에는 영화에서 영향

을 받은, 즉 극적이라고 할 수 있는 로맨틱한 사건과 만남, 깨달음을 동반한 감동을 기대하는 마음이 깔려 있을 것이다. 이런 여행객의 기분에 답하듯, 아직 오지 않은 연인을 기다리던 '나'의 눈에 한국말을 사용하는 청년 둘이 들어오게 된다. '나'는 스스럼없이 서로의 감정을 표현하는 두 사람의 모습에서 그들이 동성커플임을 알게 된다. 그들과 세 번째 만나게 되는 스노클링 투어에서 '나'는 파도에 휩쓸려 위험한 상황에 빠지고, 이런 '나'를 "그들 중 한국어를 하는 남자"(171쪽)가 구해주게 된다. 이를 계기로 '나'는 동성커플과 인사를 하게 되고, "한국인 이름은 오종, 일본인 이름은 료스케"(171쪽)란 사실과 "교환학생으로 한국에 온 료스케가 다큐멘터리 동아리에 들어가면서"(171쪽) 배우와 연출로 시작된 관계가 연인으로 발전하였다는 사연을 듣게 된다. 오종과 료(료스케)는 "지난주부터 여기에 머물렀으며 내일 이곳을 떠나 섬의 북쪽으로 올라갈 예정"(171쪽)이라 말하며, 오늘의 여정을 함께 할 것을 '나'에게 제안한다. '나'는 그들과 동행하며 정확하게 뭐라 말할 수 없는 마음의 떨림을 느끼고는 밤에 그들의 숙소로 찾아간다.

일탈이라고밖에 말할 수 없는 '나'의 충동은 상황적으로도 예외적이지만, 성적 취향으로도 독자들을 당황하게 한다. 유주와의 연애사를 읽은 독자들에게 '나'의 모습은 너무나 당연하게도 이성애자였기 때문에 동성커플을 향한 '나'의 욕망과 결정은 쉽게 예상할 수 없기 때문이다. 음악과 술이 가득한 방에서 그들은 서로의 과거나 비밀을 털어놓으며 은밀한 감정과 육체의 감각을 공유하기 시작하고, '나'는 "고등학교 때 담임이랑 했어"(181쪽)라는 뜻밖의 문장을 내뱉는다. "정확히는 교생이었고 임시 담임"(181쪽)이며, "담임이 여자인지 남자인지"(182쪽) 밝히지는 않았지만, 이 고백은 하나의 신호가 되어 그들은 서로의 육체를 애무하고, 담배를 피우며, 술을 마시고, 음악을 들으며 춤을 춘다. 크게 틀어놓은 음악 때문에 불편함을 겪었던 다른 객실의 투숙객들이 전화와 노크로 항의를 한 덕분에 '나'의 일탈은 중간에서 멈춰지고 '나'는 자신의 방으로, 그리고 연인을 기다리는 친절한 남자친구의 자리로 돌아간다.

주인공의 예외적이라고 말할 수 있는 감정의 폭발적 돌출을 어떤 말로 설명할 수 있을까? 사내 연애를 숨긴 것처럼 사회의 압박 때문에 타인에게 말하지 못했던 동성애적 욕망 혹은 양성애자로서의 자각이라고 말할 수도 있을 것이다. 하지만 소설을 좀 더 꼼꼼하게 읽어본다면, 이러한 일탈을 가능하게 한 힘은 성적 욕망이라기보다는 사회 속에서 정해진 역할―한국인, 남자, 직장인―을 수행하던 '나'의 단단한 페르소나에 생겨난 균열이 예외적으로 돌출한 결과라는 것을 알 수 있다. '나'는 유주와의 연애를 술회하지만 이를 낭만적이라고 부를 수 있는 감정의 교류와 형성으로 설명하지 않는다. 연애의 이유는 그들이 입사동기 중 유일한 남녀 솔로였기 때문이고, 집이 가까웠기 때문이다. '나'는 유주와의 열정적인 성생활을 횟수까지 거론하며 말하지만 이는 통제할 수 없는 감정이 너무나도 빈번하게 분출했기 때문이 아니라 "일주일에 적어도 한 번씩은 관계를 해야 한다"(174쪽)는 공신력 없는 통계를 당연한 것으로 생각했기 때문이다. "앞으로 큰 변동이 없다면 이삼 년 후에는 유주가 됐든 누군가와 결혼을 하고, 그것은 또래에 비해 늦지 않은 결혼이 될 것이다. 적성에는 안 맞지만, 내년에도 올해와 비슷한 회사생활을 할 테고, 조만간 승진도 하겠지. 적금을 붓고, 그 돈으로 차를 사고 ……."(181쪽) 대략적인 미래의 청사진이 알려주는 것처럼 '나'에게 중요한 것은 누구와 사랑하고, 무엇을 통해 자아를 완성하는가의 문제가 아니라 남들과 다르면 안 된다고 '나'를 속박하는 사회의 스테레오타입이 투영된 "또래"의 개념이며, "또래"와 다르지 않은 삶을 사는 것이다. 그것은 보통의 삶을 가능하게 하지만 누구라도 상상할 수 있는 미래와 극적 반전 없는 결말만을 제공할 것이다. 오종과 료에게 '나'가 매혹되었다면 그 이유는 그들이 가진 성적 매력에서 출발한 것이 아니라 타인의 시선에서 자유로운 태도이며, 자신들만의 방식으로 삶을 살아가고자 하는 자세에서 기인한 것으로 읽는 것이 더욱 타당하다.

하지만 〈오종, 료, 유주〉에도 극적인 서사의 반전은 없다. '나'는 오종과 료의 방을 도망치듯 뛰쳐나오고, 유주가 휴양지에 도착한 후에는 "그들이 이곳을 떠났으면"(183쪽) 하고 바란다. 그렇다고 순간의 일탈 이후 '나'의 모든 것이 제자리로 돌아왔다고 말할 수는 없다. 오종과 료의 흔적이라고 할 수 있는 흡연이 '나'의 새로운 기호가 된 것처럼, '나'는 아주 약간은 달라진다. "우리가 같은 일정으로 여행을 했다면 아무것도 달라지지 않았을까. 그랬다면 우리가 더 오래 만날 수 있었을까, 분명히 답할 수는 없다. 단지 나는 그후로 어디론가 불쑥 떠나고 싶은 충동을 느꼈고, 그것에 대해서라면 굳이 변명하지 않았다."(192쪽) 소설의 결말에 유주와의 결별이 제시되었다고 '나'의 변화를 과장할 필요는 없다. 어느 곳으로도 갈 수 없고, 어느 곳으로도 가지 않을 거라는 절망이 알려주는 것처럼, "지구 반대편의 여름을 떠올"(192쪽)리며 감정의 자위를 하는 현재의 모습이 변하지 않는 '나'를 말해주는 것처럼, '나'는 변명할 이야기조차 갖고 있지 못한 '나'일 뿐이다. '나'는 아직도 "또래"와 다르지 않고, 지리멸렬하고 반복적이지만 일상은 "지구 반대편의 여름"이 어쩔 수 없을 만큼 견고하다.

3. 장기 지속하는 관료제 사회 : 함께 일하고 싶습니까?

켄 로치 감독의 2016년 영화 〈나, 다니엘 블레이크〉를 본 사람은 알겠지만, 이 영화에서 주인공 다니엘 블레이크에게 고통을 주는 것은 지병인 심장질환이나 가난이 아니라 실업급여를 받기 위해 찾아간 관공서의 복잡한 신청서와 서류이다. 이렇게 말하는 것도 가능할 것이다. 영화의 마지막에 다니엘 블레이크의 심장을 멈추게 한 힘은 처참한 가난이 아니라 스스로의 비참을 증명하기 위해 제출해야 했던 서류들이라고. 이 영화가 주는 비감이 픽션의 차원에서 끝나는 것이 아니라 실재(實在)를 관통하는 것처럼 느껴지는 이유는 다니엘 블레이크의 고통이 특정한 개인의 것이 아니라 관공서에서 출생증명을 발급받을 수 있는 모든 인간에게 해당한다는 것을 영화를 본 사람이라면 누구나 알 수 있기 때문이다.

근대적 관료주의는 자본주의와 함께 현대사회를 대표하는 구조적 특성이다. 18세기 국민국가의 군대 조직 구조에서 발전한 것으로 알려진 근대적 관료제는 카프카가 자신의 소설에서 즐겨 다뤘듯이 사람들의 관계를 기계적으로 변모시키며, 서류 위에 인쇄된 세금고지서의 숫자처럼 삶을 계산할 수 있는 것으로 인지하게 하고, 인간의 실존을 음울하고 비참한 것으로 전락시키는 가장 근본적인 이유이다. 관료제가 가진 이러한 문제점을 누구보다 빨리 지적한 사회학자인 막스 베버는 자본주의를 찬미하지도 않았지만 동시대에 진행된 사회주의 혁명에도 별다른 관심을 보이지 않았다. 관료제라는 현대사회의 구조적 문제를 해결하는 데 있어 사회주의가 자본주의보다 우월한 제도라고 베버는 생각하지 않았기 때문이다. 베버의 판단처럼 최근의 역사는 관료제가 자본주의사회 못지않게 사회주의 국가에서 더욱 날카로운 톱니바퀴처럼 작동하며 인간의 삶을 피폐하게 만들었다는 사실을 알려준다. 베버는 관료제가 가진 가장 끔찍한 특성 중 하나를 그것의 "영속성"으로 판단하였다. "관료제는 일단 완전히 실현되기만 하면 파괴하기가 가장 어려운 사회조직의 하나가 된다. 관료제화는 공동사회행위(Gemeinschafthandeln)를 합리적으로 조직된 이익사회행동(Gesellschafthandeln)으로 전환시키는 특유한 수단이다. 합리사회화(Vergesselschaftung)의 도구인 관료제는 그것을 장악한 자의 제1급 권력수단이었고 이것은 지금도 변함이 없다. 왜냐하면 다른 기회가 동일한 경우 면밀하게 조직되고 통제되는 이익결사행위가 이에 저항하는 모든 대중행위나 공동사회행위보다 우위에 있기 때문이다."* 베버의 말이 어렵다면 1980년 초반에 처음 관료로 입문해 평생을 성실하게 근무하고 2022년 정년을 앞두고 있는 한국 공무원을 떠올리면 편리할 것이다. 그 사람의 인생관과 성실함을 폄훼할 의도는 없지만, 전두환, 노태우, 김영삼, 김대중, 노무현, 이명박, 박근혜, 문재인이라는 각기 다른 정치 이념과 집단을 대표하는 국가지도자의 지시를 충실히 시행하며 회의나 의구심 없이 근무한 그의 자세를 설명할 수 있는 단 하나의 단어는 '공익'이나 '민주주의', '합리화'가 아니라 '사적 이익'이다. 관료들이라면 누구나 알고 있는 것처럼 "조직에

---

* 막스 베버, 금종우·전남석 옮김,《지배의 사회학》, 한길사, 1981, 56쪽.

대한 충성의 첫 번째 기준은 공범이 되는 것이다."** 즉 같은 이익을 추구하는 '경제적 공동체'가 될 때 비로소 관료제 내부 구성원들의 신뢰는 발생한다. 그리고 그렇게 만들어진 결사는 영화 속 조직 폭력배가 내세우는 의리 못지않게 끈끈하고 냉정할 정도로 효율적이다.

이태승의 직업인 동시에 등장인물들의 주된 직업인 공무원은, 그리고 그가 주로 다루는 소설의 배경이나 주제는, 이태승이 재현하는 현대사회의 핵심적 문제가 관료주의에 있음을 직간접적으로 알려준다. 이태승의 소설이 추구하는 궁극적인 목표는 관료주의에 신음하며, 제도에 희생당하는 사람들의 재현에 있지만, 그의 특수한 신분은 고통의 시선을 관료제 내부까지 깊숙하게 이동하는 것을 가능하게 한다. 노예제를 채택한 로마의 시민이나 귀족들이 훨씬 더 많은 숫자의 노예들에 둘러싸여 살아가며 노예들이 보여주는 비감이나 우울한 삶의 정조에 물들어갔던 것처럼, 관료주의를 운영하고 지탱하는 관료들의 삶도 서류더미에 신음하는 소시민들의 그것과 그리 다르지 않다. 데이비드 그레이버가 주장하고 있는 것처럼 관료주의에서 살아가고 있는 "우리는 모두 한 가지 문제에 맞닥뜨려 있다. 관료주의적 관행, 습관, 감성이 우리를 집어삼키고 있다. 우리의

** 데이비드 그레이버, 김영배 옮김, 《관료제 유토피아》, 메디치미디어, 2016, 49쪽.

삶은 문서 작성을 중심으로 그 주변에 조직되기에 이르렀다."[*]
베버가 지적했던 것처럼 관료주의는 그것이 작동하는 어떠한
정치경제적 구조보다 장기 지속하고 있으며, 지금의 사람들이
살아가는 삶에 결정적인 영향을 미친다.

　　단편 〈함께 일하고 싶습니다〉는 데이비드 그레이버가 냉
소적인 동시에 신랄하게 꼬집은 "공범이 되는 것"의 문제를 다
루고 있다. 주인공인 '나'는 시청 공무원으로 근무하고 있지만,
그의 회사생활은 매일 업데이트되는 민원서류의 처리와 선출
직 시장의 교체 때마다 반복되는 업무 스타일의 변화 때문에
그리 안온하지 않다. "올봄에 새로 선출된 최 시장은 취임사를
통해 직원들에게 혁신적인 마인드를 강조하며 그간의 업무 관
행을 타파하라고 요구했다."(9쪽) 시 예산을 회기 내에 사용할
수 있는 새로운 사업의 구상과 실현, 매년 정기적으로 시행하
는 "우수직원" 선정에 시장의 돌발적 지시로 추가된 "최악의 직
원"(11쪽) 선발 행사 등 '나'를 업무적으로나 업무 외적으로나
힘겹게 하는 일들은 "혁신적인 마인드"라는 수식어를 달고 진
행되고 있다. 업무적인 면에서 '나'를 번잡하게 만드는 것은, 매
년 의례적으로 실시되던 "보도블록 정비 사업"(9쪽)을 중지하
고 이를 시장의 치적을 보여주는 "천리북"(11쪽) 설치 사업으로

---

[*]　같은 책, 데이비드 그레이버, 73쪽.

대체하는 일이다. 조선 시대 "소통의 상징물인 신문고"(10쪽)를 현대적으로 변형한 천리북을 "기네스북에 등재"(11쪽)할 정도로 거대하게 제작하라는 시장의 요구는 전형적인 전시행정이며, 직위 기간의 치적을 외형적으로 제시하는 것에 불과하지만, '나'는 이 우스꽝스러운 사업을 이견 없이 진행한다. 오히려 문제가 되는 것은 졸속 행정인 것이 분명한 이 사업의 계획과 진행이 아니라 제작된 천리북을 야간에 두드리는 사람들이 많다는 것이고, 소음에 시달린 시민들의 민원 처리가 '나'의 새로운 업무가 되고 있다는 점이다.

여기에 더해 시장이 선출하자고 제안한 "최악의 직원"을 선별하는 문제 역시 조직에 속한 많은 이들을 심리적으로 힘들게 한다. 주의 깊게 봐야 할 것은 "최악의 직원"을 선발하는 조사의 설문이 "당신은 이 직원과 다시 함께 일하고 싶습니까?"(12쪽)라는 애매한 문항이라는 점이다. 인성이 좋지 않거나 직원들에게 과도한 일을 지시하는 무능력한 상사들 중 한 명이 선정될 거라 대부분의 직원들은 생각했지만 이 설문을 통해 선발된 사람은 "나의 첫 상사"(14쪽)이기도 했던 "황동욱 과장"이다. "스타트업 대표"(22쪽) 이력을 가진 "과장의 머릿속에는 별 모양의 세포가 돌아다니나 싶을 만큼 반짝거리는 아이디어가 많았다. 작년에는 어떻게 했나부터 찾아보는 일반적인 업무 방식과는 시작부터 달랐다. 브레인스토밍을 중요시했고 터무니없는 생각일지라도 기발한 착상에 대해서는 칭찬을 아끼지 않았다."(23쪽)

'나'가 기억하는 황동욱 과장은 열정적이며, 다양한 아이디어를 찾고, 여기서 흥미로운 사업들을 도출해 사업화했던 사람이기에 이 결과는 의외였다. 이런 '나'에게 동료인 민수는 황동욱 과장이 선정된 이유를 다음과 같이 설명한다. "물론 좋은 분이죠. 그런데 나쁜 사람을 뽑는 게 아니잖아요. 설문에도 적혀 있듯 다음에 또 함께 일하고 싶으냐는 거잖아요. 황 과장님은 아무래도 공무원 마인드가 아니니까."(19쪽)

민수의 정확한 지적처럼 "다시 함께 일하고 싶"은 직원을 고를 때 중요한 것은 그 사람이 가진 인성이나 능력이 아니라 관료라면 반드시 가져야 할 "공무원 마인드"의 유무이다. 황 과장은 "공무원 마인드"를 가지고 있지 못했기에 다른 공무원 동료에게 신뢰를 얻지 못한 것이다. 〈아침이 있는 삶〉의 '나'는 공무원의 내면에 대해 이렇게 말한다. "공무원이 영혼이 없는 게 아니라 영혼이 아예 사라진 거라니까."(94쪽) 영혼이 사라진 존재의 텅 빈 내면을 대체하고 있을 것이 분명한 "공무원 마인드"는 황동욱 과장이 가진 열정이나 창의를 지칭하는 것이 아니라 정확히 그 반대편에 있을 구태의연, 합리로 무장한 복종, 무사안일, 책임감 결여, 사적 이익에 대한 욕망 등을 가리키고 있는 것이 분명할 것이다. 황동욱 과장을 두둔하는 '나' 역시 과거 함께 진행한 바자회 사업이 실패하자 "경위서"(24쪽)를 써야 했고, 이 일로 승진에서 누락한 경험을 잊지 않고 있다는 사실은, 그가 많은 동료들에게 함께 할 "공범"이 될 수 없는 사람으로 선출된 이유를 분명하게 알려준다. "공무원 마인드"라는 말은 많은 사람들이 흔히 사용하고 있기 때문에 이를 약간의 불편을 만들어내는 단순한 직업적 태도로 치부해서는 안 된다. "공범"이 된다는 것은 사적 이익을 위해 그 누구와도 타협할 수 있고 그 어떤 지시에도 협력할 수 있다는 것을 의미하기 때문이다. 이태승의 소설이 다루지 않고 있고, 더 많은 지면이 필요하기에, 이 글에서는 짧게 거론할 수밖에 없지만, 한나 아렌트라면 이런 "공무원 마인드"가 협력할 수 있는 범죄의 가장 끔찍한 사례로 홀로코스트를 거론할 것이며, 그 이유를 "단지 자기가 무엇을 하고 있는지 결코 깨닫지 못"하는 관료제에 침윤된 인간이 가진 "악의 평범성"이라고 분명하게 지적할 것이다.*

사실 이태승이 관료주의를 배경으로 쓰고 있는 대부분의 소설은 이 "공범"의 문제를 다루고 있다 해도 과언이 아니다. 단편의 등장인물들은 혁신이나 능력, 소통, 협력과 같은 조직을 경영하고, 이를 효율적으로 운영할 수 있게 하는 원칙을 거론하며 다른 누군가를 그러한 품성의 미달로 조직에서 배제하는 척하고 있지만 사실 그들이 축출당하는 근본적인 이유는 "공범"이 되기를 거절했거나 "공무원 마인드"라고 포장된 조직의 관성을 따르지 않기 때문이다. 〈문 앞에서 이만〉의 염정길 팀장이

---

* 한나 아렌트, 김선욱 옮김,《예루살렘의 아이히만》, 한길사, 2006, 391쪽.

회사에서 "직위해제와 대기발령 공고"(128쪽)를 받는 이유는 표면적으로는 "상사의 무능력도 갑질"(124쪽)이라는 부하직원의 게시글이지만 근본적인 까닭은 그가 가진 선의와 정직, 성실이라는 품성이 이윤을 추구하는 회사의 비즈니스적 합리성과 요령을 방해했기 때문이다.

　　고용센터를 배경으로 다른 지역으로 파견을 갈 직원을 선정하는 문제를 다루고 있는 〈일과 이분의 일〉 역시 조직의 테두리로 들어올 수 있는 직원과 그렇지 못한 직원을 분별하는 과정을 서사화하고 있다. "부모님 양계장 관리를 도맡고 있는"(198쪽) 노세영 팀장은 기상악화에 따른 변수가 많이 발생하는 겨울에 대부분의 휴가를 쓰고 있다. 기상악화는 쉽사리 예상할 수 없는 일이기에 노 팀장의 휴가는 돌발적이거나 주변의 동의를 구하지 못하는 경우가 태반이다. 이런 노 팀장에 대해 동료들은 "제멋대로"이며, "본인 위주로만 생각하"는 사람, "걔랑은 일 같이 못"(202쪽)할 사람이라는 평가를 내린다. 누구보다 열심히 자기 일을 하고, 때로는 다른 직원의 일까지 처리하는 노 팀장이지만 관료제의 시간 구조를 존중하지 않는다는 사실은 치명적인 단점이다. 그녀는 특정한 계절에 빈번하게 휴가를 사용하는 미안함과 그로 인한 마음의 부담을 양계장에서 가져온 달걀로 사과하며 양해받고 있다고 생각하지만 이는 노 팀장의 일방적 착각에 불과하다. "공범"들의 암묵적 합의로 만들어진 관료제의 벽은 달걀로 부수기엔 너무 견고하다. 결국 노세영 팀장은 파견 직원을 뽑는 투표에서 모든 직원의 선택을 받고 파견 근무지로 축출된다. 공범이기를 거부하는 사람, 공범이 지켜야 할 규칙을 어기는 사람이 신뢰를 잃고 제거되는 것은 폭력 집단에 국한된 일은 아니다. 국가에서도, 공무원사회에서도 게임의 규칙은 다르지 않다.

4. 다수가 되지 못한 사람들의 작은 이야기

단순화 시켜서 말하자면, 정치란 사회적 가치, 즉 모든 사람이 만족하게 소유할 수 없는 희소한 자원의 권위적 배분이다. 그리고 민주주의는 사회적 가치의 배분에 있어 민중들 스스로가 통제력을 가져야 한다는 이상, 바로 그것이다. 지금의 우리가 살아가고 있는 현실 정치의 영역에서 민주주의의 이상이 얼마만큼 제대로 구현되고 있는지는 잘 모르겠지만, 집단의 갈등을 봉합하거나 합의되지 않는 의견들 중 하나를 선택하는 데 있어서 다수결은 민주주의의 이상을 가장 잘 구현하고 있는 방식으로 신뢰 받고 있다. 다수는 민중(demos)의 세속화된 상징이며 가장 빠르게 파악할 수 있는 인민의 표정이기 때문이다.

이태승의 소설에서 다수결은 조직의 구성원들 사이에서 발생하는 문제를 해결하는 궁극적인 수단으로 사용되기도 하고, 함께 일할 수 있는 사람과 그렇지 못한 사람을 결정하는 데

활용되는 방식이기도 하다. 〈일과 이분의 일〉에서 노세영 팀장은 파견을 지시하는 과장의 명령을 격렬하게 거부하지만 동료들의 투표를 통한 다수결의 방식으로 파견이 결정되자 이를 마땅히 존중해야 하는 원칙인 것처럼 묵묵히 따른다. 〈문 앞에서 이만〉에서 염 팀장을 해고시키는 과정도 그렇다. 불특정다수의 의견이 솔직하게 제시된다고 여겨지는 "사내 게시판"(124쪽)의 게시글을 신호로 조직은 빠르게 "인사징계위원회를 회부"(125쪽)하여 "직위해제와 대기발령"을 내린다. 염 팀장을 회사에서 쫓아낸 가장 강력한 힘은 그를 마땅치 않게 여기는 사장의 판단이었지만, 이 권력자의 의지는 다수의 합리적 결정이라는 외피를 통해 전달되고 수용된다. 〈함께 일하고 싶습니다〉의 황동욱 과장 역시 최악의 직원으로 다수에 의해 선택되지만, 그 결정에 대해서는 다르게 생각할 여지가 많이 있다. "황 과장의 경우, 함께 일하고 싶지 않음이 여덟 표로 가장 많긴 했지만 함께 일하고 싶음도 일곱이었다. 공동 이등은 윤병환과 박종술 과장으로 함께 일하고 싶지 않음이 각각 일곱 표였다. 그들과 함께 일하고 싶은 직원은 아무도 없었다."(35쪽)

이태승의 단편이 말해주는 것처럼 우리가 살고 있는 자본주의 사회에서 다수는 공동의 가치나 윤리를 판단의 기준으로 사용하기보다는 혐오나 미움, 이익을 결정의 이유로 활용한다. 또한 다수는 관료주의가 지닌 민주적 행정의 외양을 통해 지배자의 사적 권력 행사를 감지하지 못하게 은폐시키는 도구가 되기도 한다. 단편 〈우리 중에 누군가를〉은 이런 선택과 배제의 방식과 과정을 신랄하게 다루고 있기에 의미 있게 읽을 필요가 있다. 중학교에서 기간제 교사로 근무하는 양 선생은 학교의 중창 팀을 지도하고 있다. 팀은 석 달 동안의 준비 끝에 "K군 예선을 통과"(141쪽)하게 되지만 도 교육청에서 새롭게 알려준 참가 규정은 "이번 대회의 형평성을 맞추기 위해 중창 팀의 경우 팀원이 다섯 명 이내여야 한다"(142쪽)는 것이다. 양 선생은 여섯 명인 중창 팀의 멤버 중 "어떻게 해야 합리적이고 공정하게" "한 명을 뺄 수 있을까?"(142쪽)를 깊이 고민한다. "결국 오늘 학교에 와서까지 고민해 내린 답은 혼자만의 판단이 아니라, 우리 모두의 의견을 들어볼 필요가 있다는 거였어. 한 사람, 한 사람 면담을 통해서 이 문제를 풀기 위한 가장 좋은 방법을 찾기로 결정한 거야."(142쪽) 양 선생은 이렇게 학생들에게 설명하고, 그들을 면담하며 의견을 취합하기 시작한다. "넌 우리 팀에서 누가 빠져야 한다고 생각하니?"(143쪽) 학생들은 각자의 의견을 말하지만 선택의 이유는 공동의 가치추구에 있지 않고 그들이 욕망하는 사적 이익이나 미움, 혐오, 질투 같은 감정에서 촉발된 것이다. 양 선생은 모든 학생과의 면담을 마친 후 학생들을 모아놓고 그들의 의견을 종합한다는 식으로 말을 하며 누군가를 지목한다. "우리 중에 빠져야 할 사람은 …… 바로, 너야! 미안하지만 다음 연습부턴 안 나와도 괜찮아."(162쪽) 집단에서 축출된 한 명이 누구인지를 작가가 의도적으로 감추고 있기에 단편을 끝까지 따라 읽은 독자들도 누가 선택되었는지 추정하기란 쉽지 않다. 그 이유는 한 명을 분별할 수 있는 분명한 이유가 제시되지 않기 때문이기도 하지만 그보다 결정적인 것은 면담 과정과 이를 통한 결정이 민주주의적인 제스처를 흉내내고 있을 뿐인 밀고와 은폐, 독단의 방식이라는 점이다. 공유되지 않기에 면담은 검증할 수 없는 단순한 밀고가 될 수 있다. 또한 양 선생은 면담의 과정을 공유하지 않았기에 선별된 한 사람은 그 결정이 합리적 종합의 결과인지 아니면 이익을 공유한 자들의 모의인지 분명하게 분간해낼 수 없다. 이렇듯 다수결은 문제가 많은 의사결정의 한 방식일 뿐이지, 그 자체가 민주주의적 가치를 대변하는 존중해야 할 제도는 아니다.

　이제 우리는 이태승의 작가적 의지와 작품에 담긴 의미를 엿볼 수 있는 마지막 질문을 던질 수 있다. 우리의 삶을 기계적으로 만들고 음울하게 전락시키는 관료주의는 베버의 지적처럼 영속성을 가지고 있다. 자본주의 이후를 상상하는 것도 쉽지 않지만 관료주의를 대체할 다른 사회적 구조를 상상하는 것은 더욱 까마득하다. 이태승의 소설이 관료주의 내부의 시선을 통해 개인의 의미 있는 실존을 불가능하게 하는 짓눌린 삶을 재현한다고 해도, 이를 신랄하게 비판한다고 해도, 단단한 관료제의 구조는 깨어지지 않을 것이다. 근대 정치가 도착한 막다른 골목인 민주주의는 공동의 가치를 숭상하는 방식으로 진화하지 않고 각자의 이익을 추구하는 대중들에 의한 통치라는 최하의 결과로 전락할 수 있으며, 우리는 그런 결과를 역사에서 어렵지 않게 확인할 수 있다. 관료주의는 이상적 사회의 건설에도 효과적이지만 끔찍한 수용소의 설계와 운영에도 효율적이다. 철인정치를 제시했던 플라톤의 절망이, 교활하고 잔인한 군주를 제시했던 마키아벨리의 역설적 회의가 등장했던 핵심적 이유는 아마도 이런 것이리라. 인간의 삶에 대한 전체적 비전이라고 할 수 있는 정치가 도달한 막다른 골목에서 문학은 무엇을 말할 수 있을까. 이태승의 소설에 한정시켜 말하자면, 문학은 다수가 되지 못한 사람들의 작은 이야기들을 통해 관료주의의 공범이 된 인간들이 망각한 가치를 상기시킨다.

〈아침이 있는 삶〉의 '나'는 엄마를 병문안하며 요리를 소재로 한 엄마와 아들의 이야기를 시나리오로 쓰겠다고 말한다. 엄마는 "너무 우리 얘기"(104쪽)라며 싫다고 말하고, '나'는 어떤 이야기도 완성하지 못한 채 세상의 이치를 좇아 직장인으로 살아간다. 하지만 이태승의 소설은 '나'가 쓰지 못한, 엄마가 너무 사적이라 흥미로운 이야기 소재가 되지 못한다고 말했던, 그들의 극적이지 못한 삶을 서사화한다. 〈오종, 료, 유주〉의 '나'는 통제할 수 없는 열정을 따라 섬의 북쪽으로 떠나지 못하지만 이태승은 '나'의, 타인에게서 엿본 극적인 삶을 살아갈 수 없다는 절망과 아무것도 변명할 게 없는 침묵을 소설로 쓴다. 소설(小說)은 그 명칭에서도 분명히 알 수 있는 것처럼, 역사와 같은 큰 이야기가 아닌 가치 없는 사람들의 이야기, 허황되다고 비난받은 작은 이야기에서 시작되었다. 서사적으로 볼 때 주인공은 실패하지만 역설적으로 소설가는 실패의 이야기를 통해 소설을 완성한다. 어쩌면 이렇게 말할 수 있을 것이다. 다수에 의해서 배제된 사람들, 역사에 기록될 수 있는 굵은 흔적을 만들어본 적이 없는 사람들, 비참한 삶에서 흘러나오는 타령이나 신음밖에 낼 수 없는, 자신의 목소리를 갖지 못한 사람들의, 그런 사람들이 살아가는 지리멸렬한 삶의 이야기가 이태승이 소설에 담아내고자 했던 본령이라고.

《근로하는 자세》에 담긴 소설 중 가장 아름다운 작품인 〈구덩이〉의 주인공 안태평은 안온한 삶을 원했던 부모의 마음이 담긴 작명을 따라 큰 고난 없는 보통의 하루하루를 살아간다. 하지만 그는 예상하지 못했던 사랑, 갑작스런 연인의 비극적 죽음을 경험한 후 삶의 어느 곳에도 뿌리내리지 못하는 부초와 같은 생활을 이어간다. 인생의 유전을 따라가다 택배일을 하게 된 안태평은 우연한 사고로 "삼 미터"(230쪽) 깊이의 구덩이에 빠져 삶을 마감하고, 백골이 된 후에야 사람들에게 발견된다. "이름 안태평, 나이 38세, 무연고사망자."(251쪽) 세상을 살아간 흔적이라고는 이 세 단어 외엔 아무것도 없는 보잘것없는 인생으로 어딘가에 기록되겠지만 이태승에 의해 서사화된 안태평의 삶은 잠깐이지만 한번 본 사람은 잊을 수 없는 빛으로 치환된다. 〈구덩이〉의 결말에서 화장된 안태평의 몸은 불꽃으로 타오르며 우주로 날아가고, 그것을 본 지구 반대편의 꼬마가

"와! 별똥별이다"(253쪽)라고 외치는 것처럼. 〈아침이 있는 삶〉의 '나'에게 엄마의 마지막 반찬이 "엄마가 내게 평생 들려준 한 편의 이야기 같"(107쪽)은 것처럼. 소설가는, 생각하고 인지하고 느끼며 살아가는 사람의 사소하지만 의미 없다고 치부할 수 없는 하루를, 그래서 구체적인 인간의 구체적인 삶을, 쓴다. 퇴근하고 집에 돌아온 소설가가 침대가 아닌 책상에 앉아 남들이 잠들 시간에 글을 쓰는 이유는, 같은 시간에 불을 밝히고 소설을 읽은 사람들이 꿈꾸며 기대하는 바로 그것과 다르지 않다.

작가의 말

어쩌다 제 직업을 밝히는 자리에 서면 약간 뜸을 들일지 모르나 대개는 공무원이라 말합니다. 간혹 다른 결의 대답이라는 걸 알면서 회사원 또는 직장인으로 에두를 때도 있지요. 작가의 말을 쓰는 지금도, 그 마음은 여전합니다.

그런 제가 오랜 시간 소설을 써왔다는 사실이 생경하게 느껴집니다. 몇 년간 아무 대가 없이 이 일에 열중해온 셈이니까요. 그 시간에 조깅을 하는 편이 건강에 더 도움이 되었을 텐데…… 말이 나온 김에, 올해부터는 규칙적으로 운동을 해보려 합니다. 소설을 꾸준히 쓰기 위해서는 체력도 뒷받침돼야 하거든요.

돌이켜보면 소설을 쓰는 내내 저 역시 소설 속 인물들처럼 방황과 혼돈을 거듭하였습니다. 수록된 여덟 편의 이야기는 고

단하고 치열했던 삶의 굴곡에 빚을 지고 있습니다. 직장인으로서, 청년으로서, 불완전한 인간으로서 가졌던 숱한 감정들을 소설 곳곳에서 마주하게 됩니다. 막막한 시절을 소설과 함께 통과했다는 기분이 듭니다. 이상하게도 그 마음은 안도와 위안에 가깝습니다. 다행입니다.

이 책을 읽는 동안 몰랐거나 잃어버린 줄로만 알았던 당신의 모습과 마주할 수 있기를 바랍니다. 그렇게 우리, 소설을 통해 만나기로 합시다. 사회에서 통용되는 허례와 장식은 떼고 천진한 마음과 진짜 얼굴로. 당신께 수줍은 인사를 건넵니다.

저의 첫인상이 어떤가요?

2022년 봄
이태승

근로하는 자세

1판 1쇄 발행 2022년 4월 12일

지은이 · 이태승
펴낸이 · 주연선

(주)은행나무
04035 서울특별시 마포구 양화로11길 54
전화 · 02)3143-0651~3 | 팩스 · 02)3143-0654
신고번호 · 제 1997—000168호(1997. 12. 12)
www.ehbook.co.kr
ehbook@ehbook.co.kr

ISBN 979-11-6737-152-2

• 이 책은 메트라이프생명 사회공헌재단과 한국메세나협회, (주)은행나무출판사가 한국문학의 미래를 이끌어갈 젊은 작가를 대상으로 실시한 등단작가 '첫 책 지원 공모' 선정작입니다.